追悼

上

山口瞳 著

中野朗 編

論創社

装丁　野村 浩

追悼　上

目次

追悼

上

川島雄三さん

川島雄三（かわしま・ゆうぞう）
映画監督。一九一八〜六三。享年四十五。代表作に「洲崎パラダイス　赤信号」「幕末太陽傳」など。

『江分利満氏の優雅な生活』という映画は、はじめは川島雄三さんの監督で撮られることになっていた。それが岡本喜八さんに変った。

川島さんと岡本さんとでは、まるで別の映画になっていたはずである。どちらがいいというようなことはない。

最初に川島雄三さんに決定して、川島さんは私の家に打ちあわせに来られた。当時、私は、川崎市郊外のサントリーの社宅に住んでいた。そこが舞台となっている小説だから、川島さんは私の家に来る必要があったのである。

昼頃だった。すぐにウイスキーになった。

それより前、私に川島さんを会わせたいと言う人が何人もいた。川島さんは、大変な酒呑みである。飲み方が私と似ているという。すると、川島さんも乱暴な酒なのだろう。

川島さんはいきなり、

「世話物でいこうか、ドタバタでいこうか」

と言われた。川島さんは、職人肌で、あらゆる種類の映画のつくれる人である。

「世話物でおねがいします」

と私は言った。

「よし！」

打ちあわせはそれで終りで、実に痛烈な昼酒に変った。川島さんは、藤本真澄《さねずみ》さんにもらったというカボチャのタネかなんかを食べながら、ストレートで凄い勢いで飲み、私も負けずに飲んだ。ついで、近所にあるサントリー多摩川工場へ遊びに行き、そこでも飲んだ。これは一種のロケハンなのであるけれど、それにしても乱暴きわまる社員であった。

勢いは止らなくなった。二人で銀座へ行き、飲みに飲んだ。夜になり、一軒の酒場で、川島さんは大岡昇平さんと喧嘩になった。大岡さんの『花影』を映画化したあとで、そのことで口論になったのだろう。

ちょっとした騒ぎになり、その日はわけわからずに別れた。

*

十日後の朝、東宝の市川久夫さんから電話が掛ってきた。

「山口さん、お酒をやめてください」

突然だった。叱りつける声だった。

「どうしたんですか」

「川島雄三が死んだんです」

私は声が無かった。

川島さんは、私と別れてから、毎晩のようにその酒場に来たという。私も何度か彼の家に電話していた。いつも行き違いだった。

＊

岡本さんの『江分利満氏』では、新珠《あらたま》三千代さんの名演技があった。

葬式の場面で、主人公の妻である新珠さんは終始無言で坐っている。その新珠さんが、右手を目に当てようとする。泣くかと思って見ていると、その右手は目に触れず、髪にさわっただけで、また膝にもどってしまう。なんとも哀切で凄味のある芝居だった。

私は新珠さんにそのことを言った。新珠さんはこう言った。

「川島雄三さんのお葬式のとき、川島さんの奥さんをずっと見ていたんです。私は奥さんの真似をしただけです」


（「夕刊フジ」一九七二年六月二十二日付）

三枝博音先生のこと

三枝博音（さいぐさ・ひろと）
哲学者、科学史家。一八九二〜一九六三。享年七十一。編書に『日本哲学全書』など。

三枝先生は私が一時籍を置いた鎌倉アカデミアという学校の学長であった。私の最初の就職をお世話してくださったのも先生である。それは小さな出版社で、先生は顧問であり編集長格であったから、毎晩のように北鎌倉の先生のお宅を訪れるという時期があった。先生はまた私たち夫婦の仲人でもあった。

先生はそのころひどい貧乏をしているように見うけられた。お酒はお飲みにならないけれど、甘いものがお好きで、しぶい小さな煎茶茶わんなんかを持っていらっしゃるのに、お茶の葉がないという夜があった。そうして先生の貧乏は、先生の野党精神のためだと私には思われた。野党精神のあらわれが鎌倉アカデミアである。自分の栄達だけを考えるならば、なにも文部省の認可のおりない大学校の学長をひきうけて、資金の調達に走り回るようなことをする必要はなかったのだ。しかも鎌倉アカデミアは先生の苦労をみじんも感じさせない、明るく伸びやかな学校であった。

日本の科学思想史の開拓者としての三枝博音や、カント、ヘーゲルの三枝先生を知っていても、先生がむかし文芸評論を書いていたことや詩人であったことを知る人は、もうすくないだろう。私の知ったころ、先生はすでに「大哲」の相を帯びていた。私は先生の貧乏がむしょうに腹だたしかった。

　科学思想史や哲学評論が割のわるい商売であることを知っていたが、どうして日本の政治家や社会は、学問と学者をもっと大事にしないのか。どうしてチャカチャカしたブック・メーカーみたいな学者や、請売り業者ばかりをちやほやするのか。三枝先生のような独創的な学者、困難な作業に取りくむ学者をどうして守ろうとしないのか。

　学問のことは私にはよくわからないが、三枝先生が、なくなった服部之総《しそう》さんや林達夫さんと話しあっているのを見るのが好きだった。なまけ者の私は「哲学を学ぶことはできないが、哲学を愛することはできるよ」という先生の口ぐせが好きだった。

　横須賀線の事故のとき、湘南方面に知人の多い私は新聞を見るのがこわかった。三枝先生のことを父が私につげたとき、私はまたフトンをかぶって少しねむった。


（「毎日新聞」一九六三年十一月十二日付）

鱲子綺談《からすみきだん》　一

梅崎春生（うめざき・はるお）
小説家。一九一五〜六五。享年五十。著書に『ボロ家の春秋』『桜島・日の果て・幻化』など。

どうも、私は、夏に乱れる。乱れる話を書いてみよう。

どこまで遡ったらいいのかということになるのだけれど、夏の話だから、梅崎春生さんの七回忌から始めることにする。梅崎さんの七回忌は、七月十九日に中野の『ほと、きす』という料亭で行われた。実際に、この日から、酒を飲む機会が重なったので、ここから始めるのが適当なのである。

私は、よほどのことがないかぎり、パーティーには出席しないようにしていた。それは、第一に、酒が飲めなくなっているからである。私は糖尿病の食餌療法《しょくじ》を行なっているが、一日に許される量は、ウイスキイならシングルで一杯、酒なら一合、ビールなら大瓶一本という具合で、それもカロリー計算に従うならば、酒を一合飲むというときは朝食のバターを差し控えなければならない。そんな調子で酒の席に出るのは、いかにも気が重い。むろん、出席すれば飲んでしまう。それがまあ礼儀だろう。だから、なるべく出ないようにしていた。パーティーはもとより、どうしても酒になってしまう座談会や対談も、訳を言って、なるべくは断わるようにしていた。第二に、最近のパーティーは面白くなくなっているからだった。儀礼的で、実がない。しっとりとしたところがない。

そんなわけで、梅崎さんの七回忌の御案内をうけたときにも、出席すべきかどうか迷っていた。しかし、だんだんに、出席のほうに心が傾いていった。私は梅崎さんに恩を受けていた。また、私は梅崎さんのファンでもあった。私が戦後の小説のベスト・スリーを選ぶとすれば、躊躇するところなく、梅崎さんの『幻化』、小島信夫さんの『抱擁家族』をあげることになり、残る一篇は武田泰淳《たいじゅん》さんであり、武田さんの場合は一作を選ぶのが困難であるが、かりに『風媒花』であるとしておこう。それが私の好みである。

私は『ほと、きす』での会合ということにも惹かれていた。つまり、カクテル・パーティーではなくて、しっとりとしたほうの会になるはずである。木山捷平《しょうへい》さんが『大陸の細道』で受賞されたときの出版記念会もここで行われたが、なんとも感じのいいパーティーになった。木山さんの一周忌もそこで行われた。

日が経つにつれて、私は、梅崎さんの会に出席するのが楽しみになってきた。法事が楽しみというのもおかしな話だが、実感だから仕方がない。

出席の返事を書いたときに、私は、退院後の最初の酒の席になるなと思った。

＊

梅崎さんは、文学史的に言うと「戦後派」に属するのだけれど、作風や体質からすると「第三の新人」に近い。いわば「戦後派」と「第三の新人」の中間にいて、その橋渡しをしたような人だった。

だから、梅崎さんの会となると、その人たちが主体となり、これに各社の文芸関係の名記者、名編集者が加わることになる。梅崎さんの会に出席すると、日本の文壇を目の辺《あた》りに見《ま》るという具合になってくる。私は、正直に言って、文壇が嫌いではない。偏屈者が多いから、面白い会話を聞くことが出来る。どういうわけか、私はその種の会合に出ると、クスクス笑ってばかりいる。そりゃあ寄席なんかへ行くよりよっぽど面白い。私は文壇は他の諸学問・諸芸術の分野や、会社組織などに較《くら》べると、ずっと公平が保たれていると思っている。モノを書く人間を信用したいという気持があるし、平気で悪口が言えたりするのが有難い。「文人相軽んず」という気味あいは、なかなかに味があると思っているのである。

どちらかといえば、そういう会合では私は場違いである。当夜も、見渡したところ、大衆小説家は私一人だった。そういう会合に出席すると「オヤ?」「きみが?」「どうして?」という視線に二度か三度はぶつかることになるが、私はそんなことは気にならぬ質《たち》である。

ここで、梅崎さんと私との関係を書くと次のようになる。

梅崎さんに最初にお目にかかったのは、東京新聞の頼尊《よりたか》清隆さんの結婚披露宴だった。昭和二十四年五月で、梅崎さんは『桜島』と『日の果て』で確乎《かっこ》たる新進作家の地位をきめていた。私は二十二歳だった。

結婚披露宴といったって、当時のことだから、頼尊さんが間借りしている代々木初台《はつだい》の二階のその部屋で行われた。頼尊さん夫妻をふくめて十人に満たなかったと思う。客は五人ぐらいだという記憶があり、そのなかに高橋義孝先生がいて、先生は酔っぱらって二階から小便をした。十返肇《とがえりはじめ》さんがいたかどうかが思いだせない。

梅崎さんは私に小説を書けと言った。

「きみは立派だ。きみは天才だ。ぼくは淋しい……」

といったことを喚き散らすのである。それは当時の流行語だから、私は少しも驚かなかった。しかし、まだ酒も御馳走も残っているのに、梅崎さんが、突如、立ちあがって、

「宴《うたげ》は果てた！」

と叫んだときにはガッカリした。

私たちは外へ出て新宿へ向った。梅崎さんは私と肩を組んで、きみは立派だ、ぼくは淋しい、と喚き続けた。その声に独特の調子があった。

それから十年経って、昭和三十四年に、私は『洋酒天国』というＰＲ雑誌の実質上の編集長であったが、「戦後十五年史」という特集を編んだ。それはかなり評判になった。私は「戦後は遠くなりにけり」というサブタイトルをつけた。

あるとき、新宿の酒場で飲んでいると、奥の席にいる梅崎さんに呼ばれた。

「戦後十五年史」の話になった。雑誌の性格からして、酒場で話題になるようであれば、私の企画は成功したことになる。

梅崎さんは、そのときも、突然、

「山口くん、戦後は遠くないですよ、戦後は終っていませんよ。戦後は昨日のことですよ」

と、叫んだ。激しい勢いだった。

これからしても、梅崎さんは、ずっと『幻化』の構想を抱き続けてきた人と言えるだろう。そうでなければ、ああいう作品は生まれない。とにかく、梅崎さんは、はねとばすような勢いで言った

ので、私は驚いて、ただただ梅崎さんの顔を見つめるばかりだった。

それからさらに十年経つ。

梅崎さんは、私の文章を活字で褒めてくれた最初の人だった。それは『風景』という雑誌に常設されている「日記」欄でだった。

いま、資料が外にいっているので正確を期し難いが「山口瞳の文章、出色なり」となっていたと思う。それがどんなに有難く、どれほど力強く感ぜられたか、計り知れぬものがある。その一行が私の行く道を決めた。

活字ではなくて、言葉でもって励ましてくれた最初の人は安岡章太郎さんである。

私の小説を直木賞候補作に推薦してくれたのは、梅崎さんと安岡さんの二人であったことが、ずっと後になってわかった。この二人の推薦は二十人分に匹敵すると係りの人に言われた。

梅崎さんからは何度も電話が掛ってくるようになった。怪しげな電話である。安岡さんには、その後もお世話になり、迷惑をかけ、文壇のことをいろいろ教えられた。

私が梅崎さんには恩があると書いたのはこのためである。むろん、安岡さんにも恩誼《おんぎ》を受けた。

鱲子綺談　二

梅崎さんの七回忌は、きわめて盛大だった。せいぜい四十人ぐらいと思っていたのに、ざっと見たところ七十人を越えていた。百人に近かったかもしれない。一周忌ならともかく、七回忌でこれだけの人が集まるということは滅多にない。私には、それが、梅崎さんが『幻化』を書いたからだ

というように思われた。それが嬉しかった。控室に行くと、奥野健男が近寄ってきて、

「おい、山口、早く行こうよ。早く行かないと上座のほうにやられちまうから」

と、言った。全く同感だった。これだけの人が集まっていて、上座に坐るのでは鬱陶しいことになる。奥野も私も四十四歳であるが、こういう席では、若手というか若輩というか、非常に年齢の若いほうの部類となる。

そこで早目に会場へ行くと、そこはいつもの大広間で、二月堂のような卓が四列にならんでいた。この四列は二列ずつ向きあっている。床の間を背負う位置にもう一列あって、そこは主賓格、長老格の坐るところである。前にも書いたように文壇では私がそこに坐ったところで叱られるようなことはない。しかし、そこは、六ー歳以上の人が多いので、話題に窮するという不便があり、それに畏《かしこ》まっていなければならない。まあ、遅れて来た人を罰する席であるような感じがないこともない。その証拠に、いつでも、席が乱れてくると、そっちの人が下座のほうへ流れてくる。長老格の人でもそんなふうになる。この床の間を背負った一列に対して、直角に四列ずつ卓がならんでいて、二列ずつ、むかいあっている。この二列の間隔は、卓と卓との間が二メートルほどあいている。そこは仲居が皿小鉢を運ぶ通路である。

奥野と私とは、手前の一列に、世話人が三人いたから、その人たちの席をあましたうえで、床の間からもっとも遠い所に坐った。やれやれという感じになった。

そこへ吉行淳之介さんと北杜夫が連れだってはいってきて、私たちと向いあう席に着いた。私は、久しぶりだなと思った。こんなふうにして酒を飲むのは久しぶりのことである。来てよかったと思った。誰もがそういう感じであったと思う。自然に笑い、互いに会釈する。

すると、吉行さんが、こりゃ変だな、落ちつかないな、というようなことを言った。むかいあっていても、卓と卓の間に二メートルの間隔がある。

「すこし近づけましょうや。おおい、幹事、いいだろう……」

世話人の一人が遠藤周作さんだった。吉行さんはそう言って、卓を五十センチばかり前方に押した。すると他の人たちもこれにならわなければならないことになる。こういうときに吉行さんは悪戯《いたずら》っ児《こ》のような顔になる。文壇悪童連といった感じがないこともない。高見順さんにもそういうところがあった。ただし、高見さんには一種のポーズがある。いずれにしても、せっかく集まったんだから楽しくやりましょうという心持なのである。

「あと三十センチかな」

そうしてまた三十センチばかり、ずるずるっと近づいてくる。他の人も同調する。私たちのほうではない別の二列でも同じことが行われていた。

「しかし、くっつくのは厭だよ」

そうも言った。仲居が通れる道が残されていた。そうやってみると、それもなにか半端であって、結局は二列の卓はくっついてしまった。仲居は背後から給仕することになった。別の二列もそうなった。

「梅崎さんというのはね、こういうところのあった人なんだ」

吉行さんは笑いながら言った。まさに言い得て妙という感じだった。

＊

梅崎さんからは、よく電話がかかってきた。たとえば、新聞社から君の本の書評を頼まれたけれど、書評をするとなると褒めることになるし、褒めるのは厭だから断わった、悪く思うな、といったようなことだった。あとは憶えていない。憶えるにもなにも、あまり内容のない電話だった。いつでも酔っていた。私が不在だと女房相手に長話になる。ただし、いつでも梅崎さんは、最後に、こう言うのである。

「きみの息子の庄助くんにプラモデルを買ってあげるからね」

これは、ついに実行されなかった。プラモデルの流行は下火になってくるし、倅《せがれ》はだんだん大きくなってくる。梅崎さんは、最後まで、私の倅は小学生であるときめこんでいた。プラモデルを買ってあげると言うのを忘れなかった。

このように、いくらか神経症的であるところが、つまり、あと五十センチ、あと三十センチという感じに似ているのである。

*

会が始まって、司会の遠藤さんが、安岡章太郎さんにテーブル・スピーチを依頼した。

「あっ、安岡が来ているのか」

と、吉行さんが言った。懐かしそうな顔をされた。吉行さんにとっても、こういう席で安岡さんと一緒になるのは久しぶりのことであったらしい。私も久しぶりだった。吉行さんは、安岡さんとは背中あわせになっていて、気づかれなかったようだ。安岡さんは、未亡人と向いあう上座のほうに坐っている。遅く来られたのだろう。

やがて、席が乱れてきて、安岡さんが私たちのほうに来て、吉行さんと北杜夫との間に坐った。それは私たちの望んでいることだった。私にとっても喜ばしいことだった。ずっと疎遠になっていたので……。

安岡さんは、私を見て、いきなり、

「なんだ、山口、お前はそういう奴だったのか。……そういう奴だとは思っていなかったんだけれど」

と、言った。

私は白い麻の詰襟《つめえり》を着ていた。安岡さんの言われる意味は、こういう会合に突拍子もない服装で出席して皆の注目をひこうとするような奴なのかということである。私は、ちょっと困った。私としては、詰襟というのは、昔の中学の漢文教師とか小使いさんの服装であって、盛夏の控え目な正装というつもりなのだけれど、麻の白というのは本当に白くて、目立ってしまうことがある。

「山口は、昔から、これですよ」

隣の奥野健男が助け舟を出してくれた。私は二十年ばかり前から、夏は麻の詰襟で通している。安岡さんの言葉を文字にすると強く意地悪く受けとられるかもしれないが、実際はそうではなくて、いつものヒトナツコイような笑顔で言われたのであって、まあ、どうでもいいような冗談である。

安岡さんと吉行さんの間で、久闊《きゆうかつ》を叙するという感じの会話が続いていた。

私は、安岡さんが『文藝春秋』に連載しておられる「自叙伝旅行」を愛読していたので、その話になった。前々回が弘前で、前回が青山の青南小学校の話である。

とくに弘前で、子供がスーナマッスーナノコと歌うあたりが面白かったので、そのことを言い、しかし、青南小学校が、東京で飛び抜けた優秀校（進学率のいい学校）と書いておられるのは少しおかしいのではないかと言った。

青南も有名校であるけれど、芝の白金小学校、本郷の誠之《せいし》小学校、麴町の番町小学校、中野の桃園小学校、荻窪の桃井第二小学校、豊島《としま》師範、青山師範などの各師範学校の附属小学校も青南小学校と同格だと思っていた。銀座の泰明小学校も、案外によく出来たという記憶があるのである。


（「週刊新潮」一九七一年八月二十八日号、同九月四日号）

先輩・高見順

高見順（たかみ・じゅん）
小説家、詩人。一九〇七〜六五。享年五十八。著書に『故旧忘れ得べき』『如何なる星の下に』など。

1

『高見順日記』の昭和三十八年九月二十五日のところに、

「同宿の山口瞳君来る。カゼ気味だと言う。」

という一行がある。

高見さんも私も、山の上ホテルに泊っていた。

しばらくお目にかかっていなかったし、ご挨拶したいこともあったので部屋へ電話をすると、すぐ来いという。夕方の六時か七時だったと思う。

高見さんの部屋は散らかっていた。たくさんの資料があり、『朝日ジャーナル』ではじまったばかりの「大いなる手の影」のゲラ刷りが置いてあって、二回目を書いているところだった。

仕事は、もうやめたと言う。そこで私は酒を飲みはじめた。高見さんも飲むという。高見さんはウイスキーの水割りだった。それがまことに薄い薄い水割りだった。

高見さんは二十三日の夜に大酒を飲んで、二十四日の午前二時半にホテルへ帰ってきて、二十五日の午前十時まで寝ていたそうだ。その間に来客があったようだけれど、

「二十四時間は寝たな。驚いたな。二十四時間だよ」

と言われた。それは、どこかおかしいんじゃないかと言っているようにも思われた。水割りが薄いわけがわかった。

「大いなる手の影」の一回目は、時代の背景を描くために、たくさんの資料が必要だったらしい。それで地の文の多い文章になっていた。

高見さんとしては、早く得意の会話の多いところへはいっていきたかったらしい。小説を書くときは、会話の多いところへさしかかると仕事がはかどるのである。改行が多くなるからである。

「それじゃ悪いからね」

だから二回目もはかどらないという意味だった。会話を多くして枚数稼ぎをやっては『朝日ジャーナル』編集部に悪いという意味でもあった。いかにも高見さんらしい言い方だった。つまり、よくもわるくも職業作家なのである。ぺろっと舌を出すような言い方である。考えようによっては非常に良心的なのである。

また、私を、昔のような教え子としてではなく、同業者として扱ったということでもあった。

二十五日の日記には、私に関する一行のほかに、

「寝すぎたせいか、ノイローゼ気味。おまけにのどにひっかかる。」

「何かノイローゼ気味。気持がすくんで、だめ」

という箇所がある。

私が自分の部屋へもどったあとで、

「夜十時、ノイローゼがひどくなり、家へ電話。妻に、ホテルへ迎えに来てくれと頼む。家へ帰ろうと思うが、片づけものもできぬ。妻が急いでくると言う。それで安心して、いくらか気持が明るくなる。北鎌倉から妻の電話。予定の電車に乗りおくれたと言う。ひとりで帰る。帰れると妻に言う。終電車で帰る。」

ということになる。私が高見さんを訪ねたのは、たいへんな日だった。私も尋常でないものを感じた。日本近代文学館の出発のときで、いちばんいそがしい時だった。はじまったばかりの長篇小説、それも週刊誌の連載が、うまくいってない。そのうえに体の異常を感じておられた。

「大いなる手の影」の二回目が書きあがったのは、それから四日後の九月二十九日である。高見さんが病気に気づいたのは、その二日後の十月一日である。

「橋爪君の事務所へ。一緒に『よし田』へ行く。朝から何も食べてなくて、はじめてソバを食うのだが、そんなせいか、ソバがのどにつかえて、大苦悶。ゲッとあげる。」

十月三日に、中山ガン研究所で食道ガンを宣告される。

高見さんが亡くなって、『高見順日記』が『新潮』に連載されたとき、九月二十五日のところが発表になるまで、私はヒヤヒヤしていた。高見さんは、くわしく日記をつけるし、かなりあからさまに他人を批難したり怒ったりするからである。私は病気のことを知らずに高見さんの部屋で酒を飲み、高見さんはそれにつきあってくれたわけだ。

2

私の小学校は東京の港区麻布にある東町小学校である。私たちの小学校を出て、世に知られている人には、榎本健一さんと『船頭可愛や』の音丸さんがいた。まだほかにいるのかもしれないが、小学校の頃にはそう教えられていた。エノケンは暴れん坊で退学になったというひともいたが、本当のことは知らない。

高見順さんも、私たちの小学校の先輩である。高見さんは、東町小学校を出て、府立一中、第一高等学校、東京大学と進んだ。麻布には都内の有名小学校が集中しているのだけれど、私たちの小学校は学業のほうではあまり自慢できるほうではなかった。だから、高見さんは、たいへんな秀才であった。貧しい家に育ったということだった。優秀な少年であると教えられた。戦時中は、左翼、もしくは左翼くずれの小説家の話をあまりしたがらない傾向があった。私がきいたのは、秀才で親孝行という面である。

私が育った家と高見さんの生家とは非常に近いところにあった。とくに戦後に暮した家は、道路をへだてた向い側の家の裏が高見さんの生家ということになる。

私の叔父は、府立一中のときに高見さんの同級生で、高見順といわずに、高間芳雄と言っていた。昭和十八年に、私が中学四年になったときに、南方の戦場から帰ってきた高見さんが母校の府立一中の講堂で従軍報告演説会を催すので、希望者は聞きにいったらいいと担任教師に言われた。私は喜びいさんで出かけた。そういうわけで高見さんに親近感をいだいていたからである。

担任の教師は「高見という文士が……」というふうに言った。そのときはじめて私は文士という言葉をきいた。教師はそれをやや軽蔑口調で発音したように思われた。ヘッポコ文士がという調子だった。私は、何を言ってやがると思った。私の中学は受験教育に熱心だったから、演説会には行っても行かなくてもどちらでもよいと言った。私は憤りを感じた。私は高見さんの小説をいくつか読んでいた。先生なんかに何がわかるかと思った。

高見さんの話は面白かった。内容からいえば、敵味方ともに悲惨な話ばかりであって、とても面白いなどとはいってはいられないのだが、高見さんは話術に長けていて、戦争の描写が的確であった。正確を期そうとする話しぶりだった。私たちが、いま、南方の戦場にいるかのように思われた。戦争末期のことだから、そんなふうに正確に話をすることは大変に危険なことだった。文士としては、こういう具合に報告するよりほかに仕方がないのだという決意がうかがわれた。私は文士というのはやっぱり偉いもんだと思った。膝が震えるくらい感動した。

たとえば、橋梁《きょうりょう》に仕掛けた爆薬を爆発させるときに、敵軍の兵隊の体がどんなふうに飛び散り、どんなふうに死ぬものかということを精《くわ》しく微細に説明した。完全に逆立ちの姿勢で死んでいる兵隊がいると言った。悲惨と滑稽の極致だった。それが戦争だった。

また敵の戦車に体当りする皇軍兵士の様子を話した。戦車にはじきかえされるところがピンポンの球が跳ねかえされるようだと言った。それでも日本軍は何度でも立ちむかってゆく。そのとき高見さんは泣きながら話した。

高見さんの話は「戦争というものは、人間同士が殺しあうということは、どんな理由があったとしても、いけないことですよ」と言っているように受けとられた。そんなことは一言も言っていないし、言ったら大変なことになる時期であったが、私はそう受けとった。話術に長けているというのはそういうことである。当時の従軍報告演説会としては全く型破りであり、危険で生き生きしていた。私は胸をしめつけられる思いをした。

3

私の家に一枚の古ぼけた写真がある。バックに泰西名画があり、その前に、長身の、異常に頬のこけた人が立っている。私はこの写真に「高見の見物」という題をつけていた。これは高見順さんの写真である。

終戦直後に、鎌倉アカデミアという大学ができて、高見さんは教授であり、私は生徒だった。だから私は高見さんを高見先生と呼ぶことができるのである。

高見さんは、英文学の先生であり、試験は「何枚でもいいから小説を書いて持ってこい」ということだった。

鎌倉アカデミア文化祭が行われ、先生と生徒が泰西名画（複写）を持ちよった一室があった。その前で、誰かが高見さんや林達大さんの写真を撮ったのである。

私は高見さんに小学校の後輩であることを言った。また従軍報告演説会の話もした。

高見さんは、すっかり照れてしまって、

「おいおい、そんなことを人に言うなよ」

と言った。戦後は、逆に、従軍記者であったことが罪であるように思われていた。だから、私は、その後ずっと誰にもこの話をしていない。そのとき高見さんは、

「だけどねえ、あの後で憲兵隊に呼ばれて、ひどく叱られたんだ」

とも言った。あの演説会は、私たちに戦争の悲惨を教え、憲兵隊に転向の証しをたてようとするような、まことに困難な仕事だったのである。

学校の帰りに、なんども高見さんと一緒に鎌倉駅まで歩いた。私も足が速いほうであるが、長身の高見さんはもっと速い。あるとき、駅のそばのお汁粉屋へ高見さんを誘った。店の名は小町園だったと思う。

右へ曲ればお汁粉屋、左へ曲れば鎌倉駅である。高見さんは、

「よしきたっ！」

と叫んで右へ曲った。

座敷のあるお汁粉屋であるが、そこで何を食べたか、どんな話をしたかという記憶がない。私は自分で誘っておいて、ああ高見さんは私にまでつきあってくれなくともいいのに、早く帰って小説を書けばいいのにと思い、後悔した。


しばらくして、高見さんは『わが胸の底のここには』という小説を書きだした。出生の秘密を書いたものである。小学校時代のこともあった。

つまり私の家の近所の話である。そこで私は、当時の地図を再現したり、古くから住んでいる知人の話をきいて取材に協力しましょうかと申しでた。

高見さんは「ありがとう」とは言ったけれど、私の申し出に乗ってこようとはしなかった。ひどい貧乏や秘密にしておきたいことを私の手で調べられるのが厭なのだろうと思った。

4

十返肇《とがえりはじめ》さんのお通夜の席だった。高見さんが、遠い席から、突然、

「おい、お前さん、あれどうした？」

と大きな声で言った。私たちの小学校の創立五十周年記念の『ひがしまち』という文集に原稿を頼まれていた。恥ずかしい話だけれど、その頃の私は自分のことでいっぱいで、その原稿は念頭になかった。いや、忘れようとしていた。

「あれ書かなきゃなんないなあ」

高見さんは困ったような顔で、頭をかいた。こういうときの高見さんの顔は実に愛嬌がある。三遊亭円生に似た顔になる。

そのときも私はびっくりした。高見さんは、小学校のガリ版刷りの文集にまでつきあおうとしているのか。高見さんの愛嬌のある顔は、そういう種類の原稿は何をおいても書くべきものだぞと私に言いきかせているように見えた。

『高見順日記』の昭和三十九年　月二日のところに、

「夜、川端家新年宴会へ。初めてビールをのむ。今年初めて見る客。瀬戸内晴美、山口瞳」

と書いてある。

私は、その年にはじめて川端さんの新年宴会に出席した。それまでも何度かお誘いをうけていた

が、おうかがいしなかった。前年に文学賞をもらって、それでも伺わないのは何だか変だと思って、その年だけはご挨拶に行った。以後は、うかがっていない。

たしか、新年宴会の席にいた巌谷大四《いわやだいし》さんのところへ、高見さんから、これからそっちへ行くという連絡があったのだと思う。巌谷さんが緊張した顔で川端さんの耳もとで何か言った。川端さんがいそいで電話に出たようだ。それからどうなったのかわからないけれど、三十分ぐらいで高見さんが来られた。

手術の直後といってもいいような時期である。色が白くなっていたけれど、四十一年頃のようには痩せていなくて、笑うとやはり愛嬌のある顔になった。座椅子が用意された。日記に書いているように本当にビールを飲んだのである。川端さんが、いろいろ気をつかっていた。

言葉はわるいのだけれど、高見さんがはいってこられたときに、ギョッとするような感じがあった。唖然とするような感じが、ずっと残っていた。高見さんが、そこへ来られたということに対してである。高見さん自身は、話をしないで、ニコニコしていた。

高見さんは多勢の席が好きなんだなと思った。川端さんや、その他の文士や、ジャーナリストが好きなんだなと思った。

5

高見さんの「交友」や「つきあってしまう性格」に関して、もっとも驚いたのがそのときだった。

高見さんが「社会的名士」として「最後の文士」として、騒がれて亡くなったことに異論を呈する人がいる。

昭和三十八年十月三日、食道ガンを宣告された日の日記には「朝日ジャーナル中止」と書かれている。「大いなる手の影」は一回目を書いただけで中絶してしまった。

私にしても、どうして近代文学館のほうを中止してくださらなかったかと恨めしく思う。しかし、小説を書いたことのある人は誰でもが承知しているように、非常なる体力と気力を必要とする。高見さんには、その体力がなかった。近代文学館への道へ折れたことを責める資格のある人は一人もいないと思う。

高見さんはツキアイの人だった。このツキアイは単なる「お祭り好き」や「淋しがり」とは違っていたと思う。もっともへたばっていたときでも、私ごとき者にも、薄い薄い水割りでつきあってしまう。それは高見さんそのものである。

右へ曲ればお汁粉屋、左へ曲れば鎌倉駅。右へ曲れば近代文学館、左へ曲れば「大いなる手の影」「よしきたっ！」という高見さんの声が、いまでもきこえてくるような気がする。

私は、高見さんの「よしきたっ！」は、私に対する「高見先生」の教育だったと思っているのである。

（『小説・吉野秀雄先生』一九六九年五月）

最後の高見順さん

私が、酒場で飲んでいる高見順さんを最後に見たのは、銀座の「エスポアール」という店でだった。その直後に、高見さんにガンの疑いが生じ、検査が行われ、入院ということになった。高見さんの壮行会（実際にそう名づけられた）が行われたのも同じ店であるが、私は行かなかった。誰もが即日帰郷を願ったことであろう。

*

そのとき、私が「エスポアール」の一階に入ってゆくと、左の角のところに高見さんがいた。「エスポアール」という店は、一階と二階の入口が別になっていて、二階は若手作家などが多く、一階は会社の重役クラスが多い。私は、わざと一階へ行くという妙な性癖があった。若いときからそうであって、生意気だと言われるのはそのためである。生意気だと言われるのを好むようなところがある。

高見さんは、黒っぽいカスリの着物を着ていて、下駄をぬいでいて、素足で、ソファの上に坐るでもなく寝るでもなくという中途半端な姿でいた。横坐りで手枕という姿勢だろうか。その恰好は、色っぽいといえばそうとも言えるし、しどけないとも言える。まるで、自分の家の居間で、ぼんやりと休息しているように見えた。

他に客はいなくて、私は席についてから、高見さんに黙礼した。高見さんは、オッという顔になり、目だけで応答した。それだけで、おしまいだった。それがまた何とも色っぽいし、粋《いき》である。お前のような若僧の来るところではないと言うような野暮な人ではない。

高見さんと私とは東京の同じ小学校の出身だった。また高見さんは私の大学の教師でもあった。私は、そのとき、高見さんにひとつのことを教えてもらったように思った。それは、銀座の高級酒場へ行ったときは、こんなふうにして飲めばいいということだった。

高見さんは、浅草のお好み焼き屋にいるときと同じ姿勢だった。峠の茶屋にいるときと同じだった。

これでいこう！　と思った。

ということは、私は、その頃はまだまだ構えているところがあって、高級酒場の扉を押すときに、我軍ハ戦闘状態ニ入レリとするような心持があった。

その後は、私は、手拭とセッケンを持って銭湯へ行くのと同じ心境になることが出来るようになった。すくなくとも、心構えとしては、それである。知りあいに会ったら、オッという顔をすればいい。フリチンで挨拶をする馬鹿もいない。

混みあっていれば、ああ混んでいますね、おっと、あんまり湯を飛ばさないように、まあまあ譲りあって、おやおや立派なイレズミですね、といった具合にやればいい。

＊

高見さんは若い頃は浅草を愛された。戦後は銀座だった。高見さんにとって、浅草も銀座も同じだった。それは同じく東京のダウン・タウンである。

それが高見さんの一面である。高見さんには、もうひとつの面がある。それは、高見さんが一高東大の出身であって、友人に政府の高位高官、あるいは財界の著名人が多いということである。それは、高見さんが、昔、共産党員であったことで、案外に見逃されている面である。高見さんは、政財界の人と話をしていてもよく似あうし、大学の教室にいてもピッタリする。さらに、近代文学館の館長も適任であった。エリートであって、もう一方で、高見さんは、私生児であり、浅草を愛し、馬肉を愛し、女給を愛し、流しのバンドを愛していた。

それが、あの、何か遣瀬《やるせ》ないような姿勢となってあらわれている。もっとも、真似をしようと思っても、長身で美男子でなければ恰好のつかないことではあるのだが。

(「夕刊フジ」一九七二年五月二十七日付)

善　悪

佐佐木茂索（ささき・もさく）
小説家、編集者。一八九四～一九六六。享年七十二。文藝春秋新社社長。著書に『春の外套』など。

ものごとを良いか悪いか判断することは不可能であることが多い。正しいか正しくないかをきめることもできない。

しかし、好きか嫌いかということは、はっきりしている場合が多い。

正しいか正しくないかは、そのときの情況によって変ってくる。時代によって判断が動いてしまう。ある時代には国民的英雄であった人物が、あるときは戦争犯罪人になってしまう。実際には、彼が善人であるか悪人であるかを判断することは不可能である。しかし、彼および彼の行動を好むか好まないかということは、各人によって非常にはっきりしていると思う。

ある詩人が「赤《あか》ままの花を歌うな」という詩をつくったとする。赤ままの花を歌うことが良いか悪いかは誰にもわからない。こんなふうに他人に命令されることはない。勝手にしやがれということになる。しかし、この詩人が『赤まま』という雑草のごときものを実は愛しているということは、非常にはっきりしている。「赤まま」が好きなのである。この詩人は、けっして「チューリップの花を歌うな」とは言わない。『赤まま』と「チューリップ」は等質ではない。そうして、全体として「赤ままの花を歌うな」は、いい気分にさせてくれる。そこが詩であると思う。

こういうめんどうな、だいそれたことを言うつもりではなかった。へんなふうになってしまった。

かりに、仕事でも遊びでもいいけれど、かなり密接な関係にある男がいたとしよう。この男が、勤務している会社にとって有用な人間であるか、事業家であるとしたら彼の事業が社会にとって有益であるかどうか、ということはわからない。彼は女癖が悪い男だとしよう。女癖が悪いということが、実際に良いことか悪いことかということは、わからない。こういう点に関しては、私は「わからない主義者」である。それは、非常に幼いときから、そうなっていた。１プラス１がどうして２であるかというふうに考えがちであった。それがいいかわるいかもわからないが、こういう性格の男は学校の成績がわるくなる。これも非常にはっきりしている。初っぱなにつまずいてしまう。「棺を蓋《おお》いて事定まる」という諺《ことわざ》があるが、これは、まことによく出来ていると思う。生きているときの毀誉褒貶《きよほうへん》はアテにならないというのである。ある男が死んだとして、葬式に来る人数、その質といったようなものは、かなり判断の基準になると思う。悲しいことであるが、判断に関しては、そうなっていると思う。


　こんなことの例にあげるのは、たいへん失礼になるのを承知のうえで書くのであるが、文藝春秋社の社長の佐佐木茂索さんの葬儀は、盛大で質素だった。私には、佐佐木さんの筋の通った生き方や、仕事の内容や、人柄を敬愛していた人たちばかりが集まったように思われた。その人数が幾千人にも達したように思われた。文壇でいえば大先輩であり、また取引先の社長になるが、そういう意味で集まった人数ではなかった。私は、平素はオニのように思っていた編集者の泣くところを見た。言葉はわるいが、それは一種のすがすがしい光景だった。佐佐木さんは頑固親爺の典型のようなところがあった方だけれど、女秘書が号泣したという話も聞いた。

亡くなる二年ぐらい前に、大阪でお目にかかって、三十分ぐらい話をした。それは、あるパーティーの会場であって、肺気腫の疑いのあった佐佐木さんは、空気のわるいところを避けて隅のほうにおられた。佐佐木さんは、私の勤めている会社の経営について訊かれた。私は非常に順調であると答えた。すると、親会社といっていいようなスポンサーのくれる仕事と、他社の仕事との比率をたずねられた。私は、半々であるとこたえた。佐佐木さんは、言下に、それでは決して順調ではないと言われた。親会社に頼らなくてもいいようにしろという意味である。

駈《か》けだしの作家ではなく、事業をする男として扱ってくださった。そういう人は佐佐木さんだけである。それもすがすがしさに通じていた。

私は、自分の本の出版記念会のときに、佐佐木さんだけにスピーチをおねがいした。スピーチは佐佐木さん一人である。

私は、他の誰よりも、佐佐木さんのスピーチが好きだった。花も実もありトゲもあるという話しぶりであって、そのトゲは、痛いけれど痛快であるという趣があった。佐佐木さんは、こう言われた。

「山口は小生意気な男である。しかし小生意気なところが身上なのだから、小生意気を貫いてもらいたい」

そうして、乾杯は、おめでとうでなく、バンザイでやろうと提案された。私は、それじゃあ、小説家の出版記念会ではなくて出征軍人を送る会になってしまうと抗議した。佐佐木さんは、お前はそれでいいんだと言われた。

それだけのことだったが、それだけで、私に対する批評になっている。また、私がガムシャラに乱暴に進んでも大目にみてやれと多勢の人に頼んでくださっているおもむきがある。私は、こんなにあたたかい、こんなに有難い言葉をきいたことがない。私にとって都合のいい面もあった。いまでも、気持のおとろえたときに佐佐木さんの言葉が自然に浮んできて私を励ましてくれる。

思うに、佐佐木さん一人だけにスピーチも乾杯の音頭もおねがいするというやり方なんかも、実にコナマイキだった。

*

こういうことを書こうと思ったのではない。話が別の方向に走ってしまうので困る。

さて、私と、仕事のうえで、あるいは遊びのことで、密接な関係のある男がいたとする。そいつは女癖がわるい。彼がいい奴かわるい奴かわからない。

しかし、友人でも同僚でも、ながいあいだ交際していると、いいわるいの判断はつかないのだけれど、たとえば、そいつが約束を守る男であるかどうかということはわかってくる。

そいつと私とで酒を飲んでいる。そこへ女房が酒肴《しゅこう》を運んでくる。

「おくさん、こんど、ドコソコへ行ったら、ドコソコのハンドバッグを買ってきてあげましょう」

なんてことを言う。ドコソコというのは外国であり、彼はそこから帰ってきたところである。次の機会は何年先だかわからない。

私たちが忘れているころに、彼がハンドバッグを持ってあらわれる。彼は約束を守る男である。

ということがわかってくる。そうして、私は約束を守る男が好きである。毀誉褒貶はどうでもいい。

いい女かわるい女かということもわからない。立派な女性であるか、そうでないかの判断も容易には下しがたい。

しかし、私には、こういう尺度がある。グチを滾《こぼ》さない女はイイオンナである。滾すか滾さないかということも、何年か、いや何カ月か交際すればわかってくる。私は滾さない女が好きだ。立派な女である。はれやかで、すがすがしい。不平不満がきらいだ。女は、もともと不満のカタマリのような存在である。それに耐えている女はすばらしい。

昔から「井戸端会議」という言葉がある。そういう女が嫌われるというのは全く自然であると思う。滾す女である。むろん、そのことは男についても同様である。

（「週刊新潮」一九六九年六月七日号）

*

山本さん

山本周五郎（やまもと・しゅうごろう）
小説家。一九〇三〜六七。享年六十三。著書に『樅ノ木は残った』『青べか物語』『さぶ』など。

去年の秋、山本周五郎さんが、私に対して、カンカンになって怒っているという話をきいた。その話を伝えてくれたのは、私に親しい雑誌記者である。私は、それをきいて、怒るのは無理もない、もっともだ、俺は怒られても仕方がないのだと思ったが、やっぱり、一種の衝撃をうけた。それよりさき、私は、山本さんのことを、あるところに「ヘソマガリジジイ」と書いた。これに対して、山本さんは、やはり編集関係の人に「俺はヘソマガリジジイかね」とたずねたことがあったそうである。しかし、私はこのことで山本さんに怒られることはあるまいと思っていた。なぜならば、ヘソマガリジジイは、尾崎士郎さんが山本さんにつけた渾名の「曲軒」を言いかえただけのものだったからである。

山本さんが私に対してどんなふうに怒っているかについてきくわけにいかない。ところが、別の雑誌記者が来て言うには「俺があれほど言ったのに」と言ってカンカンになって怒っているということだった。してみると、やっぱりそうだった。山本さんは「あのこと」について怒っているのである。

私があんまりショボリしてしまったので、その雑誌記者は、

「しかし本当に嫌いになったのなら、その人の名前なんか口にしないようになりますからね。そういう人ですから」

と言って慰めてくれた。

「あのこと」とは、次に書く一件である。

＊

昭和三十八年の晩春だか初夏だかの頃、山本さんが私に会いたがっているという話が何人かの人から伝わってきた。

そうして、ある雑誌社が、山本さんとT氏との対談を企画したところ、山本さんは、もし山口に会わせてくれるなら引き受けてもいいと言われたのだそうだ。雑誌社からそういう連絡をうけた。山本さんに小説を書かせるのは容易なことではないという。小説以外の仕事をしてもらうのは、さらにさらに難事であるという。まして、横浜におられる山本さんを対談のために東京にひっぱりだすのは、至難中の至難事であるときいた。そのへんの事情はよくわからないが、私は雑誌社に協力することにした。相手が曲軒であるから、そんなこともあるのだろうと思った。私は、それが山本さんの雑誌社に対する一種のワガママだと思い、むしろこれは滑稽な出来事だと解釈することにして、指定された築地の料亭へ出かけた。

晩春だか初夏だかの、雨催《あめもよ》いのむし暑い夜だった。

料亭の前に、横浜ナンバーのタクシーがとまっていた。私は思わず吹きだした。曲軒なる哉！なぜならば、こんなつかいかたをすると、タクシーはハイヤーよりも高くつくのである。それに、山本さんがハイヤーに乗ったって、ちっともおかしくない。しかし、山本さんは、そういう形で、雑誌社から差しむけられるかもしれないハイヤーの高級大型自動車を拒否しているのである。こういう極端な律義や頑固には、常になんとなく滑稽感がつきまとう。

対談が行われている料亭の別室で私は待っていた。笑声と跫音《あしおと》があって、山本さんがはいってこられた。

実を言うと、それから後の記憶がさだかではない。

その年の一月に文学賞をいただいた私は、環境の変化についていけなかった。もみくちゃになっていた。なんといっても、私自身の考え方の腰がさだまらないのである。毎日、喧嘩したり、泣いたり、謝ったり、死にそうになるくらい大酒を飲んだりしていた。その頃のことも、あまりはっきり憶えていないが、たとえば銀座の真中で、出版社の人に道路で土下座して額を舗道に擦りつけて謝ったりした。書けないのである。どうみたって、これは気違いだ。そうでなかったら、キザだ。しかし、当時の私にとっては、土下座は、嘘いつわりのない姿だった。笑われても仕方がない。そうするより手立てがなかった。

いまでもそうなのだが、私は、小説を書いて暮しをたてるということに根本的な疑いをいだいている。実際に多勢の人にきいてみたいのだが、特に、そうやって暮している人にうかがいたいのだが、本当に、これはこれでいいのだろうか。

その頃、私は、しっかりした会社の中堅社員だった。三十六歳で課長補佐という地位は、公平に見て、会社でも私に多くの期待をかけていたことになる。私も、ずっと、がんばっていた。そうして、私は、二十歳の頃から、どんなことがあろうとも生産の現場を離れないぞ、と思い定めていた。生産の現場を離れている奴は、どんなに偉そうなことを言ったって人間じゃないんだぞ。あいつ等は人非人《ひとでなし》なんだぞと思っていた。そんなふうに考えるところが、よくもわるくも、私の身上なのである、と考えていた。これを取りはずしたら「私」というものが無くなってしまう。かりに、書きものをして暮しをたてることを認めるとしても、それによって得た名声で銭を貰うことは、この世でいちばん見苦しいことなんだぞと言いきかせていた。それこそ、山本周五郎流に言えば「エンガ」である。（私のような東京の下町で育った者は、きたないもののことをエンガチョと言っていたが）

そのとき、私に、一時的な人気があった。これは主催社側の意図したことではないし、関係のないことだが、マスコミが異常に発達してしまったので、文学賞をいただくと、どうしても、いっときはそんなふうになってしまう。根のない名声におぶさったような仕事がふりかかってくる。つまりは「渦中の人」である。

私の身上とするところのものがそんなふうだから、どうしたって、衝突が生ずる。従って、喧嘩して、泣き喚き、土下座するという状態になるのである。みっともない話だが、私は写真一枚とられるときにも、いちいち文句をつけた。スター扱いにされることが、なんとしても苦痛だった。サラリーマンを絶対にやめないと高言していた。（しからば現在の私はどうであるかというと、人非人になったのである。人非人でいいじゃないかと思うようになった）

むろん、以上は、私に才能のないことを棚にあげたうえでの考え方である。小説でも随筆でも評論でも、どんどん書けるのであったら、私が苦しむこともなかったし、ご迷惑をかけずにすんだのである。

白状すると、私はサラリーマン生活を続けて、のんびりと一年に短篇小説を一作書くという生活をのぞんでいたし、それに憧れてもいた。小説というものは、自分で書きたいものを書き、しかるべき編集者に見てもらって、折りあいがつけば掲載していただくという性質のものだと思っていた。専門用語でいえば「持ちこみ」である。それと矛盾するようだが、私は作家というものは、もっと激しく生きるべきものだという考えがあった。

そのへんが、もやもやとしていて、どうにも収拾がつかないのである。

山本さんとむかいあって坐るということだけでも、たいへんな労働であった。私は疲れきっていた。

そうして、やっと、いまになってはっきりとわかったことなのだが、山本周五郎さんが、そんなにまでして私に会いたがったのは、私がそういう状態にいることを知ったからであった。その山本さんを私は裏切ったのだった。

*

そんなふうだったから、動かないで、じっとしているということが実につらかった。心臓が、たえまなく肋骨にぶちあたり、そうでないときは心臓という重ったい立体が左の胸にはりついているという感じだった。従って、記憶がさだかではない。そうではあるが、いまここで、思いだせるだけのことを思いだして書きつけてみようと思う。

はじめに私は、いま非常に体の状態が悪いということを言ったのだと思う。それに対して山本周五郎さんは、どうぞもっと楽にしてくれと言われた。しかし、私は正坐をしているほうが、むしろ楽なのだった。つぎに山本さんは私の洋服を賞めた。私は妙なものを着ていた。レイン・コート地のバーバリーを背広に仕立てたものだった。これだと防水がしてあるから、雨の日でも、傘もレイン・コートもいらないのだった。つまり、そういう変ったものを着ていることが山本さんの気にいったらしい。そこへ、ウイスキーが運ばれてきた。それは、ちゃんと、サントリーの白札だった。そうして山本さんは、きみはストレートだねとおっしゃった。山本さんは水割りだった。

何かの加減で、私は、しばらくは、ひとの書いた小説は読むまいと思っていることを告げた。

「それはいいことだ。しかし……」

山本さんは、ふたつばかり、作者名と題名をおっしゃった。それは、私の聞いたことのない外国の小説だった。

すぐに私は失策を犯した。私は山本さんの『青べか物語』を持っていた。それは繰りかえし読んでいたし、人にも貸したことがあったので汚れていた。それに署名をしてくださるように頼んだのである。山本さんは、それを拒否した。そういうことはしないのだ、とおっしゃった。

私にしても他意があったわけではない。また、そんなことをしたのも初めてのことである。某社に勤務する山本ファンの一員として、お願いしただけのことだ。おそらく、山本さんにお目にかかるのは、これが最初で、これが最後になるだろうと思っていた。だから、二十年か三十年経ったときに、私は自分の孫に、おじいさんは山本周五郎に会ったことがあるんだよと自慢することのできる証拠を残しておきたいというような気持があった。その頃になれば、山本周五郎は、昭和年代における最高の「小説家」になっているはずだという確信があった。それが常識というものだろうと今でも信じている。つまり、言葉はおかしいけれど、最高の人非人である。人非人であることを深く恥じている小説がハッピー・エンドになっているのが何よりの証拠である。山本さんのほとんどの小説がハッピー・エンドになっているのが何よりの証拠である。山本さんのほとんどの

るからこその幸福的結末であるというのが私の山本さんに対する解釈である。（その山本さんが色紙を書いた。それは京都の小さい酒場に残っている。読者は、私が京都の酒場で、酔っぱらって「乗るか剃《そ》るか」という色紙を書いたことを覚えておられるかもしれない。学識のある方から、あれは「伸《の》るか反《そ》るか」の誤りであるという御注意をいただいた。その酒場が、多分、山本さんも気にいったのだろう。ただし、誰にも見せてはいけないと言われたそうだ。私は何度も無理に頼んで御主人にそれを見せていただいた。「寒い。周」と書いてあった。私の山本さんに関するいくらかの幸福は、山本さんがその酒場にはいって、ひねこびた私の文字を見て、昭和三十八年の晩春だか初夏だかの夜に、私がサインを強請《ねだ》ったことを思いだして色紙を書こうという気持になったのではないかと想像することにある）

　であるからして、私は山本さんに拒否されても、ちっとも厭な気はしなかった。こちら側の気持の負担はなかった。なにしろ、相手は曲軒なのだから。先方も負担になっていないだろうと思うことで、こちら側の負担がなかった。私たちの間に気まずい感じはすこしもなかった。そうではあるが、私の失策は失策であった。

　そこへ、酒の肴が運ばれてきた。それは、たしかメザシのようなものであったと思う。山本さんは、私が、まだ緊張していて固くなっていると思われたらしい。こっちは平気の平左なのに、なんだか、無理のあるような、とってつけたような冗談を言われた。

あるところに、若い男と、若い女とがいた。男と女は愛しあった。それも、人里はなれた野原で愛しあった。ところが、二人とも紙を持っていなかった。そこで、仕方なく、天日で乾かすことになった。

「ねえ、山口くん、どっちがさきにかわいたと思う？」

そんなこと、私にわかるわけがない。

「わかりません」

「わかりませんか。だって……」

山本さんは、メザシのようなものを頭から口にいれた。

「マルボシよりヒラキのほうが先きにかわくにきまっているじゃありませんか」

＊

話が映画のことにうつった。私は、映画はきらいで、ほとんど見ないことを申しあげた。山本さんは、よくごらんになるらしい。時代劇の大スターと、大女優二人の名をあげられた。この三人が嫌いなのだそうだ。大女優のうちの一人は、つい最近も事件を起こした人である。私だって、かりに、もしその女優さんが主演で私の原作を映画化、ＴＶ化しようとするならば拒否するだろう。

それでも、うっかり映画館にはいってから、嫌いな俳優の出演している映画を上映しているのを知ることがあるらしい。

「なにしろ、ぼくは、絵看板を見ないで入ってしまうものですから……」

そういうときは、あわてて飛びだしてきて、両掌で輪をつくり、地面に唾を吐いて、エンガと叫ぶのだそうだ。

「あのひとは男のくせに色目をつかうからね」

ところが、どういうものか、その時代劇スターが、山本さんの『樅《もみ》ノ木は残った』の主役を演ずることになってしまった。

「ぼくは、とうとう見に行かなかった」

「そうでしょうね。それなら、誰がやったらいいんですか」

「そうだね。……ジョセフ・コットンだな」

「それはおかしいなあ。原田甲斐《かい》が英語で喋るのは変ですよ」

「そんなことはちっともかまわないじゃないですか」

「しかし、目の蒼《あお》い原田甲斐というのも、どうも……」

「なんとでもなるもんですよ」

ふきかえやコンタクト・レンズを使うという意味なのだろうか。いずれにしても、どうでもいいことだった。

次に、マッチの話になった。火薬《くすり》の部分が白いのは硫黄の臭いがして我慢できないとおっしゃる。もし、白いクスリのマッチを使っている人がいたら、交際しないという意味のことを言われた。さいわいにして、私のマッチは赤だった。私のマッチをごらんになってから、その話をはじめたのに相違ない。

思いだせるだけのことを全部書いてしまおうと思ったので今回は長くなってしまった。

＊

山本周五郎さんは、ぼくの書いたものを読んでくれないかとおっしゃった。それは『虚空遍歴』だった。なぜそんなことを言われたかというと、はじめに私が、当分はひとの書いた小説を読まないつもりだと言ったからだった。

つぎに、私は、いきつけの寿司屋のオヤジが、私が文学賞をいただいたのを競馬で大穴をとったと間違えている話を申しあげた。寿司屋のオヤジは本当に私が菊花賞とか桜花賞とか皐月賞とかの大レースで大金を獲得したのだと思いこんでいた。第一、彼は私がモノを書く人間であることを頭から信用していなかった。つまりは、それだけツキアイが長いのである。私の受けた文学賞は、正賞が時計で、副賞が十万円である。私の話は、寿司屋のオヤジが、しかし旦那、複勝式で十万円は高配当だねというのがオチになっている。

山本さんは、寿司屋のオヤジが終始勘違いしてトンチンカンな問答を繰りかえすところで笑いころげた。私が自慢したり威張ったり、また喜んでもらおうと思っていくら説明してもオヤジは受けつけないのである。

「まあだ、あんなこと言ってらあ」

オヤジはそう言って、ソッポをむいて寿司を握るのである。山本さんは、私が職人とそういう交際をしているのを知ったことが喜ばしいといったふうだった。

そのあたりで、山本さんは、やや居ずまいをただすといった感じで私のほうへ向きなおった。そうして私に対して三つの注文を出されたのである。

「メモをとりなさい。その寿司屋の職人の話も忘れないうちにメモをしておきなさい。向うの言った通りそのまま書くんですよ」

そのほかに、必ず日記をつけること。

つぎに言われたことは、新聞は、AならAという新聞社以外は絶対に書かぬこと。雑誌は、BならBという出版社の発行物以外は、いっさい書かぬこと、であった。私は、これは無理難題に類するものと受けとった。

一社を例にあげて反論した。その出版社は、週刊誌をふくめて、雑誌が六冊ある。かりに一社に限ったとしても、その会社の専属のような形で原稿をひきうけるならば、それだけでも非常な多作になってしまうのではないか。

山本さんは、ううむ、と唸ったが、自説を翻そうとはなさらなかった。なさらないばかりでなく、私が仕事をA社とB社に限定することにきめてしまって、さらにその両社からジャンジャン前借せよと言われるのである。このように執筆先きをきめてしまえば、先方もこちらを大事に扱ってくれる。そこに安心感が生ずる。前借をすれば義務感が生ずる。いいものを書いてお返ししなければならぬという義務感に縛られることが、いかに大切であるか……。

多分、私は、腑に落ちぬという顔付でいたのだろう。山本さんは、それを私が会社をやめて、文筆業者になったところで、山本さんのいいつけ通りに動いて、そのために喧嘩になり、仕事場を失い、オヤコサンニン路頭に迷うのを案ずる顔と受けとった。だいたい、A社とB社が仕事をさせてくれるという保証もないのである。

「だいじょうぶですよ、山口くん。心配することはない。こわがることはない。もし、仕事がなくなったら、朝早く起きて、町内の掃除をしなさい。それを半月続けたら、きっと誰かが雇ってくれるよ。米屋でも魚屋でも……。そういうもんですよ」

断乎《だんこ》として譲らないのだった。山本さんの最後の注文は〝あまり文章に神経をつかいすぎるな〟ということであった。

T氏との対談を企画した出版社が費用を持つと言ったのに、山本さんは、むりやりにお内儀さんらしき人に一万円札を渡して逃げるように表へ出た。

雨が降っていた。山本さんの車で自宅附近まで送ってもらった。車中では、ほとんど無言だった。私は疲れていた。

以上が、曲軒山本周五郎との会見の梗概《あらまし》である。

＊

去年の今頃、私は新聞の連載小説がひとつ、雑誌の読切連載小説がふたつ、雑文の連載がひとつ、週刊誌の連載がふたつ、スポーツ紙の野球評論連載がひとつ、その他に、ほぼ毎月短篇小説が一篇ずつという仕事を持っていた。後に取止《とりや》めになったが鳥居信治郎氏の伝記を書くために厖大な資料を読みはじめてもいた。宣伝製作会社を創《はじ》めたばかりの頃で、そのほうの仕事もあった。いま考えると、考えただけで気分が悪くなってくる。

これでは、山本さんが、カンカンになって怒るのも無理はない。その頃、父の入院費に毎月三、四十万円が必要だったといっても弁解にはならない。

前回で、山本さんを裏切ったと書いたが、しかし、はじめはそうではなかった。山本さんの言に屈したというのではなく、私には、ともかく年長者のいいつけに、いったんは従ってみようとする性癖がある。ナリユキマカセである。励まされ、勢いを得て、その気になった。(馬鹿だね、ほんとに)

大学ノートを二冊買い、一冊を日記とし他をメモ用とした。それでも、とびとびに二十日間ぐらい日記をつけた。メモは白紙である。

また、ひところ、ある人にきみは某社の仕事しかしないつもりかと詰め寄られたことがある。某社の人には、俺んところの仕事ばかりしなくたっていいんだぜと言われた。前借もすぐに申しこんだが、これは一発でぶっ飛ばされた。

いつ頃からか、自然にこんなことになった。結果からすると、山本さんを裏切り、絶大な好意を無にしたのである。だいいち、まだ『虚空遍歴』を読んでいない。

私の言訳は、山本さんだって若い頃は多作したではないかということだ。しかしまた、だからこその御忠告だったのではないかという思いが去来する。

山本さんの言は全く正しい。そうではあるが、多くの注文をすべてひっかぶって、これを乗りきるのでなければホンモノではないという考えが一方にあるのである。

「俺があれほど言ったのに……」

そう言って山本さんはカンカンになって怒っておられたそうだ。実は、例の会見のすこしまえ、四月九日付の朝日新聞でも、山本さんは私に忠告してくださったのである。

「そのとき、、、お役に立つことは、決して双方のためにはなりません」という一節がある。

*

二月十四日、朝七時、山本さんが亡くなった。晴れてはいたが大雪が残っていた。その週いっぱい、私はいそぎの仕事に追いまくられていた。

十九日の日曜日の朝、私はビールを飲みだした。前日が徹夜で、やっと仕事から解放されたのである。ビールが酒になりウイスキーになった。山本さんが好きだったというラヴェルの『ダフニスとクロエ』がないので『スペイン狂詩曲』のレコードを音量一杯にして鳴らした。亡くなる前日に山本さんが聴かれたというベートーヴェンの『第五交響曲』は避けるつもりだった。

酔っぱらいの生理現象にすぎないのであるが、涙があふれ、とまらなくなった。

あと十年の間に、山本さんに〝うん〟と言わせる小説を一作だけ書きたいというのが私の念願だった。それができるかどうかはわからないが、そう思いながら人非人稼業を続けることは可能である。

「むごいことだ。ねえ、山本さん。人生って、こんなものなのかね。ひどすぎるじゃありませんか。むごいじゃありませんか。これはむごいことだ」

私は取りかえたレコードが『交響曲第五番・運命』になっていることに気づいた。気づいたときにそれは第三楽章にさしかかっていた。

（「週刊新潮」一九六七年三月四日号〜三月十八日号）

暗がりの煙草

三月二十五日の土曜日に、横浜市本牧元町《ほんもくもとまち》の山本周五郎さんのお宅をたずねた。S社のNさんに連れていって貰った。

去年も一昨年も、またその前年にも、山本さんと親しくしているNさんに、一度、おたずねしたほうがいいかどうか相談したことがあった。それは、前に書いたように、山本さんが私に会うために（たしかにそう言われたのだ）横浜から東京の築地まで出てこられるという一件があったからである。

しかし、それはなかなかに難問であった。お目にかかれれば、お酒になるにきまっている。こちらはいいとしても、山本さんの時間を潰すのは、いかにも勿体《もったい》なかった。そこで私たちは、ちょうどいい機会がくるのを待っていた。たとえば、山本さんが一仕事を終えて、飲むより仕方がない、気分がいいので大いに飲もうといった状態であるところへNさんが行きあわせる。どうも山本さんは話相手がほしいらしい。一方、私はたまたま取材かなにかで横浜にいたとする。そのことを知っているNさんが斯《か》く斯く然々《しかじか》と言う。よし、アイツを呼ぼうということになる。――と、いったような。

そういう「ちょうどいい機会」は訪れなかった。そのうちに山本さんは仕事場に通ずる急な階段から転げ落ちて怪我をされた。もうひとつ緩やかな坂道があるが、山本さんの仕事場を度々訪れる編集記者は必ず一度は、そのどちらかで転倒するそうである。なぜならば、階段になっている坂の一段一段の高さが均等になっていない。のみならず一段一段の幅が、これまた不揃いである。そこで、つい、踏みはずす。……そうではあるが、主人である山本さんが転倒されるということは、すでに体が弱っておられたということであるかもしれない。

そうこうするうちに、どうも、お体の調子が尋常でない、何かの病気らしいという報知《しらせ》が伝わってきた。

私は「ちょうどいい機会」が何年か先に延ばされたことを知った。

＊

私とNさんは、午後三時半に、ニューグランドホテルのロビーで待ちあわせることになっていた。二月十四日は、こちらのほうが、とてもおうかがいできるような状態ではなかった。また、とるものもとりあえず駈《か》けつけてお手伝いするという間柄でもなかった。そうして、葬式はその翌日という、山本さんらしい電撃的なものであった。またしても私は機会を失した。

酒場に勤めている女性で山本さんの愛読者がいる。熱っぽい目付きで「山周《やましゅう》、ヤマシュウ」と言われるのは閉口だが、とにかく全作品を読んでいる。その女性は、せめてお墓まいりをしたいと思って、出版社に勤めている友人に、墓のある場所をきいたのだそうだ。彼女は、山本さんには、まだ、寺もなければ墓もないことを知ったのである。

ある日、Nさんが私のところへやってきて、山本さんの蔵書は、整理して、しかるべきところへ寄附をするなり、保管をしてもらうなりしなければならないだろうが、そのほかの保管する値打ちのない書物の始末をどうしたらいいだろうかと言った。山本さんの読者ならば、山本さんが翻訳小説をたくさん読んでおられたことをご承知だろう。そういう種類の書物である。

私は書物にはあまり縁のない男であるが、もし、そういうことが許してもらえるならば、すこしまとめて譲っていただけないものだろうかと頼んでみた。遺品をいただくというのではなく、勉強する切っ掛《きか》けを摑みたいと思ったからである。

Nさんは、山本さんが仕事場にしておられた間門園《まかどえん》の離れも、蔵書の整理がつき次第、ひきはらわなければならないだろう、とも言った。そうなるまえに、見ておいたほうがいいのではないかという口調だった。

もちろん、私は、どうしても、お線香を一本あげにうかがいたいと願っていた。それは「三十五日」でも「四十九日」でもない日のほうがいいと思っていた。

そうやって、Nさんの仕事の都合もあり「三月二十五日の土曜日の夕刻にかけて」がえらばれたのである。

「きみの家もずいぶん汚ないし、いまにもぶっ倒れそうだけれど……しかし、山本さんの仕事場に較《くら》べれば、これでもずいぶん立派ですよ」

山本さんの急死以来、窶《やつ》れて、眼が窪んだままのNさんが、顔をあげて部屋のなかをぐるっと見渡した。

＊

私たちが本牧元町の海にちかい山本さんの家に着いたのは四時過ぎだった。

「まだ、ゆめのようです」

山本さんの奥さまがそう言った。それは、つい二、三日まえの出来事であるかのようでもあり、もう十年も前のことでもあるような静かなお声だった。

「あなたには一度会ったことがあるそうですね。そう言ってました」

亡くなる前日の夜中、山本さんは、奥さまに、お前にはずいぶん世話になった、と言われたそうだ。そんなことを言われたのは初めてのことだそうだ。だから、もう、知っていたんですね、と奥さまはおっしゃるのである。

＊

それから私たちは間門町の仕事場にむかった。

私の思っていたよりはずっと広かった。旅館の離れだから、二畳とか三畳の小さな部屋が多い。

私は庭へ廻ってみた。見事な薔薇があった。蜜柑がいっぱいに生《な》っていて、幾つかが地に落ちていた。多分蜜柑だろうと思うのだが、蜜柑にしては大き過ぎるようにも思われる。

そこは丘の上であって、眼下に日本石油の巨大な石油タンクが銀色に鈍く光っていた。私はその石油タンクに登ったことがある。最近、あんなに怕《こわ》い思いをしたことがない。そのとき、あるいはあれが山本周五郎の仕事場ではないかと見当をつけた松の木があった。そうして、果してそれは適中していた。いま、そこに、私はいるのである。

Nさんと私は、洋酒棚から、栓のあいた葡萄酒瓶を出して一杯ずつ飲んだ。それはもう酒であることを失っていて渋いだけだった。周囲は、全てのものが生前にそうであったように配置されていた。「空気清浄機」とか「電気罐切《かんきり》」とか妙な機械が箱にはいったまま置いてある。山本さんは町へ出て面白がって買ってくるのだが、自分では動かすことが出来ないのである。

そこで、本の整理をしている女の人から、昨日の夜、泥棒がはいったことを知らされた。泥棒は、めぼしいものが何ひとつないので、仕方なく、真闇《まつくら》ななかで、遺品であるハイライトを一服やって帰っていったらしい。

泥棒にしたって、憮然たる思いであったろう。暗がりで彼は何を考えていたのだろうか。そうして、これは山本周五郎という男の芝居の幕切れにふさわしい出来事だと思われた。

そうだ。私はチェーホフの『桜の園』のことを考えていたのだ。

舞台は暗くなる。誰もいない。フィールスという老人がはいってくる。

フィールス「行ってしまったんだな。（ソファに腰をおろす）わしのことを忘れていったな。……なあに、いいさ……まあこうして坐っていよう。……だが旦那さまは、どうやら毛皮外套《シューバ》も召さずに、ただの外套《がいとう》でいらしたらしい」（神西清訳）

（「週刊新潮」一九六七年四月二十九日号）

吉野秀雄先生のこと

吉野秀雄（よしの・ひでお）
歌人。一九〇二〜六七。享年六十五。著書に『寒蟬集』『吉野秀雄歌集』『やわらかな心』など。

「先生病篤《やまいあつ》し」という状態が十五年も続いていた。三十七年春からは寝たっきりになってしまった。喘息《ぜんそく》の発作がひどくて、心臓がとまってしまうことが何度もあった。それでかえって私は油断していた。

五月三十日付の、最後にいただいたハガキは、滑稽な個所もあり、文字も力強く、このぶんなら当分は大丈夫だろうと思っていたのだが——。

初めて先生にお目にかかったのは二十一年の三月だった。たちまち先生の人柄に魅了された。それは純粋、剛直、繊細といった種類のものだった。先生は男らしい巨《おお》きな赤ん坊だった。

私は先生の弟子ではないけれど、私が学んだ最大なるものは「山の上に酒ねぶりゐて見のかぎり萌えたつ芽ぶき涙ぐましも」といった歌が、男らしさに発しているのを知ったことだった。

よく一緒に酒を飲んだ。先生の酒は壮烈無比だった。私はいつでも介抱役だった。瑞泉寺《ずいせんじ》など、鎌倉の山をよく歩いた。

四十年の正月にお見舞にうかがったとき、先生は、笑いながら、私の命はあと一年半だよと言われた。

予言より一年余分に生きたわけだけれど、この一年間は貴重だった。『やわらかな心』『心のふるさと』の刊行、歌書展、迢空賞受賞ということもあるけれど、私は、先生の書が、いよいよ正しく、いよいよ勇ましく、いよいよ慎しくなられたように思う。

この日、二人でウイスキー一本をカラにしてしまった。自分でも、ひどい見舞客だと思ったけれど、先生も奥さまも、終始ニコニコ笑っておられた。

私は先生のような、まっすぐな心の持主を他に知らない。先生のような正直な人を他に知らない。先生のような男らしい男を他に見たことがない。


（「朝日新聞」一九六七年七月十五日付）

一年

昭和四十二年という年は、私は数え齢が昭和の年号と一致するので、私にとって厄年である。私にとってそうであるばかりでなく、昭和という時代にとっても厄年であるような気がしていた。だから、非常に若いときから、昭和四十二年はいやだなと思っていた。

*

先日、某通信社から「地震・雷・火事・親父」のうち、こわいものから順に書けという回答用紙がきた。変なことをきかれるものだなと思った。なぜならば、古来、これがこわいものの順序とされているからである。しかしまた、現代ではこれが顚倒《てんとう》しているかもしれぬというのが通信社側の狙いであったのだろう。私は、むろん、昔からの順序に従って回答した。全く、この順序の通りに怖いのである。

地震がこわい。大地が揺れるというのが、なんともおそろしい。

「地震の時は竹藪へ逃げろ」という。そこで私は、四年前にはじめて自分の庭をもったときに、すぐに植木屋に孟宗竹《もうそうちく》を持ってきてくれと頼んだ。しかるに、現在にいたるまで、なんだかんだ言って持ってきやがらない。やっと持ってきたのが、クロチクと笹である。こんなものは役に立たない。

私、思うに、孟宗竹は、ビルディングやホテルの中庭なんかに和風の庭をつくるのが流行していて、高値をよんでいるのではないか。そっちへ運んだほうが率がいい。石ブームと同じように竹ブームがあるのではないか。もうひとつ、竹は、ひとりで勝手にどんどんふえてしまうので植木屋としてのウマミに乏しいのではないか。ま、こんなふうに僻《ひが》みたくなる。

地震がこわいのは私だけではない。

先日、私は、先生と二人で新宿の酒場でウイスキーを飲んでいた。(すこしは飲むようになったんです)私は、天井からぶらさがっている小さなシャンデリアがすこし揺れているように思った。わずかに円を描いているようだ。そう思って見ると、カウンターの奥にぶらさがっているサラミ・ソーセージなんかも動いている。

「先生。この電気、動いていやしませんか。ほら……」

と言ったときには、先生はもういなくなっていた。外へ出て行かれたのである。こういうときには、必ず、ナニ横に揺れているときはだいじょうぶだなんていう人物があらわれる。外へ出るとかえってあぶないと言う人も出てくる。

揺れがおさまったとき、店の主人が先生をむかえに行った。先生は、わたくしのように関東大震災を経験している者は……と、おっしゃった。ちょっと差をつけられた。私だって出ていきたかったのだけれど、先生に先手を打たれた。まあ、そのダッシュの鋭いこと。

昭和四十二年には、私は大地震があるのではないかと思っていたのである。そういう学説だか予言だかも読んだ記憶がある。どうやら、そのことに関しては無事だった。私は大地震は夏のものだと信じている。もう、だいじょうぶだ。実を言うと、私は、四十二年は早く過ぎ去ればいいと念じていたのだ。

*

二月の大雪の朝、山本周五郎さんが亡くなられた。山本さんとは、それほど御縁が深かったわけではないけれど、ひそかに私の小説の先生だと考えていた。三月の終り、桜が咲きだしたときに、伊藤熹朔《きさく》さんが亡くなった。私は、妹や義弟と同じように「キサク叔父さん」と呼んでいた。親類のなかでは、いちばん好きな人だった。

七月の暑い日に吉野秀雄先生が亡くなった。これで私が心から先生と呼べる人は、前記の先生一人になってしまった。夏も過ぎようとするときに父が死んだ。

父と私との不仲を知っている人は「正直言って、あんたホッとしたんじゃないか」と言った。それは慰めの言葉だろうが、そういう感じは全く無かった。私の感じは「遂に心が通いあうことがなかった」という一事である。

通夜があり葬式があり、初七日があり、三七日があり、四十九日、百カ日がある。この間隔が絶妙である。悲しみが薄らぐということではなくて演出としてうまくできている。

通夜は賑やかである。とくに伊藤さんのお通夜はたいへんだった。キサク叔父さんは舞台装置のほうの第一人者である。舞台掃除とまちがえられた頃からずっとこの道でやってきた。従って、歌舞伎・新派・新劇など、あらゆる世界の演劇人が集まってくる。おそらく、こういう大合同は今後ともないだろう。少年のころ、私が憧れた森雅之さんもいれば、芥川比呂志《ひろし》さんもいる。水谷八重子さんもいる。

笑いと涙である。「あの人は泣く芝居をやらせたら天下一品だから本当に泣いてんだかどうだかわかりゃしない」と言って笑わせる人がいる。酒を運ぶ人が女中役の名人であったりする。

私はこの席で女優さんたちに大いにモテた。多分、利害関係や感情の縺《もつ》れがあって、私のような門外漢が話相手として頃あいだったのだろう。

私の前に坐ったのが、東山千栄子さんと岸輝子さんと杉村春子さんである。さながら、ラネーフスカヤ夫人と、胆っ玉おっかあと、布引けいにとり囲まれた感がある。いい気分だった。しかし、ふいに、もしこの三人の年齢をあわせたら二百歳を越えるのではないかと考えたときに、本当にモテテいるのかどうか疑わしくなってきた。

吉野先生の四十九日に納骨が行われた。鎌倉の瑞泉寺である。

墓地に赤マンマを大きくしたような花が咲き乱れていた。あとでそれがサクラタデであると知った。

私はもう先生の話が出ても泣かないようになっていた。しかし、一人で裏山に登り、一覧亭に達して「息よわく山路に遅れうかがへば若葉ごもりに友の声ひびく」や「山の上の明るき春におどろきぬ去年《こぞ》の落葉を踏みつつし来て」という歌を思いだすと、顔面が自分の自由にならなくなってくる。

何度か先生と一緒にそこへ登り、酒を飲んだ。先生は、海にむかい、鎌倉の町にむかってバカヤロウと叫んだ。いま、一覧亭は、茫々に荒れてしまっている。

＊

たとえば「文芸手帖」といったものが送られてくる。来年がはじまろうとしている。手帖には、山本さんの名も、キサク叔父さんの名も、吉野先生の名もない。

十二月の終り。

私は、いつでも売れ残りの一皿百円の柿を買ってくる。毎朝、二箇ずつ庭の餌台に置く。翌朝になってみると、オナガだかモズだかアカゲラだかわからないが、何かの鳥が喰った跡がある。柿は半分になったり蔕《へた》だけになったりして地面に落ちている。

八百屋が人間に喰わせるために売っているものを野鳥にあたえてよいものかどうか。それが私にはわからない。なんのためにそうしているのかもわからない。

おそらくは、明け方、野鳥の群れがそれを奪ってゆくのだろう。私の柿は、そうやって喰いちぎられ消滅してゆく。

私の知らないあいだに。鋭い嘴《くちばし》の跡を残して。寒い冬の朝に——。

（「週刊新潮」一九六八年一月六日号）

艸心忌

艸心忌《そうしんき》は吉野秀雄先生の忌日である。今年は、御命日より早く、七月五日の土曜日に行われた。お宅もお寺も鎌倉だから、夏休みになる前にという配慮があったと思われる。そうでないと海水浴の客で混雑する。

私と女房とは遅く出て、途中で道に迷ったりして、瑞泉寺に着いたときは、読経が終っていた。どういう順序で先生を偲ぶ会が行われているのかがわからなかったけれど、私たちは、最初に先生の墓に詣《もう》でることにした。女房がまだ先生の墓を知らなかったためである。

先生の墓は桜蓼《さくらたで》の墓という印象があるのだが、その日は、まだすこし早かったようで、はなやかなような、淋しいような桃色の花は見られなかった。女房はがっかりしたようだ。そのかわりアジサイがよかった。球状の花序《かじょ》はまことに大きく、低いところにむらがり咲いていた。アジサイは雨のときにかぎる。

艸心忌は、艸心洞からきている。会津八一先生が、吉野先生の家を艸心洞と名づけた。これは痩身《そうしん》をかけたものである。吉野先生は若いときは痩せておられたそうだ。私には想像がつかない。

艸心忌の来会者は二百人を越えたという。こういうことは、ひとつの社会現象であるかのようである。たとえば桜桃忌に参加する人の数が年々にふえて盛大になるといったような……。しかし、そうかといって、年々に淋しくなる会もあるし、まるでそういうことの行われない文学者もいるのである。そのへんのところがわからない。

艸心忌に二百人以上の人が参加したというのは、どういうことなのであろうか。先生は地味な人である。歌も決して平明ではない。二百人以上になると、先生の顔を知らない人もいたのではないかと思う。事実、女子大生と思われる若い女の人もまざっていた。

会場である本堂は、人があふれていた。酒と弁当が配られていて、テーブル・スピーチがはじまっていた。

盛会であることは、私にとって、一面において非常に嬉しいことであるけれど、同時にいくらか淋しいことでもあった。というのは、その人と吉野先生についてしみじみとした話をしたいと思う人に近寄れないことにもなるからである。

私も女房も、吉野先生からすれば教え子である。共通の友人たちも多勢きている。また、私が吉野先生について、たびたび書いていることを知っている人がいて、上座、つまり遺族の方々のおられるところに案内しようとする。どういう会でもそうであるが、盛会であればあるほど、上席が空いてしまう。

私は、隅のほうでひっそりとしていたいと思う。別にカッコよくやりたいと思うのではなくて、隅のほうにいて一座を観察するのが私の任務であるように思われるのである。そんなこんなで小競《こぜり》合《あ》いのようなことになる。

「どうぞ……」

「はい」

で、少しずつ進む。その間にも、昔の友人たちから声をかけられたり、ズボンの裾をひっぱられたりする。私は廊下の柱のかげの空席に腰をおろして、それ以上は動くまいと思った。そのころになると、来会者の半分はスピーチを聞いていないかのごとくで、私語が激しくなる。それは酒のせいでもあり、旧知に会う興奮からきているようでもあった。

中村琢二《たくじ》さんの話がおもしろかった。どこか吉野先生に似ているところがある。時に吉野先生の声を真似たりされる。

「おどろきましたなあ」

それを吉野先生の声で言った。もし、吉野先生が、こんなに多勢の人が集まったのを知ったなら、きっと、おどろきましたなあと言っただろうと言われるのである。

先生の体は貧弱だったという。中村さんは吉野先生と一緒に旅行して、一緒に風呂にはいったりされたのだから間違いがない。すると、吉野先生を大きい人だと思い、偉丈夫《いじょうふ》と書いたりしたのは私の誤りということになる。尊敬する人は大きく見えるということなのだろうか。

＊

旧知の人に会うと、私は、とたんにギゴチなくなる。それが自分でもわかるのである。昔の私を知っている人に会うのが辛いというようなところがある。

固くなっている、緊張している、という感じがわかるのである。艸心忌で廊下に坐っているときも、あ、いやだな、あの気持になっているな、と思っていた。

私の昔のことを知っている多勢の人に、いっぺんに会ってしまうのは、何かいたたまれないような思いなのである。といって、私は旧知の人に格別にひどいことを仕かけたという記憶はない。友人が旧悪を知っているというようなこともない。ただただ恥ずかしいのである。

これだから、私は、ツキアイが悪いと言われるのだろう。これは友人だけではなく、兄や弟や妹に対しても同様であって、私は彼等に会うと、急に無口になり、無愛想になってしまう。

「恥多き身」という思いが強過ぎるのだろうか。これは、かなりキザッタラシイことである。

話が違うかもしれないけれど、私は、ヴィデオ・テープというのが怖ろしくて仕方がない。私と同じような感じをいだく人が他にいるかどうかを知りたいと思う。

王選手がホームランを打つ。大鵬が下手投で倒す。すると、すぐにヴィデオ・テープで再現される。それがこわいのである。王のホームラン、大鵬の勝利は、すでに歴史上の出来事なのであって、それをすぐに再現されるのがこわいのである。なんとも奇妙な感覚であるが、私にとって、それらのことは済んでしまったことじゃないかという思いが強いのである。

艸心忌のときに、私に年賀ハガキを渡す友人がいた。これも十代のときに親しくしていた友人である。

忌日に年賀ハガキというのもおかしいのである。元旦に貰うべきものを七月五日に受けとるというのも妙である。

そのハガキには、彼と、彼の細君と、彼の子供の写真が刷ってあって、それぞれが祝いの言葉と近況を述べる仕掛けになっている。

「ひさしぶりに年賀状をつくったものだから。……それに、きみの住所がわからなかったものだから」

私の住所は、出版社にきいてもわかるし、電話帳をみてもわかるだろう。彼は、ずっとジャーナリズムの仕事をしてきた男である。そういう才覚がないわけではない。しかし、彼は、艸心忌にあらわれるであろうところの私を待っていたのである。

私は彼の悪口を言うつもりはない。彼はそういう男なのである。昔とちっとも変っていない。するとヽ私には、二十三、四年前のことが、わっと目の前にあらわれてくる。ひろがってくる。その感じが、どうにも、たまらない。いたたまれなくなる。

同窓会に出席しても同じような気分になることがある。小学校のときの教師に道で遇《あ》っても避けるようにして通った記憶がある。それは吉野先生に対しても似たようなところがあって、鎌倉を去ってからは、ずっとごぶさたしてしまった。

三時からはじまった会に遅れて出席したのだけれど、私たちは四時に帰ってしまった。艸心忌は、瑞泉寺の住職の好意もあって、延々、七時まで続いたそうである。

（「週刊新潮」一九六九年八月三十日号）

吉野秀雄先生十三回忌

七月一日、午後三時から、吉野秀雄先生の十三回忌の法要が鎌倉の瑞泉寺で行われた。

これとは別に、毎年、吉野先生を偲ぶ艸心忌が行われている。私は、どうも、いつでも艸心忌のほうは都合がつかなくて、まだ二度しか出席していない。それと、もうひとつ、私は、昔の大勢の友人知人に一度に会うというのを苦手にしているようなところがある。神経が乱れて、ひどく疲れてしまう。こういう性癖も、なんとかしなくてはならないと思っているのであるが……。

艸心忌の出席予定者は百二十人であるという。十三回忌のほうは約三十人だと思われた。そんなことで、今年も、十三回忌のほうを選んでしまった。

七月一日は日曜日である。息子の運転する自動車に乗って、十二時十五分に家を出た。瑞泉寺に到着したのが二時五十八分である。途中で道に迷ったこともあって、ぎりぎりの時刻になった。道中、特に北鎌倉のあたりが混雑するということもあった。なにしろ、紫陽花《あじさい》の頃である。この日、朝から小雨が降っていた。それが鎌倉に近づくに従って蒼空《あおぞら》になった。もし、朝から晴れていたら、その雑踏はいかばかりであったろうか。

円覚寺、東慶寺、明月院など、どこへ行っても若い男女が多い。それもアヴェックが多い。アヴェックと寺との関係はどうなっているのだろうか。

瑞泉寺は、紫陽花、桔梗《ききょう》、各種の百合、梔子《くちなし》が盛りだった。地に落ちた黄色の梅の実も匂いを放っていた。
私は、きわめて物おぼえが悪いのであるが、瑞泉寺へ行くと、自然に、吉野先生の歌が口をついて出てくる。それは不思議としか言いようがない。

山の上の明るき春におどろきぬ去年《こぞ》の落葉を踏みつつし来て
山山の芽ぶく勢《きほ》ひはひとり立つ一覧亭《てい》のわれに押し寄す
瑞泉寺に登りゆくべきわれと見て少年庫裏《くり》への夕刊託す
月観《み》むとたどる山路《やまぢ》に峡《かひ》の門《と》の夕映え雲をふりさけにけり

これは、すべて瑞泉寺の歌である。先生と一緒に行ったときの歌もあって、それで思い出が深いのであるが、それよりも、先生の歌に調べがあって、そのために記憶をよびもどすことができるのだろう。本当に気持のいい歌ばかりである。

*

精進落としは駅のそばの料亭で行われた。小人数であったために、鎌倉アカデミアの教師であった久保舜一《しゆんいち》先生、吉野先生の友人で画家である中村琢二先生、俳句の上村占魚《せんぎよ》さん、吉野先生の唯《ただ》一人の歌の弟子であると思われる山崎方代《ほうだい》さんたちと話をすることができた。これも有難いことだった。

山崎方代さんは、知っている人は知っていると思うけれど、ちょっと面白い歌人である。俳句のほうで言えば、山頭火や放哉《ほうさい》に似ているかもしれない。
鎌倉の手広《てびろ》というところの小屋に住んでいて、自分で乞食のような暮しだと言っている。吉野先生に、この方代さんを歌った歌がある。

我の何を君好むにや日曜毎《ごと》に山崎方代喜捨に現はる
来る毎に野菜をめぐむ君けふは入歯直してとどけくれたり
血走れる君がまなこは戦傷のためと今日聞きわれ畏《かしこ》まる
交りて数年経《た》つに戦傷の故《ゆえ》の人相と君言はざりき
病むわれを笑はさんとて君が語る失恋談は身にしむものを
来ればする失恋ばなし種尽きずわが方代はかなしかりけり
無頼の徒ときめてあしらひし頃ありき心に消して君が面《おも》を観る

その方代さんにも、吉野先生のことだと思われる歌がある。

それとなく別れを告げて笹の葉にどうにもならない涙をおとす
早く散り候《そうろう》か先生は鎌倉の花この国の花なり

方代さんの、瑞泉寺の歌、

瑞泉寺の和尚がくれし小遣いをたしかめおれば雪が降りくる
生涯《しょうがい》にまたあるまじく瑞泉寺の和尚がある日たずねくれたり

これで、吉野秀雄先生、山崎方代さん、瑞泉寺の住職、この三人の関係がおぼろげにわかってくるように思われる。

方代さんの歌は、連作ではないのだけれど、三十首から五十首ぐらい続けて読んだほうがいい。だから、少し無理があるのだけれど、数首を記しておく。

こんなにも湯呑み茶碗はあたたかくしどろもどろに吾《われ》はあるなり
この夜の観音さまは女体にて鼻の先よりまさぐり始む
あきらめは天辺《てっぺん》の禿《はげ》のみならず屋台の隅で飲んでいる
かつぎだこ取れし今でも物みれば一度はかついでみたくなるのよ
かぎりなき雨の中なる一本の雨すら土を輝きて打つ

戦前、山崎方代さんは三百部の歌集を作った。このうち、二百冊を横浜駅と東京駅で、五十冊を桜木町駅で配った。それから数日後、三百八十通のハガキの激励文が舞いこんできたという。

弟子とは言っても、吉野先生と方代さんの歌は全く違う。ちょうど、吉野先生の師である会津八一先生の歌と吉野先生の歌が全く違うように。

第一回の艸心忌のときに、中村琢二先生が、吉野と一緒に風呂に入ったら、吉野のモチモノは立派ではなかったという話をした。

＊

ずいぶん変なことを言うなと思った。門弟の一人としては、立派であったと思いたいのである。いま、ちょっと思いだせないが、晩年の吉野先生の歌に、病気がひどくなって、先生は秀処《ほと》と書くことがあったが、それがちいさくなって拇指《おやゆび》ぐらいになってしまったという歌がある。思いだせないままに、私は、中村先生に、昔からそんなにちいさかったんですかと訊いた。

すると、中村先生は、いや、あの艸心忌のあった翌日、未亡人から電話が掛ってきて、有事の際は絶対にそんなことはなかったということを聞かされたという話をされた。

そんな話になったのは、中村先生も私も酔っぱらってしまっていたからである。私は、雪辱とはこういうことを言うのではないかと思った。いまよりはだいぶ若かった未亡人が、鉢巻をしめて薙刀《なぎなた》を持って電話口に立っているような気がした。

＊

みんなが瑞泉寺から料亭へ向うとき、私は、一人で藤棚の下のベンチに坐っていた。息子に、大《おお》宅《や》壮一先生と梶山季之《としゆき》の墓にそなえる花を買いにやらせて、それが届くのを待っていたからである。

この二人の墓も瑞泉寺にある。

十七回忌はともかくとして、その後の法要のとき、今日の参列者がすべてそろうかどうかということを、私はぼんやりと考えていた。

私以外、ベンチはすべてアヴェックが占領している。百合と梔子の芳香のなかで、睦言《むつごと》のようなものが聞こえてくる。男の一人が、ああ、いい匂いだ、やっぱり木犀《もくせい》はいいねえと言った。私は、吉野先生がこれを聞いたら、バカヤロウと叫ぶか、苦笑するか、そんなことも考えていた。

（「週刊新潮」一九七九年七月十九日号）

木山捷平さん

木山捷平（きやま・しょうへい）
詩人、小説家。一九〇四～六八。享年六十四。著書に『大陸の細道』『木山捷平全詩集』など。

1

去年の八月二十三日に木山捷平さんが亡くなった。

入院されたというので、お見舞にうかがうつもりでいたところ、病院へは行かないほうがいいだろうという話をきいた。私よりももっと木山さんに親しい人に連絡をとってくれるようにおねがいしていたが、そういう返事がかえってきた。

木山さんは、ご自分ではすぐに全快すると思っていたようで、気分のよくなったところでみんなに会いたいと考えておられたようだ。私は、将棋を指す約束をしていた。ちょうどいい機会だというくらいに、こちらも軽く考えていた。

朝日新聞に書かれた入院生活の随筆は、いつもよりもっと明るい感じのものだったので、すこし安心したようなところがこちらにあった。

八月二十三日に、私は、女房子供と一緒に、海岸の近くのプールのあるホテルにいた。二十一日に父の一周忌があり、私のところの寺は湘南地方にあるので、そこに泊っていたほうが便利だということもあった。そういうわけで、ホテルには、木山さんのお宅へそのままうかがってもいいような服装が置いてあった。女房も同様だった。

私たちは、新聞で木山さんのことを知って、すぐに海のそばのホテルをひきあげた。新宿あたりで家族とわかれて、お宅へうかがうつもりで、ホテルを出た。

しかし、私はお通夜にもお葬式にも行かなかった。別の日にしようと思った。いまでも、どうしてそういう気持になったのか、よくわからない。

ひとつだけわかっていることは、木山さんが文壇歴の古い方だということである。そういうところへ私のような者が行ってはいけないのではないかという考えが頭をかすめた。

たとえば中央沿線作家という言い方がある。それは非常に文壇的な感じがする。これもうまく言えないのだが、私にはそういうものを大事にしたいという気持がある。そのなかへ異質な者が割ってはいる感じで伺ってはいけないのではないかと思った。わるいたとえであるけれど、常連の多い古い酒場へ出かけるときのような気持である。私は常連ではない。その酒場にはルールがある。私はルールを知らない。

これも梅崎春生《はるお》さんの葬式の帰りのことであるけれど、小島信夫さんと庄野潤三さんと私の三人で新宿へ出ることにした。こういうときに、電車に乗るのか、タクシーに乗るのかということがわからない。かりにタクシーだとすると、順序からいって、私が駈《か》けていって自動車をとめなければいけない。また新宿へ行って、コーヒーを飲むのかビールを飲むのかということもわからない。

その日は、バスで駅まで行って、国電で新宿へ行き、コーヒーを飲んだのだと思う。バスの料金は十五円だった。その十五円はワリカンだった。
「いつも、こうなんだ」
庄野さんが笑いながら言った。こういうのが、ルールだろう。

2

何年前だか忘れてしまったが、まだ戦後という感じが濃かったころ、木山さんの『耳学問』という小説を読んだ。凄い小説だと思った。文芸時評をやっている人や匿名の批評欄をもっている人の誰かれなしに、その小説を取りあげてくれるように頼んだ。文学賞推薦の一票を持っている人にも、それを推してくれるように頼んだ。編集者仲間にも吹聴した。

そのころは、むろん、木山さんと面識がなかった。どうしてあんなに夢中になったのかわからない。多分、私の考えている小説と『耳学問』がぴったりあったのだろう。ちかごろでは、梅崎さんの『幻化』のときがそうだった。

私の出版記念会のときに、何人もの人が、おい、お前の好きな作家が来ているぞと言った。喧騒をきわめている場内の隅のほうに木山さんがおられた、汗をかいておられた。

その後も、出版記念会や文学賞の祝賀パーティーでお目にかかった。私は自然に木山さんを探すようになる。誰かに、木山さんがお前を探していたぞと言われたこともあった。

お目にかかっても、別に話をするわけではない。顔を見あわせてニヤニヤするくらいで終ってしまう。

木山さんが『大陸の細道』で受賞されたのは、私の出版記念会の翌年だった。中央沿線作家の集まりに私も招かれた。そのときの木山さんの挨拶が絶品だった。といって、変ったことを言われたのではない。

「本日は、わたくしのために、わざわざ……」

といったようなことをおっしゃるだけで、とうてい我慢ができないくらいおかしくて、大声で笑ってしまう。木山さんが晴れがましい席で挨拶のために立ちあがるというだけでおかしいのである。それは私だけではなくて、一座の人がみんな笑いころげるのである。

木山さんは、そのとき、新調と思われる、いい背広を着ていた。そのことを言うと、

「ちかごろ景気がいいんだ」

と、頭をそらすようにして言われた。木山さんには、いい洋服が似あわないというところがある。古い洋服でも紺の縦縞なんかは似あわないだろうと思う。だぶだぶしたチェックの薄茶色でないと木山さんにならないと思う。

私は、雑誌で一度、ラジオで一度、木山さんと対談した。そういう人は、木山さん以外にはいない。だから、浅いような深いようなおつきあいである。

ラジオはＮＨＫであるが、木山さんが、

「あのう……」

と言ったら係りの人が、すっとウイスキーを出した。えらいものだと思った。飲まなければマイクの前で話なんかできないということがＮＨＫの人にも通じていたようである。

雑誌は『風景』であって、対談するまえに、すこし木山さんのことを調べようと思って、神田神

保町の書店街を歩いた。

全集に収録されていれば年譜があるはずである。文庫本があれば解説がついている。暑い日だった。いくら探しても木山さんの本がなかった。私は次第に憤りがこみあげてきて、それを押さえることができなかった。

こんなことがあっていいのか。マスコミの全盛とかなんとか言ったって、木山さんの作品を見る眼を持った出版人、監修者が一人もいないのか。木山さんの小説は全集にいれる価値がないのか。私はいまでもそう思う。『木山捷平詩集』はどこかの文庫におさめられてしかるべきものである。とっくの昔にそうなっていなければならぬはずのものである。われわれが後世に残すべきものである。私の目からするならば、木山さんの詩は抜群のものであって、だんぜん光っている。

おしのを呑んだ神戸

にくい汽車!
おしのの乳房までものせて
上り列車は汽笛をふいた。
神戸へ!
神戸のマッチ工場へ!
さびしいか? おしの
さびしいのに何故行くんだ?

神戸へ
神戸のマッチ工場へ！

列車は発車した
おしのの乳房までものせて。
にくい神戸！
神戸はおしのを呑んでしまつた。
俺あひとり
田圃の中の停車場にのこされた。

夜道を三里

夜道を三里
俺あ、おしのに逢ひに行つた。
おしの、蚕に桑やつてゐたが
口笛吹いたら裏から出て来た。
空豆ぽりぽり食べながら

俺あ、久し振りにおしのと話した。
夜道を又三里
俺あ、おしのと別れてかへつた。
帰るさ、峠で一ぷくしてゐたら
首のあたりで何かごそごそした。
さはつて見たらおしのの着物にゐた蚕
何時の間にか俺について帰つてゐた。

おしのの腰巻

おしのの腰巻嗅いで見たら
おしのの腰巻くさかつた。
おしのの腰巻何故くさい？
田の草とつて
田の草とつて汗でよごれた。
汗でよごれりや

腰巻だつてくさくなら！
糞ツ！
くさい腰巻竹の棒につけて
えつさ　えつさ
東京の真中《まんなか》駈けちやろか。
「サア　コラ　ミンナ
コノ　コシマキ　ニ　敬礼ダ！」

これは、昭和三年と四年に書かれた詩である。プロレタリア文学のさかんな頃であったろう。そのころに書かれた、こういう詩を、私は好きだし、わるくないと思うし、意味があると思う。「おしのの乳房までものせて」というところが好きだ。

3

木山さんと二人だけで話をした時間は、合計すれば、五時間ぐらいのものだろう。
木山さんは、文士は講演なんかするもんじゃないと言われた。
同じことを話していると、だんだんにうまくなる。ツボがわかってくる。ここでこう言えば笑うということがわかってくる。それは芸人のやることであって、創作ではない。創作に害がある。どんなに出来がわるくても文士は創作をしなければいけないと言われた。

いかにも中央沿線作家らしい言い方だけれど、私は、拳々服膺《けんけんふくよう》すべきものだと思った。これは、あるいは、講演のうまい某評論家のことをアテツケて言われたのかもしれない。木山さんの作風を言うときに「飄々として」という言葉がつかわれる。それはその通りなのであるが、飄々の裏に、こういう苦いものがかくされているのである。

また、小説が書けなくなったら、汚い服装で旅行して、三流旅館に泊ればよいと言われたこともあった。とくに靴はボロボロのものがよい。女中さんは、まず足を見るからね、すぐ馬鹿にするからね、と言われる。これは、私に対するご忠告である。

私は、近い将来において、ぜひやってみたいと思っている。そういう楽しみを残してくださった。

木山さんは、本が出来ると、必ず送ってくださった。たいへん失礼なことを言うようであるが、木山さんがご自分の著書を献本されるのは三十部ぐらいのものだったろうと思う。そのなかにいれてくださったということがありがたい。

木山さんが亡くなる直前に書かれた文字は、すなわち絶筆は、

「キソーシャメイボ」

であった。

4

私は、初七日が過ぎてから木山さんのお宅にうかがった。

二度の対談のときに、二度ともお宅の近くまでお送りしたのであるけれど、一人で行ってみると、

なかなか道がわからない。迷ってしまった。

小説で拝見している木山さんの家は、やはり、小説を書く人の家であった。

暗い夜にそれを発見したときに、私は「ああ……」という声をあげてしまった。

（『小説・吉野秀雄先生』一九六九年五月）

ある別れ

山田道美（やまだ・みちよし）
将棋棋士。一九三三〜七〇。享年三十六。著書に『山田道美将棋著作集』など。

油照りというのではなく、といって五月晴でも梅雨晴でもない。六月下旬の雨と雨の間の晴間をなんというのだろう。地下鉄東西線が地上に出て、東京をはなれ、千葉県にはいろうとしていた。いくつもの川を越えた。いくつもの橋を渡った。

めったには一人でそっち方面へ行くことがない。

私が中学生であったときに、学校教練の演習で習志野へ行ったことがあった。そのときは総武本線で、やはり、いくつもの川を越えた。私は作文を書いて、原稿を募集していた校友会雑誌に提出した。そのときに、それらの川の水を、寒天のようだと形容した記憶がある。鉛色に澱んでいて、漣《さざなみ》ひとつ立たない。

いま、私がその上を通り過ぎてゆく川も、二十七、八年前のそれと全く同じように、澱んでいて動かない。行っても無駄なところへ、無駄なことをしにゆくというときに、川はそのように見えるのだろうか。

葛西《かさい》、浦安、行徳《ぎょうとく》という懐かしいような駅名がある。そこを通って、西船橋で乗り換えて津田沼に出て、さらにそこから新京成電鉄で三つ目か四つ目の高根台という駅で降りるのだと教えられた。緑の多い郊外のモダンな公団住宅での葬式なのだから、野辺の送りという言葉はふさわしくないのだが、田の中の東西線に乗っていると、そんな気分になってくる。私は、将棋の山田道美九段の葬式に行こうとしているのである。六月十八日、山田さんは、血小板減少性紫斑《しはん》病という病気で、三十六歳の若さで急死した。

学校教練なんていうものは全く無駄であったと思うけれど、葬式に行くのを無駄な行為とはいわないだろう。しかし、そこへ行ったって山田さんに会えるわけではないし、山田さんの声がきこえるわけでもない。私の気持は沈む一方である。誰かに話しかけたいと思って何度も車内を見渡した。在京の棋士はすべて参列するはずである。棋士の風態は私にはすぐに見当がつく。

誰もいない。私はひどく遅れていることを思いだした。

*

私が団地の集会所に到着したとき、一時間の葬儀が終ろうとしていた。私は勝手がわからずに、受付ではなく出口のところから葬儀場に入りそうになった。そこに米長《よねなが》七段と、目を赤くした沼二段がいた。僧形の金子金五郎さんの姿が目につく。丸田会長や、旧知の二上《ふたかみ》八段、中原八段、野本四段と黙礼をかわす。新聞社の学芸部の人が多勢来ている。将棋欄は学芸部の担当である。山田さんは共同通信の棋戦で何度か優勝しているし、何度も挑戦者になったし、棋聖位のタイトルをとったこともあるから、学芸部の人とは馴染みがふかいのである。私が遅刻したのは疲れていて起きられなかったせいであるけれど、若い未亡人や幼い遺児を見るのが辛いという気味もあった。

百人の人がいる。そこへ石を投げる。一人の人に石が当る。山田さんの死はそのようなものであって、それ以上のことを考えてはいけないと私は自分に言いきかせるようにしていた。そうでなければ、登山やテニスが好きで、棋士としては頑健そうにみえた山田さんの死の納得がいかない。

倉島竹二郎さんが、こんなような意味のことを言われた。

「人間は、いつ死ぬかわからない。人間が生きているということは、当人ではなくて、廻りの人の胸のなかに生きているということです。従って、生きるということは、結局は、他人にどれだけのことをしてやれるかに尽きるのではないか。山田さんは亡くなったともいえるし、生きているともいえる。また、山田さんぐらい他人のために尽した人はほかにいないのではないか」

倉島さんは幼児が激しく泣いたあとのような顔で、いくらか昂奮しているようだった。倉島さんの言葉に異論のある人も多いと思うけれど、その場では、その言葉が私の胸に沁みた。

＊

三月十四日に、私は山田九段と飛落ちで対局した。対局ではなくて、指導対局もしくはお好み将棋というべきものであるが、その場の雰囲気は真剣勝負にちかいものだった。山田さんの第一印象は〝優しい人〟だった。私はびっくりした。観戦記などで、私が感じていたものは、闘将だったのだから。

私は扇子を忘れていた。大山名人の扇子を持ってくれればよかったなと言った。すると、山田さんは、キッと眉をあげるようにして言った。

「大山名人の扇子では駄目ですよ。こっちの闘志が湧いて、あなたが負けますよ。中原君の扇子ぐらいがよかった」

将棋連盟には、タイトル保持者は扇子をつくるという習わしがある。大山、升田、加藤（一）、中原、内藤などにはサイン入りの扇子がある。山田九段だけは扇子をつくらない。どうやら、山田さんは、毛筆の字に自信がないようだった。山田さんのサインは、いつでもマジックインキである。自分で練習して上手に書けるようになるまでは筆の文字を書かないと決意しているようだった。こういうところが、いかにも山田さんらしい。

山田さんは、わかりきったような指手でも、二分、三分というように小刻みに考えて指す。順位戦と同じように、気合いのはいっている証拠だった。時折、盤上に覆いかぶさるようにして長考する。

おどろいたことに、山田さんは、私の数少ない棋譜を全部とりよせて研究してきたのだという。また、駒落ち将棋に明るい棋士に教えをうけてきたのだとも言った。さらに、私の小説類を読んできたとも言った。私における心理的なものをも調べたのである。このような人はめったにいるものではない。大駒落ちだから上手《うわて》が負けるかもしれない。しかし、プロ棋士としてミジメな負け方をしたくない。やるだけのことはやってみようというのが自分の決意だったと語った。

その将棋は、結局、指しわけに終った。がっぷりと四つに組んで、仕掛けたほうが不利という局面になった。そうではあるけれど、そこには力量の差があって、山田さんが無理に仕掛けてきても私は潰れていたろう。そうしなくて引きわけにしたのも、いかにも山田さんらしい。納得のいかぬ手は指さないのである。そこがプロ棋士である。

山田さんが素人と対局するのは、その将棋が最後になった。私について、その将棋について、何度も語っていたそうである。私は「６五位取《くらいど》り戦法」で戦ったが、私との対局を基にして、その戦法をさらに進展することを考えていたようであり、『近代将棋』に、それを予告していた。

その将棋の記録をとってくれたのが、奨励会（プロの卵）二段の沼春雄さんである。沼さんは山田さんの死を知って棋士になるのをやめようかと思ったそうだ。沼さんは山田さんの弟子ではなく同門でもない。このように、山田さんは若手棋士や奨励会の人たちに慕われ、影響をあたえ、朝の八時からという山田教室を開いて実質的な師になっていた。こういう人も山田さん以外にはいない。

＊

葬儀の翌日の明け方、私は山田さんの夢を見た。例の将棋を指し続けていて、双方入玉《にゅうぎょく》になり、山田さんの王将が私のほうの三段目にはいったとき、山田さんは駒を裏返そうとした。山田さん、王将の裏は何もありませんよ、白ですよと言おうと思ったときに、山田さんの姿が、すっと消えた。

（「週刊新潮」一九七〇年八月八日号）

「なぜ?」一

三島由紀夫（みしま・ゆきお）
小説家。一九二五〜七〇。享年四十五。著書に『仮面の告白』『金閣寺』『豊饒の海』など。

私は今回は別のことを書こうと思っていたのであるが、どうしても頭がそっちのほうへ動いていかない。考えてみると、あれからずいぶん長い日時が経っていると思うのだけれど、今日（十一月二十七日）からすると二日前の事件なのである。いまから六十時間前に起ったことであるというのが、全く信じ難いように思われる。

三島ショックである。多勢の人が一度に色々のことを考えたと思う。私も考えた。しかし、考えて、自分なりの結論をだしたうえで、なお、澱《おり》のようなものが残ってしまう。「なぜ?」という澱が残ってしまう。そうして、いまだに、あれは白昼夢であったような思いを払拭することができない。こんな状態では、他のことを書くことができない。

私は三島由紀夫の愛読者ではない。個人的な接触も多くはない。従って、三島さんを論ずる適任者ではないと思っているが、状態が状態であるから許していただきたい。

＊

私が三島さんに初めて会ったのは、終戦の年か、あるいはその翌年であったかを忘れてしまったが、場所は、銀座の「若松」というお汁粉屋だった。

私は十八歳か十九歳であって、ということは、そのときの三島さんは、二十歳か二十一歳であったはずだ。しかし、当時の文学青年は、みな、三島由紀夫の名を知っていた。三島さんは昭和十六年に『花ざかりの森』という中篇小説を発表していた。これは十九年に、その頃としては、とびきり上等の装幀と造本で出版された。私も読んだ。三島さんの才能を疑う者は誰もいなかったといっていいだろう。冗談や悪口ではなくて「天才少年あらわる」という感じを多くの人が抱いていたはずである。第一に『花ざかりの森』なんていう題が実に洒落《しゃ》れている。三島さんは、すでにして、私たちの間ではスターだった。貴公子という感じがあった。選ばれてある者だった。

三島由紀夫が川端康成を訪ねたときに、行李《こうり》一杯の小説原稿を持っていったという伝説が残っている。それは三島さんに関する限り、真実であろうという気がしていた。

そんなふうであったから、お汁粉屋にいても、三島さんのいる所にだけ光が当っているような感じだった。この感じは、三島さんが自決する一週間前の谷崎賞授賞のパーティーにいたるまで続いていた。つまり彼はスターだった。

お汁粉屋に集まったのは、六人か七人だった。いずれも文学青年である。というより「日本浪曼派」の残党であるといったほうがいい。私一人はそうではなくて、文学青年である先輩にそこへ連れていってもらったのである。私は戦時中に『コギト』という雑誌を購読したりはしていたが、小説や文芸評論を書きたいとは思っていなかった。その会合は、何か新しい雑誌をはじめるための下相談のようなものであったらしい。

三島さんはクズ餅を食べ、私もクズ餅を食べた。どういう会話があったかを覚えていない。顔あわせ程度のものであったのかもしれない。

また、どういうわけか、この店の勘定を私が支払った。こんなことを覚えているのは私がケチである証拠だろう。しかし、全員の勘定を私が払うと言ったときに、三島さんが何とも言わなかったということが妙に印象に残っている。私は三島さんを金持のお坊ちゃんだと思っていたし、盟主的存在だから、私の出過ぎた態度を咎められるのではないかと思ったのである。このときも私は、この人はスターなんだなと思った。

当時の私は鉄火場に出入りしていて、ヤクザ者としても博奕《ばくち》打ちとしてもセミプロにちかい生活をしていた。だから現金は持っていたのである。

それから先輩と私とは新橋の焼ビルみたいなところへ行った。どうやら、そこが新雑誌の事務所になるらしく、先輩の友人が待っていた。いま考えると、新雑誌の仲間に三島由紀夫をひきこもうとしていたのかもしれないとも思われる。

この雑誌がどうなったかということを知らない。二号か三号は出たのだろう。

*

それから十年ぐらい後のことになる。銀座の「はせがわ」という小料理屋で、三島さんに紹介された。これも、どういう会合の流れであるかを忘れてしまった。また、三島さんのほうも十年以前のことを忘れておられたようだ。

このときに、ひとつだけ、はっきり覚えていることがある。

それは、三島さんが、こちらの目をピタッと把《とら》えてはなさないということだった。なにか眩しいような感じだった。相手が男でも、ドギマギする。こっちは目をはなす。しかし、依然として、三島さんの目はこちらにむいている。このとき私は出版社に勤めていたけれど、三島さんとの接触はなかった。おそらく、三島さんという人は、誰に対しても、こんな感じであったろうと思う。睨みつけるというのではない。しかし、こっちの目をピタッと把えて、何かを摑みとろうとする感じがあった。

以上二回の会見で言うならば、三島さんには、こわいという感じはない。威張っているということはない。スターであるけれど、スター気取りということはない。

鋭い感じはある。しかし、同時に、優しい人だなという感じがあるのである。それから、非常に公平な人という感じがあった。

＊

三島さんが、私の処女作を読んで泣いたという話をきいた。

それを教えてくれた人は、

「あの三島が泣いたんだぜ」

と言った。それは私にとっても意外なことだった。なぜならば、私は、三島さんという人は「戦中派」ではないと思っていたからである。

三島さんと私との年齢差は一年十カ月である。三島さんは大正十四年の生れである。年齢でいえば、まさしく戦中世代である。しかし、三島さんは違うのだとずっと思い続けてきた。ふつう、三島さんを戦中派にいれることはなかったと思う。戦中派というのは、文学のほうからいっても、社会的にみても、不毛の世代である。不運を背負った人たちである。三島さんだけが「特別の人」だった。

私は、三島さんには、私のような戦中派の心情が理解できるわけがないと思いこんでいたのである。

非常に極端に露骨に言うならば、あの殿様に、あのお坊ちゃんに、あの学習院に、あの青ビョータンに、あの東大法学部に、あの大蔵省のお役人に、あの天才少年に、あのフットライトを浴び続けてきた男に、俺たちの気持がわかってたまるものかという気持があったのである。

いったい、はたして、三島由紀夫は「戦中派」なのであろうか。

＊

ここで、便宜上、話が飛ぶことになる。

三年ほど前、六本木の寿司屋で、三島さんと会った。深夜にちかい時刻で、三島さんも一人、私も一人だった。私はひどく酔っていた。三島さんも珍しく酒を飲んでいた。といっても、ただお銚子が一本置いてあるという感じだった。

私は少しはなれたところから三島さんと話をしていた。私は三島さんと親しくもなければ、好きな人でもなかった。

三島さんは、トロを注文した。トロ以外を食べないのである。その感じは、どうにも、異常だった。

「なぜ？」二

寿司屋で三島さんに会ったところまで書いた。三島さんはトロばかり食べる。その他のものを食べない。これは、あるいはマグロの思い違いかもしれない。中トロかもしれない。そのへんはどうでもいい。

職人が、「何か？」と訊く。

三島さんが、「マグロ」と答える。

それが十回ぐらい続いた。

いかにも三島さんらしいと思う人がいると思う。私も、いかにも三島さんらしいと思う。

いかにも三島さんらしくて、さっぱりしていて、自分の好みがはっきりしていてイイナと思う人がいるかもしれない。しかし、私においては、そうではない。イイナと思うのが半分、イヤダナと思うのが半分という兼ねあいになるだろうか。

寿司屋では、車エビなどの高価なものは別として、値段は同じなのである。時の相場というものがあるから、いちがいにそうとは言いきれないが、同じだと思って、ほぼ間違いはない。

つまり、仕入れの高いものばかりを食べられると、寿司屋は儲からないのである。ひところ、マグロは寿司屋にとって赤字になるといわれた時期があった。そうでなくとも、マグロは、寿司屋にとって目玉商品である。マグロが品切れになると店じまいしなくてはならぬことがある。

私もマグロが好きだけれど、マグロを注文するときは、遠慮しいしいという具合になってしまう。それから私はマグロ以外のものも好きだ。コハダなんかが好きだ。

おそらく、これが三島さんでなかったら、職人に厭味《いやみ》のひとつも言われるという場面であったろう。そうでなくても、寿司屋の職人は減らず口をききたがる人間が多い。しかし、職人は、だまっていて、いくらか珍奇なるものを見るという顔付きで、マグロばかりを握っていた。

ここで非常にはっきりしていることは、三島さんが寿司屋を儲けさせまいとしているのでもなく、イヤガラセをしているのでもないということである。

三島さんは「知らない」のである。「知らない」ということに、いくらか子供っぽさが混じっている。日本にしかない寿司屋における初歩的なマナーを三島さんは知らないのである。おそらく、三島さんの生涯において、一人で寿司屋に入るなんて機会は、ほんの数えるほどしかなかったのではないかと思う。

非常に突飛なことを言うようだけれど、もし、三島さんが本当に軍隊に入隊していて、それも、初年兵の生活を一年間も続けていたら、ずいぶん驚くことも多かったろうし、彼の人生観は大幅に変っていたろうと思う。二等兵で、小突かれ、殴られ、陰湿な刑罰を受けていたら、軍隊に関する考え方も変っていたはずだと思う。軍隊生活は、演習と学科だけではないのである。私が兵隊であったとき、私の敵は米軍ではなくて、まず日本軍であった。それは私の愛国心とは、あまり関係のないことだった。敵は、日本陸軍の内務班の生活のなかにあった。私の考えに同感してくれる日本人は、まだ多勢生き残っていると信じている。軍隊では「楯の会」のように、自分の気に入った男だけを集めてくるわけにはいかないのである。

軍隊の内務班の生活は、一種の日本の縮図だった。そこで一年間を暮せば、三島さんは多くのことを知ったろうと思う。考えが変ったと思う。

学習院から東大法学部を出て大蔵省の役人になり、批評家に叩かれることのなかった天才的な小説家というのは、非常に多くのことを知っていたと思うが、それと同じぐらいの分量で「知らない」ことがあったと私は思う。ついでながら、私は、侵略のためであろうが威嚇のためであろうが、またはは自衛のためであろうが、軍隊生活なんかはマッピラゴメンである。

三島さんの死後にあらわれた諸家の意見や感想のなかで、私は、ドナルド・キーン氏の次の一節がもっとも深く印象に残った。

「たとえば二年前一緒に奈良の三輪山へ取材旅行に行ったが、自然をあれほど美しく書いた三島さんが、木や花や動物の名前をほとんど知らないことを発見して私は驚いた。神社の裏山で三島さんは年寄りの庭師に『何の木か』と尋ねた。男は驚いて『マツ』と答えたが、松の種類を問われたのだろうと思ったか『雌マツと呼んでいます』と言い直した。すると三島さんは、鉛筆を片手に真顔で『雌マツばかりで雄マツがないのに、どうして小マツができるの』と聞いたものだ。

その晩にカエルのなきごえが聞こえると、三島さんは私に『あれは何』と聞いた。その後間もなく犬がほえたので『あれは犬ですよ』と私が言うと、三島さんは『それくらいは知っていますよ』と言って大笑いした」(毎日新聞、十一月二十六日)

三島さんが、深夜の寿司屋にあらわれたのは、どこか近くのホテルで仕事をしていて、夜食を摂《と》りにきたもののようであった。三島さんは、昼間は寝ていて、夜中から朝にかけて仕事をするというタイプである。

また、三島さんは、ときに意外に思われるような、二流、三流の週刊誌や、若むけの婦人雑誌に連載小説を書いたりすることがある。それは、三島さんの、ものにこだわらない、好ましい性格のあらわれであるが、あきらかに金のための仕事だと思われるようなこともあった。そういうときは「精神衛生のために」ホテルにとじこもって半年分や一年分をいっぺんに書いてしまうのだと言っていた。

寿司屋に来たのは、そういう種類の仕事の最中であった。そこで私は、酔ってもいたし、悪い癖で、いっちょうカランでやれと思った。

「三島さん、そんなにお金がかかるんですか」

すると三島さんは、そりゃかかりますよ、と言って、かなりくわしく経済状態を説明した。そういう態度は、まことに率直で、気持のいいものである。さばさばしている。私は三島さんを憎んだことはないし、どちらかというと好きな型の男である。私の編集者時代にも、約束はキチンと守ってくれた。威張るようなこともないし、豪傑笑いみたいに陽気によく笑う人でもあった。ドナルド・キーン氏の書かれたものを読むと、びっくりするけれど、同時に、なんという正直な人かとも思うのである。

私には、三島さんのような人が、お金に追われて仕事をするのが残念で、それでカランでみたのだった。

そのとき、三島さんは、私の頭の天辺《てっぺん》が禿《は》げてきているのを見て、その部分にクレヨンを塗ったらどうかと言った。冗談かと思ったら、そうではなくて、ヘヤークレヨンというものがあって、アメリカン・ファーマシイに売っていると教えてくれた。してみると、三島さん自身も、そのことを警戒し、気にしているのではないかとも思った。

*

三島さんは、昼は寝ているし、仕事は夜だときいていた。書斎の人である。外界との接触がない。御輿《みこし》をかつぐのも、拳闘も、映画出演も、剣道も、ボディビルも、そうやって外界と接触して、調和を保とうとしておられるのだと思っていた。悧口《りこう》な人だなと思っていた。

実をいえば、私は、「楯の会」というのは困るけれど、やはり、そういう種類のものだと信じこんできていた。おろかにも——。

「なぜ?」三

三島さんが寿司屋でトロばかりしか注文しなかったというのは、名家のお坊ちゃんにありがちな偏食であったかもしれないし、また私に対する一種のスタンド・プレイであったかもしれない。

三島さんの好物はビーフ・ステーキであったという。おそらく、会食などで、フル・コースの料理を食べるとき以外は、洋食屋ではビーフ・ステーキばかりをオーダーされたのだと思う。このほうは、例のボディビルにも関係があってのことかもしれない。

寿司や刺身ならマグロ、肉ならビーフ・ステーキときめてしまっているのも、いかにも三島さんらしいと言えば言えないこともない。単純にして明快であり、さばさばしていて屈託《くったく》するところがない。

そうではあるのだけれど、私が寿司屋で会ったときの、寿司屋の職人の、ちょっと困ったような表情も忘れることが出来ない。もう一度くりかえすが、寿司屋というものは、マグロが売りきれてしまえば店仕舞をしなければならず、マグロばかりだからといって、高い勘定を取るわけにもいかない。マグロのない寿司の桶なんてものは、どうにも恰好がつかない。

「有名な人だし、お坊ちゃん育ちだしするから仕方がねえや。しかし、変った人だなあ」

職人の表情は、そういったようなものだった。彼は、そういう顔付きで、私のほうを、ちらっちらっと見ていた。

こんなことは、まあ、どうでもいいような事柄であると思われるかもしれない。こんなことを書いたって、三島ファンにも三島嫌いにも何の影響もない。しかし、私は、ここで、三島さんが世事に疎い人であったということと、世間に気兼ねしない人であったことを、はっきりとさせておきたい。同時に、私は、自分の立場をもハッキリとさせておきたいと思う。

私は三島さんを咎めようとは思わない。極端な話だけれど、皇太子が世事に疎いからといって、これを咎めようとする人は誰もいないだろう。立場の相違である。

三島さんは優しい人だった。よく気のつく人だった。高笑いをする人だった。この高笑いは、彼の素姓のよさと、汚れのない人柄を示していた。仕事の約束をキチンと守る人だった。

私が雑誌の編集者であったころ、三島さんから電話がかかってきて、原稿が出来ているから取りにきてくれということがあった。締切の期日よりも半月も前に脱稿されたのだった。そういう筆者は滅多にいるものではない。特に三島さんは、すでにして大家であったのだ。

そのときの私はデスクであったが、担当者が外出していたので、いそいで三島家に向った。すると、駅から三島家へ行く道の途中で、同僚に遇《あ》った。その人は別の編集部の人で、仕事の相談に寄った帰りであるという。

「原稿は出来ていますよ。とても面白いものが書けたといって、一人でゲラゲラ笑っていましたよ」と、その人が言った。三島さんは、仕事のうえでも、非常に有難い人だった。

これらのことをひっくるめて、私は、感じのいい人だった。

ただし、この、好きというのが、何か括弧《かっこ》で括《くく》られているような按排《あんばい》なのである。筆の及ばぬところであるから、どうか「奥歯に物のはさまったような言い方」を許していただきたい。

三島さんは、気兼ねをしない人だった。しかし、一般庶民というものは、世間に気兼ねすることでもって生きているのである。

私は、寿司屋へ行ったら、どうしたって、その店の経営と職人の立場というものを考えないわけにはいかない。それが気兼ねとなってあらわれる。旅館に泊れば、番頭や女中や板前の立場を考えないわけにはいかない。気兼ねしいしいということになる。

どうか、私が自慢をしていると思わないようにしていただきたい。前にも一度書いたことがあると思うけれど、私の女房は、私における、このような「気兼ねしいしい」が大嫌いなのであって、口論の原因は、ほとんどが、これである。料理屋へ行っても、タクシーに乗っても、こんなふうだから、ちっとも楽しくないと言う。もっと威張ったらどうかと言う。

私は、口論をしながら、いつでも、女房の言にも一理ありと思ってしまう。「気兼ね」は、私における因循姑息《いんじゅんこそく》であるかもしれない。私は育ちが悪いのかもしれない。すくなくとも、カラッとしていない。女房の言うように、それが私を駄目にしているのかもしれない。

しかしながら、世間一般の庶民というものは、世の中に気兼ねしながら生きているのだという考え自体を変えようという気持は、さらさら無い。

三島さんは、気兼ねしない人だった。その件については、ちょっと面白い事件があった。

＊

三島さんが自決されたのは、十一月二十五日であるが、その八日前の十七日に、中央公論社の主催による谷崎文学賞の授賞式が行われた。会場は帝国ホテルであり、三島さんは七人の銓衡《せんこう》委員のうちの一人だった。

広間の奥の中央に演壇の如きものがあり、菊を活けた壺なんかが置いてあり、金屏風《きんびょうぶ》があり、そこで賞状や記念品が手渡されることになる。

むかって左側に、受賞者の坐る椅子がならんでいる（当日は吉野作造賞の贈呈も同時に行われた）。右側に、銓衡委員の腰掛けるべき椅子が十脚ばかり並んでいる。われわれ参列者の椅子は、これとむかいあってならべられている。私は、前から三列目か四列目かに坐っていた。

銓衡委員の椅子でいうと、演壇に近いほうが上席ということになろうか。

銓衡委員のなかで最初に会場に入って来られたのは舟橋聖一さんだった。舟橋さんは入院中なのか退院されたのか、よくは存じあげないが、奥様が附き添ってこられて、車椅子に乗っておられた。舟橋さんは、演壇からすると二番目の椅子に坐った。

これが他の社会であったなら、これが他の人であったなら、当然、欠席していたことと思う。舟橋さんは、目を悪くされていて、野間賞の銓衡のときは、中野重治さんの『甲乙丙丁』という難解にして厖大な小説をテープにふきこんでもらって読んだ（聞いた）という。私は、このような公平無私と律義と熱っぽさがあるという意味において、文壇を愛している。

さて、舟橋さんが着席されて、しばらくあって、受賞者と銓衡委員とが入場してきた。

ここで丹羽文雄さんと舟橋聖一さんとのあいだで、ちょっとしたやりとりが行われた。私の席までは声は届かなかったが、席を譲りあっているという気配が察せられた。丹羽さんは、結局は、舟橋さんの右隣、つまり、演壇からすると三番目の椅子に着席された。こうやって、演壇にもっとも近い席が空席になってしまった。

三島さんは少し遅れて来られた。

そうして、上座と目される席に、すっと坐ってしまった。

その様子に、悪びれるところは微塵もなかった。臆するところがなかった。それがいかにも三島由紀夫であるというふうに私の目に映った。

気兼ねするしないという段ではなく、むしろ、颯爽としていた。

「なぜ？」四

前回は、三島さんが、谷崎文学賞授賞式に銓衡委員として列席するときに、悪びれるところなく上座に坐ってしまったというところまで書いた。

三島さん一人が少し遅れて到着したという事情があったにもせよ、いかにもそういう場面に馴れているという感じがあった。他の人であったならば、こうはならないと思う。

三島さんは、驚いたり、赤面したり、まごついたりするようなことはない。

これよりさき、私は、三島さんが、川端康成さんの家での新年会に出席するときに、高見順さんや林房雄さんや、その他の先輩格になる鎌倉文士がいても、すいっと上座に坐ってしまうという話を聞いていた。その話をしてくれた人は、だからといって、三島さんが礼儀知らずだとか、乱暴者で憎たらしい奴だという口調で話したのではない。三島さんらしいですねと言ったのだった。三島さんには、そういうところがある。

また、文壇には、昔のことは知らないが、そういう意味での序列はないのである。そこが他の分野と異なるところである。そうかといって、三島さんのように振舞うのも、なみたいていの神経ではない。

私は、ほとんどの人が、三島さんの死の決意に気づかなかったのは、このような三島さんの性癖というか無頓着というか、他人とはおおいに異なる神経のためだったと思う。悪趣味な家を建てようが、裸の写真をとらせようが、シャンソンを歌おうが、軍服を着て観兵式の真似をしようが、いかにも三島さんらしいということで見過してきてしまったということに原因があるように思われる。もし、これらのことが、すべて最後の自決にいたる伏線であったとするならば、たいした演出家、たいした役者といわないわけにはいかない。昼行燈《ひるあんどん》の大石内蔵助以上の役者である。

谷崎文学賞のときは委員を代表して、武田泰淳《たいじゅん》さんが銓衡経過を説明した。それぞれの委員の発言の仕方を、人柄や態度を描写するというやり方でもって話を進めていった。三島さんについては、「三島さんは文武両道の人だから……」と、言われた。今回の谷崎賞は、吉行さんと埴谷《はにや》さんが受賞されたが、軟派にも硬派にも理解があるはずだという意味での文武両道であった。

文武両道というときに、会場の人たちが笑った。いや、その前に、三島さん自身が、例の高笑いでもって、実に愉快そうに笑ったのである。そこには、死の影のようなものは微塵も見られなかった。

私と同じ列の、すぐそばの左側に三島さんの小説の師であり、三島さん夫妻の仲人でもある川端先生がおられたが、その川端康成をふくめた全文壇人（この日は『中央公論』の千号記念パーティーも併せて行われたので、きわめて盛会であった）、学者、およびジャーナリストが、すべて三島さんに騙されたといえば騙されたのであった。

そのことは、やはり、驚嘆すべき出来事であったというほかはない。

このような綿密に計画された行動が狂気によって成し得るものかという疑問が生じてくる。また、狂気であったが故に綿密であったのではないかという疑いも同時に生れてくるのである。

同じ帝国ホテル内で、会場を変えたパーティーの席上で、たまたま、私のすぐ前に三島さんがおられた。

私は挨拶をしようかと思ったが、三島さんの周囲を七、八人の人が取り囲んでいて、何やら声高に話がはずんでいる様子なので、やめることにした。

私は挨拶というより、三島さんに問いただしたいことがあった。あとで、もっと精《くわ》しく書こうと思っているが、そのひとつは、憲法第九条に対する三島さんの解釈である。解釈というより態度である。これが私には、どうにも納得がいかない。

もうひとつは、三島さんが、ノーベル賞を拒否すると宣言したことであった。これは、私からするならば「三島さんらしからぬこと」であった。

問題が問題であり、場所が場所であったから、私は思いとどまった。しかし、私がそんな質問を発し得たとしても、おそらくは、いつかの小料理屋での時のように、三島さんが私の目をハッタと睨みつけるという程度のことで終っていたと思う。そうして、あとは、アッハッハの高笑いであったと思う。

思えば、これが私の第一感であった。

朝日新聞の四十五年九月二十二日の朝刊によると「じゃ、ノーベル賞をくれるといったら？」という記者の質問に対して、三島さんは「拒否しますね」と答えている。記者が、さらに「なぜ？」とおっかぶせると、「ボクにも思うことありますからね」という、いくらか思わせぶりな答えが返ってきている。（同紙『70年代の百人』より）

世上にいわれるように、三島由紀夫は自己顕示欲の人であった。その三島さんがノーベル賞を拒否するというのは、私には、きわめて異常なことのように思われた。すくなくとも、言わなくてもいいことを言ってしまっている。

私には、どんなに遅くとも、このあたりで、三島さんは死を決意していたと思われる。これは間違いがない。その新聞を読んだときに、私は「ナンカ変ダナ」と思ったのであった。

それより少し前に、石原慎太郎さんとの論争も、私には納得がいかない。例の諫死《かんし》すべきだという言葉が使われた論争である。私には「諫死」という言葉より、三島さんの取り乱している様子が、なんとしても解せなかった。

*

三島さんが、気兼ねしない人であるということに関していえば、次のようなことがある。三島さんが拳闘をはじめた頃というと、ずいぶん昔のことであって、昭和三十年よりももっと前だろうと思う。

私は所用があって、羽田空港へ出かけた。空港の食堂に三島さんがいた。三島さんを囲んで、何人かの青年たちがいた。見た感じは、青年たちは学習院大学の生徒たちだった。

例によって、三島さんが高い大きな声で話をしている。よく笑う。そこだけが明るく、そこだけに光が当っている感じだった。三島由紀夫には羽田空港のレストランがよく似あうといった光景だった。当時の羽田空港は、いまとはずいぶん違っていて、その名の通り国際空港だった。飛行機を利用するのは特殊な人種に限られていた。三島さんは、誰かの見送りだか出迎えにきておられたようだ。その頃、私は三島さんに挨拶するような間柄ではなかった。

三島さんは、ボクシングの話をしているようだった。身振り手振りが交じって、滑稽な話になっているらしい。ボディビル以前で、三島さんは、まだ青ビョータンの時代である。

「この俺が、こんなものを穿くんだからねえ」

どうだ愉快だろう、いかにも滑稽だろうという調子で、三島さんは真赤なトランクスを取りだして、頭のうえでヒラヒラさせた。拳闘のトランクスというのは、婦女子のパンティに酷似している。

どっと笑い声が起った。

その有様は、いかにも傍若無人だった。人も無げな振舞いだった。国際空港のレストラントには、日が燦々《さんさん》と照っている。パンティみたいなものがヒラヒラしている。

その光景は、なんとしても、感じの悪いものだった。

「なぜ?」五

三島さんの死後の週刊誌の売行はすさまじいものがあった。

たとえば『週刊現代』の増刊「三島由紀夫緊急特集号」は三日間で売りきれたという。私は、発売五日後に、八王子の駅の売店で、それを買おうと思って『週刊現代』と言ったか言わぬうちに「売り切れました」という答えがかえってきた。

その後、地方都市のホテルのバーで、そこは若い女のひとが一人でとりしきっているバーであるが、そのマダムとでもいうべき人の話によると、彼女は週刊誌だけで二千円買い、古本屋へ行って『金閣寺』を買ったところ、友だちの何チャンとかがすぐに借りにきたという。週刊誌だけで二千円というのも、すさまじいが、ふだん書物などに無縁の彼女が古本屋へ行ったということなどに事件の底知れぬ大きさがあらわれているように思われる。

私の隣人であるタケちゃんは、こう言った。

「ずいぶんいろいろ読みましたがねえ、村松剛の意見を読むとその通りだと思うし、いいだ・ももを読むとそれが正しいと思うし、藤島泰輔の書いたものを読むと、それももっともだと思ってしまう。次になだいなだを読むと、なるほどと思い、草柳大蔵を読むと、ああ全くその通りだと思ってしまう。ところが、それぞれの意見が喰い違っているんですねえ。どういうわけでしょうか。ほんとうに困ってしまう」

私は、このタケちゃんの意見こそが正しいのだと思う。私にしても同様であって、三島美学の完結と書かれれば、ああそうかと思い、トッチャン坊やが暴れたのだと言われればズバリ正解だと思い、ナポレオン・コンプレックスだと説明されればそうかと思い、いや全くの正気だと書かれると、そうだそうだと思ってしまう。

そのことの是非は別にしても、活字の怖ろしさを思わないわけにはいかない。

*

昭和三十九年の一月二日に、私は、川端康成先生のところの新年宴会に出かけた。私は、こういう形で文壇の人とおつきあいをするのは好きではないのだけれど、ある時期、川端さんのすぐ近くに住んでいたことがあって、毎年の新年宴会に招ばれていながら、ずっとお伺いしないでいたのだけれど、前年に文学賞を受けていて、それでも伺わないのは何か意地を張っているようになるのも厭だと思い、女房と子供を連れてご挨拶にうかがった。

そのときは、すでに最後の時が決定的に迫っているはずの高見順さんが見えたということがまことにショッキングであって、三島さんの印象は薄いのである。

多分、林房雄さんと一緒に、遅くなってから来られたのだろうと思う。三島さんは黙って上座に坐るという噂をきいていたが、このときは、そうではなかった。座が入り乱れていたせいでもあったろう。

三島さんは私の隣に坐った。

私は、三島さんに、おめでとうございますなどとは言わずに、今日は三島さんにカラミますからと言った。まったく困った奴だと自分でも思う。

私は、三島さんの『宴《うたげ》のあと』による、いわゆるプライバシー論議にしても、文学座の『喜びの琴』上演拒否事件にしても、いずれも三島さんの意見と行動に反対したい気持をもっていた。

そのことを私は言った。

すると、三島さんは、それには答えずに、別室へ行ってしまった。逃げたのではなくて、そういう形で私をたしなめたのでもあったろう。

また、三島さんは、川端先生の新年宴会では、大きな部屋に長くいるということはなくて、いつでも小さいほうの部屋に行ってしまうという話も聞いていた。小さいほうの部屋に子供たちがいる。三島さんは酒好きではないということもあって、子供たちと遊んだりするほうを好まれたようである。

このとき悴《せがれ》の庄助は十三歳であって、文壇では三島さんの名だけを知っていた。三島さんに会えるのを楽しみにしていた。なぜ庄助が三島さんの名を知っているかというと、悴にいわせると、三島さんという人は剣道の達人なのだそうである。悴はチャンバラゴッコも刀剣などの武器も大好きだった。彼は三島由紀夫と赤胴《あかどう》鈴之助とを混同していたのかもしれない。

三島さんは悴に剣道の話をしてくれたという。腕をむきだしにして、悴に筋肉をさわらせたという。

このあたりも、三島さんらしいところである。

＊

さて、私は、どうして『宴のあと』と『喜びの琴』において、三島さんの考えと行動に反対意見を抱いていたかということを書いてみよう。

私は、小説家は何を書いてもいいと思っている。プライバシーの侵害なんてことを言ってはいられないのである。もしそうすることによって作品が良くなると思ったら、相手を傷つけることがあっても止むを得ないのではないか。いや、そのへんで悩み、血を流すのであるが、作家は作品のほうを取るはずである。おそろしい、罪ふかい職業である。

そうやって何を書いてもいいのだけれど、もしそれが世間の常識（法律）にふれるものであったならば、いさぎよく刑に服するか退くかしなければならない。それは作品の内容とは無関係である。むしろ、場合によっては禁忌を破ることに誇りを持ってもいいはずである。

三島さんは『宴のあと』は芸術作品として自信があると言ったけれど、そのことと法律とは関係がない。あくまで芸術至上主義を貫けばいい。そのことで罰せられるのは不名誉ではない。それに、小説は一度発表されれば取り消しようがないのである。

裁判の勝敗にこだわると、次元の低い論争になってしまう。それが残念だった。『喜びの琴』で言うならば、あの作品が上演禁止になるのは、当然考えられていいことである。私などは、新劇の劇団員はすべて共産党員もしくはそれに近い思想を抱いているはずだと思っているので、ああいう内容のものが拒否されるのはあたりまえだぐらいに考えてしまう。

三島さんは、俺は文学座の座付作者ではないのだと言われたが、ある時期の三島さんは明らかに文学座の座付作者であった。座付作者であってはいけないということはない。

その後の三島さんの行動を見ても、日生劇場での『喜びの琴』に対する打ちこみ方は、いくらか異常なものに思われた。観客動員のやり方も、ムキになっているところがあった。いかにも子供っぽい。立派な作品であるならば、客が一人も来なくたっていいじゃないか。作者の名誉はそんなところにはないはずである。

私には、『宴のあと』も『喜びの琴』も、かつて負けることを知らなかった刻苦勉励《こっくべんれい》の優等生が、負けることとの辛さに耐えられなかった事件であるように思われてならない。それは、三島さんの弱さであった。それは、三島さんの生いたちや環境と無関係ではないと思われる。

＊

私と三島さんとの交渉は、根っきり葉っきりこれっきりである。

三島さんの家の文壇関係のパーティーに招かれたが行かなかった。一緒に剣道をやろうという申し入れにも従わなかった。

「なぜ?」 六

私は三島由紀夫のいい読者ではない。また、個人的な接触も、ほんのわずかであったに過ぎない。三島事件の直後から、私は、小説以外では、三島さんのことしか書けないようになってしまった。それで、この読物でも、三島さんのことを書いた。書きはじめたら、とまらなくなってしまった。読切連載という約束を大きく破ってしまったことになる。書き進んでゆくうちに、私は、三島事件によって、自分の立場をあきらかにしておきたいと考えるようになった。つまり、私も、便乗組の一人である。しかしまた、すべての文章は結局は自分を語ることになるはずだという考えもあるのである。

三島事件は、昭和元禄における「忠臣蔵」だという人がいる。義挙であり快挙であるという。私はそんなふうに簡単には考えないけれど、おそらく「忠臣蔵」のように、何百年にわたって語り伝えられる事件であることは間違いがないだろう。そうだとすれば、私も自分の考えを表明しておくべきだとも考えるようになった。

三島事件を「謎解き」とするならば、これはなかなかに厄介な事件である。推理のための根拠とか手懸りとかが多過ぎるのである。しかも、主人公は当代有数の明晰な頭脳の持主である。そこで、考えはじめると、ついつい、長くなってしまう。考えが枝葉にわかれていって、私は混乱し、収拾がつかなくなってしまう。事件の根は深く、昭和史全体に及んでくるのである。私は自分にわかっているとだけを書くしかない。

＊

十一月二十五日という日は、三島さんが、その日の朝に『豊饒の海』の最終稿を出版社に手渡したことでわかるように、文芸雑誌のギリギリの締切日であった。

私もホテルに泊りこんで小説を書いていた。編集担当者から、調子はどうか、あと何枚かという電話が再三にわたってかかってくる。私がその原稿を書き終ったのが、午後三時半であって、しばらくして女房がやってきて、三島さんのこと知ってる？　大変よ、と言った。ついで、編集担当の人がはいってきて、同じ意味のことを言い、昂奮して原稿が書けなくなるといけないので知らせなかったのだと言った。私は彼に感謝した。

テレビを点けると、軍服を着て鉢巻をしめた三島さんの引き攣《つ》ったような顔が画面に出てきた。私は、思わず、

「ああ、いけない！」

と、叫んでしまった。

そのあとの私の行動は、いまから考えると、突飛で奇怪というほかはない。

私は女房にむかって、映画を観に行こうと言ったのである。私が映画を観るのは、一年に一度あるかなしという程度のことである。自分でも、自分の神経の解釈がつかない。おそらく消耗していて、三島事件に対処する気力を喪《うしな》っていたのだろう。

日比谷の映画館にはいると、ちょうど休憩時間で、観客全員が一人残らず新聞か号外を読んでいるというのも異様な光景であった。

＊

私は、女房から第一報を受けとったとき、まず、困ったことになったなと思った。それから、シマッタと思い、ヤラレタと思い、ヤラレチマッタと思った。

これは、右翼の人や左翼学生や文芸評論家の感想とは違って、はなはだ私的なものである。というのは、私は、目下、某誌に、戦争も人を殺すけれど、平和もまた人を殺すというテーマの小説を連載中であったからである。マイホーム主義でさえ人を殺すという考えを小説の形で追いつめたいと思っていた。ホテルで書いていたのもその小説だった。題名も『人殺し』である。

そのなかには戦中派の徒労感も含まれているのであるが、三島由紀夫も戦中派であったのかという疑惑と驚愕が激しく私を搏《う》った。

非常にはっきりしていることがある。

三島由紀夫は、戦争中であったならば、自決あるいは自殺をしなかったはずである。このことは非常に明瞭である。三島由紀夫は、平和だから、昭和元禄だから自決したのである。三島由紀夫を殺したのは「平和」である。つまり、私は、三島由紀夫によって、平和もまた人を殺すというテーマを実演されてしまったのである。流行語で言うならば、完璧な形で「先取り」されてしまったのである。

それが、私における、ヤラレチマッタであった。

*

私の立場を書く。

私は、世の中は「鴨にする人間」と「鴨にされる人間」によって構成されていると考えている。三島さんは「鴨にする人間」であり、私は「鴨にされる人間」である。指導者、オピニオン・リーダー、エリートに対する一般庶民と言いかえてもよい。

私は、自分の馬鹿と無能と怠惰を売りものにしているのではないのであって、これは動かすことのできない事実である。どんなことがあろうとも、私は、市ヶ谷駐屯地のバルコニーに立って「静聴せい！」と叫ぶことのできない人間である。

私は、中学三年生のときに、学業成績が六十人中の五十七番になることがあった。残りの三人は長期欠席者だった。また、真面目に出席したにもかかわらず教練検定が不合格であった。幹部候補生にはなれないのである。号令をかける立場ではない。これは決して卑下自慢ではなく、事実を言っているだけのことである。そういう器量の人間である。また、私は、庶民を「鴨にする人間」も、指導者も、エリートも、級長さんも、号令をかける人も、不必要だとは思っていない。

世の中をマラソンのレースにたとえるならば、トップ・グループあるいは第一集団というものがあり、中位で頑張っている選手もいるし、後方集団でヘトヘトになりながら駈《か》けている男もいる。私は、どう考えたって、後方集団の一員であると思わないわけにはいかない。しかし、後方集団がいなければ、レースそのものが成立しないのである。そうして、後方集団もレースに参加しているのだということを、たえずトップ・グループの者に知らせてやらなければならぬと思う。私は自分の役割はそれだと思い定めている。

私は十九歳のときから出版社に勤め、ジャーナリストを志望した。その志は今に続いている。ジャーナリストを志望したひとつの要因は、トップ・グループに接触する機会を多く持ちたいということであった。

指導者というのは危険人物である。リードが大きければ牽制《けんせい》球を投げなければならない。暴走に対しては両手をひろげてストップをかけなければならない。スタンド・プレイには、足を踏みならし、嘲笑してやろうと思う。

私は、最初に、三島さんほどの才能が、金のための、贅沢をしたいための小説を書くことに対して、深夜の寿司屋で大いに不平を鳴らした。ついで『宴のあと』と『喜びの琴』の事件について、反対の意を表した。憲法問題については機会を逸した。

酔ってカランだのであるが、そのへんが私の性根であって、単なる厭がらせでもないし、また全く効果がなかったとも思っていない。三島さんは承知していたのである。そうでなかったら、才能も環境もまるで違っている私ごとき者を剣道のパートナーに指名してくるはずがない。

「なぜ?」七

とりいそぎ三島由紀夫の憲法解釈についての疑義を書いておく。

前に引用した九月二十二日付の朝日新聞のインタービュウによると、新憲法の特に変えたい部分は何かという記者の問いに対して、三島さんは次のように答えている。

「九条ですね。戦争放棄ってこと、ボク、悪いって決していってないのです。九条の一項というのは理想条項ですからね」

ここがわからない。戦争放棄を理想とするならば、なぜ三島さんは自衛隊を否定しないのだろうか。なぜ三島さんは自衛隊に協力し、これを軍隊に昇格（？）させる方向に行動したのだろうか。戦争放棄を良しとするならば、なぜ「楯の会」を結成したのだろうか。

また、単純なる私は、こうも思う。文士が命をかけるとするならば、理想に対してであるべきではないのだろうか。

つづいて三島さんは、こう言っている。

「九条の二項ですよ。二項はゼッタイにいけない。（中略）前項の目的のために、というのを反対解釈してるわけですよ。ボクは文士だから日本語を重んじますよ。（中略）ですが自民党の公式解釈は、前項だけの目的のためには、っていうふうに解釈するんです。そうすると自衛はふくまれない。しかし日本語としてはね、そんなことケンキョーフカイもいいところですよ」

なるほど、憲法第九条第一項には〝国権の発動たる戦争〟や〝武力による威嚇〟や〝武力の行使〟という言葉はあっても〝自衛〟という言葉は見当らない。

しかし、私からするならば、三島さんの言い方こそ牽強付会の甚だしきものであって、私の感覚で言うならば、自衛隊にイチャモンをつけるとすると、憲法はこうなっているのに、自衛隊は既にして「武力による威嚇」を行なっているではないかと言うほうが正常なのである。自衛隊は、日本語として憲法違反なのではなくて、その行為において違憲なのである。

もう一度整理すると、三島さんの発言は、戦争（武力の行使）は悪いことである、戦争放棄は理想である、しかし自分は文士だから日本語を重んずる、憲法には自衛の文字がないから自民党は自衛隊を造った、これは欺瞞《ぎまん》である、従って日本語を変えて（憲法改正）いただきたい、そうすれば悪いこと（戦争・武力の行使）も出来るじゃありませんか、ということになるだろう。

これは駄々っ児の言い方である。そうでなければヒステリックな発言である。一種の我儘《わがまま》である。

さらに、三島さんは、自衛隊は、自民党のアキレスケンであると言う。はたして、そうなのか。自衛隊は、自民党だけのアキレスの踵《かかと》なのだろうか。

私には、自衛隊という存在は、戦後の日本の矛盾と苦悩の表象だと思われるのである。私には、自衛隊員全員が武人であり、祖国防衛のために馳《は》せ参じたなどとは、とうてい考えられぬのである。そうして、ことは自衛隊に限ったことではない。

私は、戦後の日本人は、このような矛盾と苦悩のなかで戦っているのだと考えている。すくなくとも、この種のウシロメタサを背負いこんでいるのだ。

憲法解釈にみられるような明らかな論理矛盾を、ノーベル賞候補作家を楯にとって、自衛隊全員に、ひいては全国民に押しつけるような資格が三島由紀夫にあるのだろうか。それは戦後の日本人の二十五年におよぶ、時には愚かしくも見えるかもしれない営為を木ッ端微塵《こっぱみじん》に打ち砕くものである。

しかしながら、聡明なる三島由紀夫がそのことに気づいていなかったとは思われない。私見によれば、三島さんは、そのくらいのことは百も承知だったのである。私のような考え方や、私のような者が死後にこういった発言をすることは、三島さんは先刻御承知だったはずである。どこだか忘れてしまったが、三島さんが「これはきわめて小さな事件です」と言っているのを読んだ。私には、これが、実は、三島事件の謎を解くための小さくない鍵であると思われる。

以下、そのことを明らかにしたい。

*

私は、事件直後に某週刊誌から感想をもとめられたときに、文学的な行き詰りと情死との合体だと答えた。その考えは、いまも変ってはいない。

私は、きわめて即物的な人間であるから、自殺者があったときは、肉体的衰弱と経済的破綻をまず最初に考える。芥川龍之介も太宰治も、交際のあった服部達も、原因はそれだった。

後になって、多少は野次馬根性もあって、信頼すべき人に二点を質《ただ》したところ、そのようなことは無いという。

痛風があったというが、それが決定的であったとは思われないし、経済状況に関していうならば、三島さんは、どこにも一銭の借金もなかったという。私は、あのような美邸における、あのような豪奢《ごうしゃ》な生活、および「楯の会」百人の会員の面倒を見るということで、経済問題を危惧していたのだった。その点が、他の文士の自殺とは、まるで違う。三島さんらしい、きれいさっぱりとしたものであった。

私は、小説家は、書きたい小説があったら、とても死にきれるものではないと考えている。そのことも非常に明瞭である。三島さんは、もう書くことがないと思い定めていたようだ。

私は、三島さんの実力（批評家としての眼力を含めて）、三島さんの刻苦勉励からして、いい小説（すくなくともいい芝居）が書けないとは思われない。しかし、少し意地のわるい見方をするならば、三島さんは、すぐれた小説というだけでは我慢が出来なかったのだろうと思う。傑作であると同時に、売れる小説（当る芝居）でなければならなかった。それがスターの宿命であって、三島さんは、名作であってベスト・セラーであるような小説を書く自信を喪っていたか、あるいは、そのことに疲れてしまったのではなかろうか。

第二の情死説であるが、私の知るかぎり、三島さんのあの優しさは、男色家の優しさであると思わないわけにはいかない。むろん、私はそれを不潔だなどとは思わない。人それぞれの情念の世界であって、僧月照と共に投身自殺を計った西郷隆盛を誰も不潔だなどとは言わないのと同然である。

結論をだそう。

私は、三島さんが「小さな事件」と言ったのを「きわめて個人的な事件」であると言ったのだと解釈する。

人は、特に現代人は、義のために死ねるものではない。石原慎太郎さんとの論争にしても、私は、三島さん流の優しい別れの挨拶であったと思う。

三年前か四年前かに、三島さんは、誰にも知ることのできない、ある想念に把えられたのだと思う。

その想念を私は無常観と呼ぶ。たぶん、それは、かりそめの平和、小説を書くことの空《むな》しさ、肉体的劣弱感（剣道五段なんていうのはカリモノです）によって醸成されたと思う。

三島由紀夫というキンキラキンの家を建ててしまうような無趣味なニヒリスティックな男は、その無常観に対して、誠実に、純粋に、東大法学部的な頭の構造で、大蔵省の能吏の綿密な計画で驀進《ばくしん》したのだというのが私一個の見解である。

それにしても、人間の死は、それが自然死であると自殺であるとにかかわらず、このように尊厳で、このように不可解で、このようにむごたらしいものであると思わないわけにはいかない。

（「週刊新潮」一九七〇年十二月十二日号〜一九七一年一月三十日号）

徳川夢声

徳川夢声（とくがわ・むせい）
弁士、漫談家、俳優。一八九四〜一九七一。享年七十七。著書に『夢声戦争日記』など。

『新潮』昭和四十七年八月号に、河盛好蔵さんが「文学者夢声」という文章を書いておられる。これが、とてもおもしろい。

そのなかの一節。

「この八月一日は夢声さんの一周忌になる。二、三年前、荻窪駅の前でお孫さんを連れた夢声さんに偶然会ったことがある。『どちらへ』ときくと、こんど土地を少し買い、近いうちにそちらへ移ることになるので、これから孫と一緒に見にゆくところだという。『それはどこですか』ときくと、『なに、多磨墓地ですよ』といってにっこりと笑った。夢声さんに会ったのはそれが最後だった」

このように、徳川夢声の話は、滑稽と悲哀に満ちている。

私は、『徳川夢声全集』といったものが刊行されるならば、即座に予約申込みをしようと思っている。河盛さんも書いておられるように、夢声は立派な文学者である。あるいは、非常にすぐれたコント作家である。ところが、そのユーモア小説でさえ一冊の本になっていないのだそうだ。

＊

私が初めて徳川夢声に会ったのは、十八年前のことで、出版社に勤めていた私は、荻窪の自宅へ随筆を受けとりに行った。

原稿用紙を持った夢声が、玄関に出てきた。誰でも、一見して、夢声の容貌には圧倒されるだろう。目と鼻が大きい。特に耳が大きい。大人物の顔である。

夢声は津和野《つわの》の出身である。津和野は、西周《にしあまね》、森鷗外をはじめとして、多くの学者、芸術家を産出した町である。私は、夢声も、津和野の代表的人物だと思っている。

そのとき、私は、叔父の話をした。本名は山口敏雄であるが、芸名は「正木良」という活弁であった。

ところが、夢声は、叔父を知らないと言う。私は、チャップリンの『街の灯』などは叔父の活弁で見ていたので、知らないはずはないと思っていたのだが……。

＊

その次に会ったのは、それから十年後で、テレビの『春夏秋冬』という番組に出演したときだった。夢声はレギュラーで、奥野信太郎、渡辺紳一郎という人も出ていた。

その一週間後ぐらいに、神宮球場へ行くと、ネット裏に、夢声がいた。国鉄・阪神戦で、夢声は大変な国鉄ファンである。

私は挨拶して、ならんで観戦した。二人とも無言だった。

なにしろ、夢声は、苦虫を嚙みつぶしたような顔というのがピッタリおさまってしまうという人である。憂愁の人である。話がしにくい。

そのうち、国鉄のチャンスとなった。一死満塁で、打者は高山である。高山はゴルフ・スイングであり、阪神の投手は左である。私は高山がヒットを打つだろうと思い、夢声にそう言った。はたして、高山は、バックスクリーンにライナーで打ちこむすばらしい本塁打を放った。

私と夢声とは、思わず、固い握手をかわした。（私は、後年、高山が阪神にひきぬかれたのは、この一撃のためだと思っている）

＊

夢声は失意の人である。挫折の人である。まず、府立一中（いまの日比谷高校）から第一高等学校の受験に失敗して学者への道を絶たれる。次に、何度もの失恋、そして大病である。

今回は酒に関係のない話だと思う人がいるかもしれないが、そうではない。

徳川夢声のあの顔は、あるときまで大酒を飲み、そうして、あるとき突然その酒を止めざるを得なくなった人の鬱然たる貌《かたち》であると私は思わないわけにはいかない。

（「夕刊フジ」一九七二年七月十九日付）

孤独な現実主義者

川端康成（かわばた・やすなり）
小説家。一八九九〜一九七二。享年七十二。著書に『伊豆の踊子』『雪国』『眠れる美女』など。

川端さんがノーベル賞をもらったときに『文藝春秋』に「隣人・川端康成」という原稿を書いた。その一節を書き写してみる。


川端先生の家の裏手が山になっている。それが『山の音』の山である。その裏山が火事になった。

先生のところの女中さんが焚火をしていて、山の木に燃え移ったらしい。火事だというので、すぐに駈《か》けていった。

先生が一人で馬穴《ばけつ》で水をかけている。先生は白い運動靴をはいておられる。どういうわけか、私は、咄嗟《とっさ》に、その運動靴は八文半ぐらいだろうと思った。馬穴もまことに小さな馬穴だった。

「先生！　消防に知らせましたか」

川端先生のお宅を一度でも訪ねた人はすぐにわかると思うけれど、先生の家も私の家も、火の見櫓《やぐら》のある消防署を曲った突き当りにある。消防署まで五十メートルという距離である。

「いや。していません」

私は連絡すべきかどうか迷っていた。その間も、先生は、絶え間なく、井戸の水を運んで、火にかける。

そう言っては申し訳ないのだけれど、その姿は、いくらか滑稽だった。なぜならば、火はすでに山の中腹から頂上にかけて燃え移っているのだから、先生の力の及ぶ限りのところを消しても全く無駄というよりほかはない。

「じゃ、行ってきます」

山火事は、さいわいにして大事にいたらず、私が消防署からもどってきたときには、あらかた消えていた。

私は、この事件を、しかとそのように記憶しているのであるが、いまとなってみると、腑に落ちないところがある。

山火事を最初に発見したのは火の見櫓の番人ではなかったろうか。私が飛びだしたのは半鐘の音を聞いたからではなかろうか。私もあわてていたし、先生も緊張していた。

本当は、そんなことはどうでもいい。私は自分が消火に当ったという記憶がないのだ。

白い運動靴で、小さな馬穴を持った先生の姿だけが、いまも鮮かに眼前に浮かぶ。

そこから想起されるものは、やはり、責任ということである。先生は、そうやって、自分に出来るかぎりの責任を果たされようとしていたのである。たとえ余所目《よそめ》には、いかに滑稽に痛々しく見えようとも――。

この火事は昭和二十三年のことではないかと思うけれど、この事件には後日談がある。そうして、私にとっては、そっちのほうが、ずっと大きな事件だった。

四十四年の春に、私の弟が、ハワイで川端さんにお目にかかった。弟はハワイで花屋を営業しようと目論んでいた。そのためには永住権が必要だった。

弟が川端さんの泊っているホテルに電話を掛けると、一種の報道管制が敷かれているようで連絡がとれない。そのうちに、どうかした拍子に、川端さん自身が電話に出てしまった。弟は、先生、お寿司を食べたくないですかと言った。川端さんは、食べたいと言われたそうだ。奥様が外出中で、夕食は十時頃になるので、その頃に届けてくれるようにと言われた。

しばらくして、川端さんのほうから連絡があり、すぐに食べたくなってしまったので、早く届けてくれないかということだった。どうも、川端さんのホテルは日本食が出来なかったようだ。

その後、弟は、自分の借りている家に、川端さん夫妻を招待した。日本で料理店も経営している弟は、そこで日本食を造ってさしあげたそうだ。そのつぎには、弟の一家が、川端さんのホテルに食事に招かれたそうだ。

そのうちのどのときであったか知らないが、川端さんは、こう言われたという。

「瞳さんは、駄目ですね」

それは前掲の文章に関してのことだった。

「肝腎なことを忘れてしまっている」

火事のとき、まっさきに飛びだしていったのは私の母であるという。母は、川端さんにむかって、すぐに雨戸を全部しめなさいと命令したのだそうだ。川端さんが運動靴をはいて消火に当ったのは、その後のことであるという。

「あなたのお母さんは偉い人なんですよ。瞳さんは、そこを見逃しているそういうところを見逃しちゃいけません」

強い語調であったそうだ。

なるほど、と私は思う。山火事の火の粉をかぶる怖れがあるので、まず雨戸を締めるというのは適切な処置である。消防の水をかぶるかもしれない。母が川端さんに叱るようにしてそう言ったのは、山火事よりも、もっと大事なものは、川端さんの書きかけの原稿であり書物であるということでもあったろう。それは母にとっても大事なものだった。

私は、ヤラレタと思った。そのことを、ちゃんと記憶している川端さんに対してもヤラレタと思った。やはり、見るべきところは見ているなと思った。

ハワイ滞在中に、川端さんは、弟の永住権を取るために領事館にかけあうなど、ずいぶん骨を折ってくださったらしい。また、弟が、ダウン・タウンに案内しましょうかと言ったときに非常な興味を示されたそうだ。私はハワイのことはまるで知らないけれど、いかがわしいような酒場に行きたいような素振りであったという。晩年の川端さんにとって、ハワイ滞在は楽しい期間ではなかったかと思われる。

終戦直後、私が鎌倉に住んでいたときに、隣家といってもいいくらいの家に川端さんが引越してこられた。そうやって、勝手口から勝手口への交際がはじまった。

女房も、まだ私と結婚する前に連れていった。母が、瞳の嫁になるひとですと言って紹介した。

そうかといって、文学の話をしたり、就職口を頼んだり、仲人をお願いするといったようなことはなかった。私たちは、面白おかしく遊んでいただけである。時が時だから、米の貸借り、金の貸借りになることもあった。そういうと不思議に思う人がいるかもしれないが、川端家は、金についでは、いつでもピーピーしていた。(不動産や書画骨董を除けば、いまでもそうではないかと思う)

茶の間で、奥様や麻紗子ちゃんや母の笑い声がすると、川端さんは書斎から出てきてしまう。上等の和服をだらしなく着て、髪に櫛をさしたままで、中腰になってじっとしていたりする。私たちは気楽な間柄だった。

私たちが東京へ移ってからも、一年に一度か二度は遊びに行っていた。

ある年の夏、私は女房と子供を連れて伺った。まだテレビの珍しかった頃で、一歳半になった子供は、その前に正座して漫画を見ていた。その恰好がおかしいので、川端さんは、客間のほうから子供の後姿を見ていた。子供は飽きずに、時に笑ったりしてテレビを見ていたが、川端さんのほうも飽きずに子供を見ていた。私は、よく見る人だなと思った。

子供は抹茶が好きだった。抹茶のことを「ミキサー茶」と言っていた。ミキサーが流行している頃だった。

「ミキサー茶か。おもしろいことを言いますね」

と、川端さんが言った。私は、これは、何かの小説に使うなという感じがしたけれど、実際にはお使いにならなかったようだ。

子供が庭へおりると、川端さんも跣《はだし》になって身軽に庭へ出てしまう。私は子供のいない家庭の淋しさを思った。いま思えば、その頃の川端さんは、病身であるとはいっても、若くて元気だった。

川端さんが新聞を読みながら座敷へはいってきたことがあった。

「ごめんなさい。舟橋さんの小説が面白くて止められないんです」

川端さんはイタズラッ児の顔で笑った。いきいきしていた。

「新聞小説で気楽に書いているからいいんですね」

それは読売新聞に連載された『寝顔』だという記憶があり、だとすると、三十八年か九年のことになる。その頃もお元気だった。私は、川端さんと舟橋さんは仲が悪いのではないかと勝手に思いこんでいたので、ちょっとびっくりした。しかし、川端さんは本当に面白そうにしていて、いくらか興奮しているような気配さえあった。公平な人だなと思った。私は、ほかのことを別にしても、しんから小説が好きで、公平な批評家という意味において、三島由紀夫と川端康成という二人を続けて失ってしまったことを残念に思う。それは、これから出てくる人にとって、特に大きな不幸である。


川端さんは、よく手紙を書く人であった。だから、川端さんから手紙を貰ったと自慢すると文壇では物笑いになるのだけれど、それを承知のうえで、一通を書き写す。

拝啓御高作集少年老い易くありがたく拝受いたしました御作や御随筆は常々割合ひ拝読してゐると思ひますが拝読もれのお作から拝読いたします私すでに老い学もならなかったのは勿論ですが昨年正月早々入院いたしましてから頭も呆け放題の怠け放題一年の余も全く何も書けません甘縄前御旧宅横の梅も咲いてゐます

三月五日　　　　　　　　　　　　川端康成

山口瞳様

この手紙の消印は四十二年になっている。これは、私が『少年老い易く』という短篇集を送ったのに対する礼状であるが、他の手紙と較《くら》べると衰えが感ぜられる。だいたい、これだけの文中に、拝啓があり拝受があり、拝読が三度出てくるというのが衰えの証拠である。「呆け放題の怠け放題」という所は「呆け次第の怠け次第」となっているのを墨で訂正してある。文字も乱れていて、力が無い。よほど気分が勝れなかったのだろう。いったい、こういう川端さんを、誰が俗事・雑事に引っぱり出したのだろう。そう思うと、あらためて怒りが湧いてくる。すくなくとも、都知事選の応援を思いとどまらせる人が周囲にいなかったのだろうか。

私が川端さんにお目にかかって、もっとも感銘を受けたのは、次のような事柄である。

一昨年の十一月、それは三島由紀夫さんが自決される一週間前のことであるけれど、新装の帝国ホテルで、中央公論社主催の谷崎文学賞のパーティーが行われた。

外套《がいとう》をあずける階下のクロークで川端さんと一緒になった。

目と目が合って、ひどくお元気そうに見えたので、私は言った。

「お元気そうですね……」

すると、川端さんは、例のあの目でもって、いったん私の足もとを見て、すぐに顔をあげて私を睨むようにした。怪訝《けげん》そうな顔だった。怪訝に鋭いものが加わっていた。

そこで、さらに私は、

「顔色がいいですね」

と、言った。私は本当にそう思って言ったのだった。しかし、私のなかには、七十歳以上の旧知の人に会ったときは、なるべく元気づけるような言葉をかけようとする気持がなかったとは言えない。

たいていの老人は嬉しそうな顔をするものである。あるいは有難うと言って笑う。

川端さんは、そのへんが、まるで違っていた。川端さんは即座に吐き捨てるような調子で、こう言った。

「ヨボヨボですよぅ……」

独特の関西訛りのある声だった。どこかに自嘲のかげがあった。

それは一瞬の出来事だった。私は、しまったと思った。吉行さん流に書けば、高僧から一喝を喰らった気分になった。川端さんは、くるっと後むきになって、エスカレーターにむかって歩きだした。私はこれにつき従うより他になかった。実を言えば、私は、川端さんが嬉しそうにしてくれたら、手を引かないまでも、会場まで、川端さんの体に触れるようにして、万一の場合に備える心づもりをしていたのである。川端さんの背中は私の考えを拒けていた。

私は茫然として川端さんの背中を見ていた。そうして、同時に、心のなかで、なんという孤独の人であるかと思っていた。老いたる孤児の陰を見たと言っては飛躍に過ぎるだろうか。

また、こうも思った。この人には月並みなお世辞なんかは通用しないのだ。これも月並みになるけれど、冷徹な目でもって、冷徹に自分を見ている人なのだ。この人には何を言ったって駄目なのだと思った。他人を突きはなし、自分をも突きはなしてしまう。（ただし、他人の世話をする段になると、簡単にひきうけてしまう。そこのところがわからない）

川端さんに最後にお目にかかったのは、去年の十二月二十日の東京会館でだった。私の勤務する会社のパーティーにお招きしたのである。

会が終りに近くなって、客の数が少なくなったところで、川端さんは、ふらっとあらわれて、あっと思ったときに、まっすぐに私のほうに歩いてこられた。

そのときも、びっくりした。川端さんは、珍しく上機嫌だった。川端さんと長話をするというようなことは、それまでに無いことだった。

私たちは、日本ペンクラブの大会の話をした。私はそれは苦手とする話題だった（私は会員ではない）ので、すぐに『諸君！』に平岡梓さんが書かれたものの話になった。川端さんは例によって、トランジスタラジオの一件に触れて、あれは間違いであると言われた。私は、そうではなくて、全篇に充満する高級官僚の思いあがりと厭らしさのことを言った。

川端さんは、しかし、トランジスタラジオのことだけがいけないのだと言われ、他の部分は面白いと言っていた。また、三島さんのお母様の回想のところが救いになっているとも言われた。終始、にこにこしていた。

それから私の将棋の話になった。

「あなたは将棋が強いんですね」

そんなことを話されるのも初めてのことだった。私は川端さんの碁について話した。川端さんは坂田本因坊に五子を置いて勝ったことがある。私は、あれはお世辞負けじゃないんですかねと言った。

「そんなことはありません。ばくは、ちゃんと勝ったんです。実力で勝ったんです」

それも嬉しそうに言った。前回のヨボヨボのときとは別人のようだった。たまたま、そのとき川端さんと私とが話をしているところをカメラマンが写真にうつしていて、それが、亡くなられた翌日の夕刊フジに掲載されたが、それは、どの新聞のどの写真よりも嬉しそうな顔になっている。

今年の元旦に、川端さんは、突然、今東光《こんとうこう》さんの家を訪ねられ、今さんは、大変元気で、えらく陽気だった、あんな陽気な川端さんを見たことがないと女房と話したんだと語っている。

もしかしたら、川端さんは、去年の暮ごろから、ある種の決意をかためられ、親しい人に挨拶しようと思っておられたのかもしれない。そうでなければ、あの上機嫌は、とうてい理解できない。

四月十六日の昼頃、私は、川端さんの『みづうみ』という小説をもう一度読んでみようと思い、本棚にそれを探した。その在処《ありか》を確認してから寝室へ行って昼寝した。

夜になって、吉野秀雄先生の未亡人の登美子さんに電話をするように女房に言った。それは、吉野先生をモデルにした私の小説が連続ラジオドラマになって、その日も放送されることになっていたからである。

電話をかけている女房が、なかなか戻ってこない。やっと戻ってくると、目が腫れていて、涙声になっていた。吉野先生の長男が十二日に自殺され、葬式が済んだところであるという。（あとになって、川端さんと全く同じガス自殺で、台所に倒れているのが朝になって発見されたことがわかった。川端さんがそのことをご存じだったかどうかは、わからない。吉野家では、ほとんど誰にも知らせなかったそうだけれど、狭い鎌倉のことだから、あるいはということが考えられないことは

ない。吉野家の葬式は十五日に行われた）

私は、テレビのニュース速報で川端さんの死を知った。ノーベル賞作家というテロップの一行が出たときに、私は、ああ川端さんだと思い、ああ駄目だなと思った。ノーベル賞以後、川端さんの名が、死ぬこと以外でニュース速報に出ることは考えられなかった。私は、不思議なことに驚かなかった。次に自殺という文字が流れたときにも、私は、それほどびっくりしなかった。そのことが不思議だった。私は、川端さんに初めてお目にかかったときから、川端さんという人は、そういう方だったと思い定めていたようなところがある。

長谷の川端さんの所とは別に、鎌倉の駅の近くの吉野先生の家でも傷《いた》ましい事件が行われていた。川端さんは、吉野先生の書の展覧会の案内状に推薦文を書かれたことがある。それには、吉野秀雄の書は師の会津八一の書よりも清らかで美しいという一節があった。また、こんなに立派な字を書く人であるとわかっていたら、生前にもっと親しくしておくべきであったと話されたことがあったそうだ。また、吉野先生の次男である作家の吉野壮児さんの『歌びとの家』という小説の推薦文も川端さんが書いている。

吉野先生の長男は、今日出海さんのお嬢様と婚約していた。この秋に、瑞泉寺《ずいせんじ》で仏式で結婚式が行われることになっていた。

今日出海さんは、肺炎で入院中だった。今東光さんの話によると、ショックをあたえるといけないので、弟には川端さんのことを知らせていないという。今日出海さんは、はたして、お嬢様の婚約者のことをご存じだったろうか。その今東光さんも、お加減が悪く、二日間も絶食中であって、通夜の席でも、附き添いの人に担がれるようにして歩いておられた。もし、今日出海さんがお元気であったら、文化庁の長官ということからしても、葬儀委員長になっても少しも不思議ではないと思われる。

　川端さんは、この二、三年は、たびたび瑞泉寺を訪れるようになっていたようだ。吉野秀雄先生の墓を見て、こんなにいい所ならぼくもここにしようかと冗談を言われたこともあった。

　瑞泉寺の住職の話によると、川端さんは、つい最近も寺に立ち寄って、二十三日に四十人の客を招くからと予約を申しこまれたそうだ。瑞泉寺には精進料理の席があるのである。川端さんは十六日に自分で命を断たれたのだから、二十三日の予約はおかしいことになる。私は発作的な死であると思わないわけにはいかない。発作的であると同時に計画的な一面がある。たとえば、ガス自殺を完全に行うために、ウイスキーを飲む稽古をしておられたような節があるからだ。

　また、川端さんは、二十三日の会は、一人いくらというのではなく、まとめて払うから、余ったら庭の復元工事の費用にしてくれとも言われたという。


　通夜の席にむかうとき、私は、今日は泣かないだろうと思っていた。泣いたらおかしいと思っていた。

　乱暴な言いかたをすれば、作家であるかぎり、自殺をしようが心中をしようが、野垂れ死にをしようが、そんなことは関係がないのだと思っていた。

　しかし、川端さんの奥様にお目にかかり、

「まあ、瞳さん……」

と言われ、座布団からすべり落ちるようにして、膝と膝とが接したとき、涙がどっとあふれてきた。奥様のほうは、何百回目かの涙であったろう。

これが、山口さんと言われたのであったら、私は泣かなかったろう。私たちは文壇のオツキアイではなかった。奥様に、終戦直後のあの頃のことが一度に蘇ってきたのだろう。あの頃の川端さんは楽しそうだった。そのときの私の母が死に、父が死に、とうとう川端夫人は一人になってしまった。

私は、ノーベル賞以後、川端家へ伺うことがなかった。何か、憚《はばか》られるような気持があった。ノーベル賞のときも、お祝いに行かなかった。私にとって、川端さんは、すこしこわいけれど尊敬する隣の伯父さんではなくなってしまった。

私は川端さんの家が大きくなったので驚いていた。

以前に、川端さんから、「あの御宅御改築でせうか。私も佐佐木茂索さんの大森宅の古材をもらつて一軒庭うちに建てます」という手紙を貰っていた。川端さんは、父の葬式に来られて私の家を知っていた。川端さんの建てた家は、私の家と比較されるような、佐佐木さんの古材をもらって建てたような家ではなかった。

それは、もはや、豪邸でもなかった。言ってみれば、御殿だった。そうして、どう考えても、それが川端さんの好みであるとは思われなかった。川端さんは、旧友の佐佐木さんの家の古材木でもって、小さな離れ座敷を造りたかったのだろうと思う。それがそうはいかなくなってしまった。川端さんは他人の世話をするのは熱心にするが、自分のことは人まかせというところがある。大工というよりは内匠《たくみ》といったほうがいいような人が、川端さんの家を建てることになれば、こうなってしまうのだろう。川端さんはノーベル賞作家だった。川端さんは、あるとき、佐佐木さんの家の材木がどこへいったかわからなくなるような家になってしまったことを歎《なげ》かれたという。川端さん自身も何ものかに押し流されていた。

庭に龍安寺のような白砂が敷かれ、北山杉が植えられ、杉苔がびっしりと着いていた。私は、川端さんがどんなに立派な家に住まわれても、すこしもおかしいとは思わないし、不思議だとも思わない。日本の文士は貧しすぎるのだという考えが一方にあることはある。

しかし、私の見たところ、広大な家は、あきらかに、客用だった。四組の客が同時に来るという日も珍しくはなかったようだ。新築のほうは、私には、外人用であるように思われた。川端さんは流されていた。それも仕方のない状勢だった。そのことを書くと長くなるから、いまは止めよう。

川端さんが、逗子のマンションの一室で亡くなったということを聞いて、私は驚いた。自殺に驚いたのではなくて、俗っぽい安直な、浮わついた若夫婦にふさわしいようなマンションを買われたことに驚いたのである。新聞には、海の見える部屋、富士の見える部屋を求めたと報ぜられているが、とてもそんなもんじゃない。そんなことであったら、他にいくらでも適当な土地があったはずである。おそらく、そのことを訝しく思った人が何人もおられたと思う。私もそうだった。立派な家が建ち、立派な書斎があり、軽井沢に別荘があり、そのうえに何を求めようとするのだろうか。

しかし、ノーベル賞以後の川端さんの家を自分の目で見て、こんどは、逆に、川端さんの気持が、悲しいぐらいに理解できたように思った。

あの家では川端さんは小説を書けない。あの書斎では、川端さんのリリシズムが哀しく燃えあがることはない。

新聞で見た、逗子の、今出来のマンションの置炬燵《おきごたつ》のある仕事部屋の写真が私の瞼をはなれない。

私は、はじめ、川端さんの死は、青年の死であり、三島由紀夫と同じようなスターの死だと思った。白状すれば、なにを人騒がせなという気持が少しはあったのである。しかし、いまは、そうは思っていない。

やはり、川端さんの死は、孤独の死だった。ひっそりと逃れようとしていたのだった。川端さんは、俗事に塗《まみ》れきったあとで、死を賭《と》して何を書かれようとしていたのだろうか。そうして、私たちがそれを知る前に、不意に、発作的な死が川端さんを襲ったのだった。

（「文學界」一九七二年六月号）

創意の人

終戦の翌年に、鎌倉の長谷にあった私たちの家のすぐ近くに川端さん一家が引越してこられた。長谷の大通りに消防署がある。駅のほうから来て右に曲ると甘縄神社に突き当る。その右側が私の家だった。甘縄神社を左に出って突き当ったところが川端さんの家の勝手口だった。川端さんと私たちの交際が、いきなりそこで始ったのではない。それは、こんなふうであったようだ。

私の妹二人は日本舞踊をやっていた。上の妹は、カスリの着物に桃色の絞りの帯をしめていることが多かった。私たちは東京で焼けだされて鎌倉へ来たのであって、東京の下町ふうの娘二人が川端さんの目にとまらぬはずがない。踊りをやっていたので、身のこなしとか、着物の着つけが、鎌倉の地の娘とはどこか違っていたはずである。終戦直後であるから、特に目立ったのである。

私たち一家は軍需成金であったから、その頃は、まだ余裕があった。母も高価な着物を沢山もっていたし、書画骨董の類も、とびぬけたものはなかったにしても、大観や栖鳳《せいほう》や玉堂などの画があった。私は堂本印象の大幅の山水画が好きだった。母は古径《こけい》や御舟《ぎょしゅう》のファンであったけれど、その二人の画は無かったと思う。母は、一時、北鎌倉の北大路魯山人と親しくすることもあった。

その母も、戦争が終ったということで、いい着物を着るようになった。それも川端さんの目についたと思う。川端さんは私たち一家に関心を抱くようになった。

上の妹がカスリの着物に桃色の帯をしめて歩いているときに、川端さんに声をかけられた。妹に聞いた話であるけれど、いかにもありそうなことである。川端さんは、女のひとをジロジロ眺めたり声をかけたりすることが平気でやれる人である。

妹二人が踊りをやっていて、母も長唄の名取りであり、芸事の好きな一家であることが川端さんにわかった。

川端さんのお嬢様の麻紗子さんが妹に踊りを習うようになった。後に妹のほうで遠慮して、麻紗子さんは、よく家に遊びにきていた花柳紘三《こうぞう》の弟子になった。麻紗子さんは恥ずかしがりで、私の家には広い洋間と日本座敷があったのだけれど、離れのほうで稽古をしていた。だから、私は、麻紗子さんの踊りを見たことがない。

麻紗子さんは、当時、心臓が悪いとかで、踊りの稽古はあまり長くは続かなかったようだ。それでも、私の叔母の家である長谷坂下の海月という旅館で温習会があったときに、麻紗子さんは藤娘を踊り、妹は三番叟《さんばそう》を踊り、それを見にこられた川端さんはご機嫌がよく、終始嬉しそうにしておられたという。

そんなふうにして、芸事を通じて、勝手口と勝手口との交際が始った。

金銭や米や味噌や醤油や衣類などを融通しあうということもあった。

母は川端さんの奥様に結城の着物をさしあげた。帯も差しあげたことがあって、後にそれが龍村の帯だということがわかって、奥様が驚いて返しにこられたことがある。多分、その頃、こっちのほうの経済がいけなくなって、それを川端さんが察せられたのだと思う。

母は、川端さんと美術や芸や着物について話をしていた。川端さんは書画骨董に興味をもちはじめた頃だった。川端さんと一緒に、長谷大仏のそばにあった紅屋という骨董屋へ行くことがあり、私のところでも、ある時期までは、なにがしかのものを買うことが出来た。そのことは、後に、川端さんがその方面でも世に知られるようになったキッカケになったはずである。

私の母には不思議な才能があった。それは、一般的に言って、目利きといってもいいと思う。美術や芸事や、あるいは植物などについても、いつのまに勉強したのかわからないのだけれど、知識が豊富だった。私がそんなことを言うのはおかしいのだけれど、カンがよく、度胸もよかった。勉強ではなくて、肌で覚え、肌で感じてしまうようなところがあった。ついでにもうひとつ言うと、人生の達人という面があった。やはり鎌倉にいた歌人の吉野秀雄先生に対して、畳を叩いて説教する場面を私は見ている。シーちゃん（母の名は静子）は親類や知人の誰からも頼りにされ、好かれていた。

私は、川端さんも目利きだと思う。人生の達人だと思う。わるい意味で言うのではないけれど、大変な商売人であると思う。すくなくとも、二億や三億の金ではビクともしないというところがあった。かりに数千万円の借金があったとしても、少しも動ずるところがなかったと思う。ノーベル賞に関して言っても同じことで、こういう文士は、他に例がない。川端さんの買物は実に大胆で、カンがよかった。

川端さんと私の母とは意気の合うところがあり、母は川端さんを尊敬していた。二人は親友だった。

書画骨董のことはどうかわからないけれど、その当時においては、日本の芸能と着物については、母のほうが上手《うわて》であり、川端さんは聞き役であった。妙なことを言うようだけれど、私は、この母が死ぬまでは小説を書くなどという気になれなかった。とても叶わないと思っていた。

川端さんにお目にかかるのは、いつでも、夜だった。夜なかだった。川端さんの面会時間は午後十一時だった。十一時にいらっしゃいと言われる。それも、つまりは、隣人であったからだ。川端さん夫妻と父母とは友達であり、娘同士は踊りの仲間であった。私たちは、帰りの電車の心配をすることがなくて、十二時まで、午前一時まで話しこんでいた。

川端さんは昼間は殆んど寝ておられた。とくに午前中は必ず寝ておられた。午前中は布団のなかにおられるというのは若いときからの習慣でもあったろう。そうかといって、日中はずっと眠っておられるというのでもない。そうであったら、不眠症に悩まされたということが嘘になってしまう。

午前中は布団のなかに横になっておられる。あとの時はどうなっているかわからない。昼間うかがって、眠っている川端さんの目をさまさせてしまうということになると大変だ。川端さんの睡眠は、川端さんにとっても私たちにとっても貴重なものだった。川端さんの睡眠を妨げることは、川端さんの新作を読む機会が遅れてしまうということだった。

川端さんの一日は、午後の二時か三時に寝室から出てこられて、出版社の人などの来客に会うことがあり、夕食後に宵寝をなさり、十時か十一時に起きてこられ、すこし休んだり夜食を摂られたりして、明け方まで執筆されるというふうであったようだ。それも、調子のいいときで二枚か三枚という執筆量であった。

夜の十一時からの一時間か二時間は、川端さんの休養の時間、家族の人と世間話をする時間、原稿を書くための頭の調子を整える時間であった。そういう時に私たちが招かれたのだった。

それは川端さんにとって、もっとも楽しい時刻であった。そうでなかったら、いかに家が近くても、いかに親しくしていたとしても、そんな時間を指定されるはずがなかった。私たちは相客に出交すことがなかった。

こういう面会時間は、いま考えてみると、主に夏時分のことであった。私たちは昭和二十三年の暮には東京へ引き揚げてしまったから、川端さん一家との親密な交際は、二十一年の夏、二十二年の夏、二十三年の夏ということになる。

夏であっても、その時刻になると、海風の冷く感ぜられる夜があった。それは極めて気持のいい夜だった。

茶の間で、奥様、麻紗子さん、母、妹が談笑している。私一人は客間に通されることが多かった。そこへ川端さんが、書斎からか寝室からかはわからないけれど、ふわっと出てこられる。中腰であったり、立て膝でじっとしておられたりする。そういうときの川端さんは、鋭いところがあり、激しいものが感ぜられた。そのときの川端さんは、年齢だけでいえば、まだ少壮気鋭といってもおかしくないお齢だった。

茶の間で、母や妹に冗談を言ったりすることがある。母と妹とが検印紙に印を押すのを手伝ったりすることがある。川端さんは軽い夜食を召しあがったりする。

川端さんはコワイ人だと言う人がいる。とても優しい人だと言う人がいる。

私の場合はどうであるかというと、それはもう、いたたまれないほどに怖かった。神経がピリピリしてしまって、まるで、歯医者の椅子に坐っているようだった。

私は、川端さんは優しい人であると言う人は、昭和三十年代の半ば過ぎから交際した人だと思う。あるいは、ごくお若いときから親交のあった人だと思う。

実に怖い。

川端さんは私を叱ったり説教したりするのではない。そんなことは一度もなかった。そうではなくて黙っておられるのである。どこかを見ていて、不意に、ぎらっと光る目で私を見るのである。こちらが何かを話しかけると、顔をあげて注視される。唇が動いて何かを言いそうになる。そのまま時が過ぎる。しかし何も言われない。そうして、そっぽを向かれてしまう。そういう感じが、実に実に、こわい。腹の底まですっかり見透かされている気がする。そうかといって、これも多くの人が書いているように、私が帰ろうとすると、まだいいじゃないですかと一言言ってひきとめられる。かくして無言の対座が延々と続く。もし私が小説の話でもしたりすれば、川端さんの顔はいっそう鋭くなり、私ははじきとばされ、拒絶されてしまう。

それはお前がいけないんだと言う人がいるかもしれない。川端さんをよく見ていないのだと言われるかもしれない。私は、どちらかといえば、目上の人を笑わせてしまうのを得意とするような男である。そういうことが、川端さんには、いっさい、通じないのである。私が小説を書くようになってから(昭和三十八年以降。それまでは川端さんはそのことを知らなかった)の川端さんは少し変ってきた。ノーベル賞以後、特に、昨年の後半からの川端さんは、だいぶ変った。最後にお目にかかったのは昨年の十二月二十日であるけれど、そのときは、びっくりするほど愛想がよくて、私が何かを言うたびに非常にいい顔で笑った。あなたは将棋が強いんですってねえ、私も将棋を指すんですよと言われた。私は川端さんは碁だけだと思っていたので、本当ですか嘘でしょうと言った。

川端さんはムキになって、本当ですと言われた。私は後になって『名人』で将棋を指す場面があり、横光利一と将棋を指している写真を見たりしたのであるが、そんなふうな会話がなされたのは、それが最初で最後になった。

しかし、終戦直後の川端さんは怖しい人だった。そのことを知らない人が多いし、あるいは忘れてしまっているのだと思う。

そのころの川端さんは、あきらかに、不機嫌で、怒りっぽい人だった。その不機嫌が、何に向けられているのかは知らない。柔和なところはなくて、烈々たるものを蔵しているかに思われた。佐佐木茂索さんは怒りっぽくて癇積持ちであったという。ちょっとそれに似ているところがあった。私は誰に何と言われても、その頃の川端さんは、不機嫌であることが常であるような人だったと確信している。だいいち、遊びにきている隣の若造を三十分も一時間も睨みつけているというのは、いかに寡黙の人であっても、ちょっと考えられない事態だった。私は、ずっと、川端さんが苦手だった。

そのことで、もっとも苦労されたのは奥様だった。それは案外に知られていないことだと思う。しかし、よく考えてみれば、容易に推察のつくことである。川端さんは、いろいろな面で、大変な人だった。川端さんを度胸の人であるとすれば、その陰の人は、それだけの心労を背負わなければならぬことになる。私は川端さんのところの税金が納期におさめられたという時を知らない。そんなことは、川端さんは知らん顔である。川端さんの家は、つい最近まで借家だった。私たちが親交のあった頃、その家賃は五百円だった。いや、経済的なことは、たいした問題ではない。問題は夫の不機嫌である。たちいった推測をするようであるが、川端さんは、妻から見ても不可解なところのある夫ではなかったかと思う。

そういうことが、いっそう、奥様と母とを近づけた。母は川端さんを笑わせる名人だった。

私たちが初めて川端さんと知りあった頃の奥様の年齢は三十代の終だったはずであるが、その奥様が、髪を御下げにしてしまうことがあった。また、なにか若奥様ふうの髪型にしたり、思いきって派手な着物を着たり、わざと陽気に振舞ったりされることもあった。それは、私は、川端さんが奥様に対しても不機嫌であった証左だと思うし、奥様の努力であり工夫でもあったと思う。私の知るかぎり、奥様は、お好きな人参のナマをぽりぽり嚙りながら台所仕事をされるような明るい気さくな方だった。

川端さんは、一人になりたがる人だった。私は、あるところに、孤独の人と書いたことがあるが、孤独の人というのと一人になりたがる人というのは、かなり違う。川端さんは、晩年にいたるまで、ホテル暮しや旅に出たりするのを好む人だった。その最期がそうであったように、ふいに、ふらっといなくなってしまう人でもあった。ノーベル賞作家夫人の幸福ということとは別に、私は、奥様の苦労は計り知れぬものがあり、絶えることがなかったと思う。

これも他に書いたことであるが、よもや泣くことはあるまいと思った通夜の席で、奥様に、まあ瞳さんと言われて抱きつくようにされたときに、奥様の手を握ったまま、私はどうすることも出来なかった。それは、何百人だか知らぬ弔問客の一人である私に、そんなことをされるとは思ってもみなかったためでもあった。私の涙は、終戦直後のその頃のことが、一度によみがえってきたためだった。おそらく、奥様は、私によって、私の母を思いだされたのだろう。

川端さんの家の庭や裏山を、うっかり掘ると人骨が出てくる。鎌倉駅に近い川喜多長政《ながまさ》さんのところでもそうである。骨が出たり、刀剣が出たりする。鎌倉は、古戦場である。古戦場であり古都である。そのことも案外に見逃されているのではあるまいか。私は京都へ遊びに行くと何かのことで薄気味のわるい思いをするが、鎌倉という町もそうなのだ。

川端家では、ずっと定期的にお祓いが行われているはずである。

川端さんのところへ行くときは勝手口から出入りしていた。そのまま台所から入ろうとすると、縁側のほうへ廻れと言われた。

通夜のとき、今日は門が開いていて玄関から入るのだろうと思っていると、報道関係の人が群れていて、そのなかを押しわけるようにして進んで行くと、やはり勝手口に通じていた。

葬式のとき、川端さんの遺体は、勝手口から出ていった。弔問客は、勝手口から入って玄関の脇から門を通って出て行くのである。

川端さんの家の門と玄関は入るところではなくて、出て行く所である。おそらく、鬼門に当るとか、何かのわけがあるのだろう。私は、そのわけを、川端さんからも奥様からも聞いたことがない。

ノーベル賞のときも、その門は、客を迎えるためには開かなかった。近所では、地獄の釜のフタがあいても、川端家の門は開かないと言われていた。

余計なことのようであるけれど、そういう心持でもって『山の音』を読めば、別の味わいがあるように思われる。

私など凡俗の輩には、門を閉じたままの家に三十年ちかくも住みつくというのは理解を絶する事柄である。川端さんには、そのように、わけのわからないところがあった。川端さんは、古い人なのか、新しい人なのか。あるいは、川端さんは無関心の人なのか。お祓いをしたければしたらいい、門を締めたければ締めっぱなしにしておけばいいといったような——。それとも、川端さんの心の芯に何かの怖れがあったのだろうか。そんなふうに考えると『山の音』の不思議な戦慄が伝わってくるような気がする。『山の音』は父子相姦の小説である。川端さんは、私たちと別れたあとの深夜の書斎で何を考えていたのだろうか。

昭和二十三年という年は、川端さんにとって、もっとも充実した年ではなかったかと思われる。前年に横光利一が、この年に菊池寛が死去している。川端さんは日本文壇の代表者になった。四十九歳である。ペン・クラブの会長に就任したのもこの年である。新潮社から「川端康成全集」全十六巻の配本が行われたのもこの年からであるし、創元社から『雪国』の完結版も刊行された。翌年から『千羽鶴』と『山の音』の分載発表が始まることになる。とすると、二十三年は、このふたつの小説の構想を考えている時ということになる。これは、小説家にとって、もっとも辛く、もっとも幸福な時である。

いつ死ぬかわからないという思いにつきまとわれていた川端さんにとって、『山の音』は、どうしても書かなければならない小説だった。私は、毎回、目を吸い寄せられるようにして読んだ記憶がある。本屋で雑誌を買って、その頁を開き、歩きながら読んでいた。

「町は月の光なので、信吾は空を見た。

月は炎の中にあつた。信吾はふとさう感じた。

月のまはりの雲が、不動の背の炎か、あるひは狐の玉の炎か、さういふ絵にかいた炎を思はせる、珍奇な形の雲だつた。

しかし、その雲の炎は冷たく薄白く、月も冷たく薄白く、信吾は急に秋気がしみた。

月は少し東にあつて、だいたい円かつた。炎の雲のなかにあつて、縁の雲をぼうとぼかしてゐた。

月を入れた炎の白雲のほかには、近くに雲はなく、空の色は嵐の後、一夜で深黒くなつてゐた。

町の店々は戸じまりして、これも一夜でさびれ、映画帰りの人々の行手は、しんと人通りがなかつた。

『昨夜《ゆうべ》眠れなかつたんで、今夜は早寝だね。』と信吾は言ひながら、肌さびしくなり、人肌恋しくなつた。

なにか、いよいよ生涯の決定の時が来てゐるやうな、そんな気持もした。決定すべきことが迫つてゐるやうだ。」

（『山の音』の「雲の炎」より）

すでに東京にいた私は、鎌倉の、嵐のあとの夜と空を思いだしていた。たしかに、そういう空があった。

午後十一時からの面会などというのは、やはり、常軌を逸している。しかし、私は、川端さんはそれでもって終生を押し通してもらいたかったと思う。

そのころの川端さんは不機嫌だった。人づきあいの悪い人だった。選挙演説や講演はおろか、雑誌の対談なども出来ない人だと思われた。

私は川端さんを苦手としていた。妙なことを言うようだけれど、いまとなってみると、その頃の川端さんが懐かしくてならぬのである。私は、なにか、その頃、川端さんに苛められていたような感じがしている。ずっとそう思いこんでいた。こっちは十九、二十歳《はたち》という年齢だったのだから、そう思うのは無理もない。母と妹には話しかけ、笑顔をみせ、愛読者であるところの私には寡黙で突慳貪《つっけんどん》であったのだから。

母は川端さんを笑わせ、長く茶の間にひきとめてしまう。それは、多分に、母の演技力によるものだった。そうすることは、川端さんの奥様のためでもあった。実際は、母も私も、あるいは奥様も、腫れものにさわるようにしていた。川端さんの不機嫌を大事にしていたという言い方もできるだろう。川端さんは、神経的に、とんがっていた。

ここでまたおかしなことを言うようであるけれど、川端さんがずっとそんなふうであったら、私は、その後ももっと頻繁に川端さんのところを訪れたろう。私はノーベル賞のお祝いにも出むかなかったし、ノーベル賞以後、こんどのことがあるまで川端家の勝手口を通ったことはない。私は母の代理ができるようになっていたはずだと思っている。

その頃、川端さんの家の電話がチリンと鳴っても、私たちは緊張した。少年の私は、変な奴があらわれたら追っ払ってやろうぐらいの気持で客間に坐っていた。川端さんも奥様も麻紗子さんも病弱だった。まだまだ、簡単に人が路上で殴り殺されたり物盗りの横行する時代だった。

ノーベル賞がいけないというのではない。そのことは川端さんとは無関係である。しかし、電話が朝から夜中まで鳴りっぱなしという事態や、なにかといえば報道陣が詰めかけたり、政治家やら外国人やらをまじえた来客が連日のように押しかけ、川端さんの名を資金繰りに利用する団体があらわれたりということであれば、川端さんが老人性の躁病や鬱病に罹《かか》ってしまうのを免かれることは出来ない。

なぜ川端さんは逃げてくださらなかったのだろうか。

川端さんは一人になりたがった人である。どうしてもっと一人にさせてあげなかったのだろうか。面会時間が夜の十一時であれば、そう誰もが押しかけられるものではない。

川端さんは、母や妹たちや、結婚する前の私の女房に話しかけたり、笑ったり、熱心に女たちの話に聞きいったりしていたけれど、むこうから私に話しかけるのは絶無にちかかった。

私は、川端さんという人は、女なら誰でもいい人なんだなと思っていた。その考えは、いまも変っていない。私からすると、実に奇妙な人だった。私自身は正反対であって、女との会話は苦痛だし、とても困るし、すぐに飽きてしまう。

それは川端さんが女好きだというのとは、ちょっと違う。もっと何か薄気味がわるい。三島由紀夫は、幼時、女の子のように育てられたというけれど、それとも違うけれど、似たところがある。私は、川端さんという人は、わりあい容易に女と同化してしまうことの出来た人ではないかという気がしている。

川端さんは、少女と平気で手をつないで町を歩ける人だと思う。その少女愛好や少女趣味や、少女小説が書けてしまうというのは、根強い何かに根ざしているような気がしてならない。最後まで少女と心中したいと言っていたのは、冗談ではなく本音であり、それ以上に強い願望であったと思う。稲垣足穂《たるほ》が川端さんを罵倒するという兼ねあいは、その意味でよくわかる。（私は川端さんの自殺の真因は、誰かに失恋するとまではいかなくても、少女と戯れることが出来なくなった肉体の衰えに絶望したのではないかという気がしてならないのである。まるで違っているようで似たようなことを三島由紀夫についても考える。まことに勝手な推測であるが）

私たちが川端さんと交際していた頃、私の家に、遠縁に当る老夫婦が同居していて、川端さんのところの雑用も手伝っていた。その妻のほうが、川端さんに、身上話を聞かせてくれと何度も言われたという。彼女は、いま八十一歳で、養老院で寝たきりの生活を送っているが、川端さんの察しの通り、不幸な女性で、一時、吉原でソバ屋を開業していたこともあり、小説のタネになるかもしれないような女性である。彼女は、まるで大変な秘密を打ちあけるようにして、顔を赤くして、そのことを私に報告した。私には川端さんが彼女に話しかけたときの情況が目に見えるような気がする。しかし、私には、たとえ小説の材料として面白そうであっても、そのために隣家の手伝いの老婦人と長話をしようとする気は起らない。そういうところが何か薄気味がわるい。

川端さんは女なら誰にでも関心を示したが、特に美人編集者を贔屓にするような気配はなかった。原稿のことではみんな泣かされていて、その点では、一視同仁《いっしどうじん》だった。そこが、ふつうの女好きとは異るのである。

川端さんの原稿をいただくということでは、新聞社も大出版社も、男の編集者も女の編集者も、みんな泣かされた。しかし、不思議なことに、そのことで川端さんを悪く言う人はいない。こういうことになると、川端さんは達人であり天才だった。原稿の誤りを指摘すると、あなた直してくださいと言ったりする。ひどいときは、小説を依頼すると、あなた書いてくださいと言う。投げやりなのか、人を馬鹿にしているのか、わけがわからない。

私の家の前を、大出版社の若く美しい女の編集者が歩いていって、川端さんの家の勝手口に消え、夕方になって出てくるのを何度も見た。彼女はその日も原稿が貰えなくて会社に帰るのである。毎日のことだった。私は、彼女が川端さんと無言で向いあって坐っている光景も見た。川端さんは、書けませんとか出来ませんとか、ひとこと言うだけなのだろう。

いかに大家であっても、大出版社の担当者をこんなふうに扱って平気でいられるのは、やはり、度胸のいい人だと思わないわけにはいかない。

昭和三十八年の二月に、私は、女房と二人で川端さんのところへ挨拶にうかがった。直木賞を受賞したからである。

私が伺ったのは、午後ではなく、午前十一時であったけれど、川端さんは私の声を聞きつけて、すぐに起きてこられた。珍しく上機嫌で、口数も多かった。私の受賞作について感想を述べてくださった。川端さんは芥川賞の選考委員であったけれど、あれなら芥川賞でも大丈夫だったと言われた。

午後になって、日活の宣伝部の人が吉永小百合を連れてきた。吉永小百合が『伊豆の踊子』に出演するので、宣伝を兼ねて、やはり、挨拶にきたのである。

川端さんは、部屋のなかと庭で何枚も写真を撮られた。宣伝用の映画の撮影にも応じられた。私はそれを見ていて、川端さんが何人かの美人女優と親しくしているという話は本当だということがわかった。それは、そのなかの誰かに思し召しがあるというのとも違うし、美女をはべらすというのとも違っていた。いくらかミーハーの気味があり、もちろん、それとも違う。私は、やはり、すぐに女と同化できてしまう人という印象を払拭することが出来ない。

川端さんは、吉永さんや日活宣伝部の人を近くの中国料理店に招待した。私も誘われたけれど、お断りして、ブランデーを飲みながら、お帰りを待っていた。中国料理店から、私のための料理が届いた。

川端さんの奥様が、こう言われた。

「うちの主人は、あれで、油断がならないんですよ」

「まさか。……じょうだんじゃない」

それは冗談が半分で、本気が半分であったろう。

川端さんは、ずいぶん遅くなって帰ってこられた。昔のことがあるから、遅くまでお邪魔するのは馴れていた。私は上等のブランデーを一本空《から》にしてしまった。

その後に、川端さんのところへ遊びに行くと、川端さんは、突然、吉永小百合のレコードをかけた。吉永さんには悪いけれど、私は恥ずかしい思いをした。その頃の吉永さんは、十七歳ぐらいで、ニキビの吹きでた女学生だった。

川端さんは、私の顔つきと態度で何かを察したようで、これは唱歌ですよと言った。女学生ですよと言った。続けて、だから、そこがいいんですよとも言った。日本文壇を代表する作家の家で、立派なステレオで、唱歌のようなレコードを聴くのは何とも奇妙な感じがした。

川端さんは『伊豆の踊子』の撮影現場へ出かけていって、吉永小百合をじっと眺めていたという。また、吉永さんに、あなたは精神的貴族ですといった意味の文面の手紙を書かれたという。

これは、おそらく、川端さんの本当の気持であったと思う。そういうことが、私には不可解で、薄気味がわるい。

私は、川端さんに特別に愛されたとは思っていない。いま考えても、ことさらに記憶に残るようなことはない。署名本を何冊かいただき、手紙を何度か頂戴し、御馳走になるといったようなことはあったけれど。

依然として、川端さんは、こわい人であり、近寄り難い人であった。苦手だった。何を読めとか、こう書けと言われたことはない。

川端さんの弟子であり側近であり、葬式のときに棺を担いだ人たちは、本当に川端さんに愛されるということがあったのだろうか。私は、川端さんは三島由紀夫を愛するということもなく、誰も愛さなかった人だという気がする。愛するなどという言葉はアイマイであるけれど、たとえば、山本周五郎は、熱愛者だったというようなことはある。

私が初めて川端さんにお目にかかった時の川端さんの年齢は、現在の私より二歳年長であるに過ぎない。そのとき川端さんは大家であった。否、戦前に、私が中学生であって小説を読みはじめた頃に、すでにして、横光・川端は大家であり、代表的存在だった。それならば、川端さんに、大家であることを裏づけるような決定的作品があったかというと、私にはそれがわからない。『伊豆の踊子』であろうか、『名人』であろうか、『雪国』であろうか。あるいは『山の音』か。意地悪く言うと、これらは当った作品であり、永遠のベストセラーであり、何度も映画化され劇化された作品がすくなくない。そのことによって価値が低くなることはないけれど。

私は少年時代から、『伊豆の踊子』や『雪国』の冒頭の部分が名文とされていることに疑問を抱いていた。正直に書くと「雨脚が杉の密林を白く染めながら」とか「夜の底が白くなった」とかという部分は、いくらか、文章として甘いと思っていた。そうかといって、川端さんが名文家でないとは思わない。そのへんの説明がつかなくて、自分でも、もどかしいような思いをする。

川端さんが冷い人なのか暖い人なのかということもわからなくて、私はそのことを書いたことがある。川端さんはそれを読んでいるのであるが、そのことに関して何かを言われたことはない。『高見順日記』の昭和三十九年一月二日のところは、「夜、川端家新年宴会へ。初めてビールをのむ。今年初めて見る客。瀬戸内晴美、山口瞳」となっている。

私は何度も誘われていたけれど、川端さんの新年宴会に出席したのは、その年だけである。

高見さんは、食道癌の手術を受けた直後で、喉と胃は管でつながっていた。高見さんがこれから新年宴会に来るという電話があったとき、川端さんは、びっくりして、すこしあわてておられたようだ。テーブルの中央に座椅子を置き、高見さんの席を用意された。

高見さんは薄桃色の顔でニコニコしているだけだった。その高見さんを、川端さんはじっと見ていた。相手を労るような優しい顔であったけれど、そうかといって、高見さんを病人扱いするのではなかった。私は見事だと思い、そういう川端さんに見惚《みと》れていた。

川端さんの家の床の間には、いつでも日本画か洋画が斜めに立てかけてあったり、高価な骨董が置かれていたりした。それは、骨董屋の持ってきたものを、ただ置いておけと言われた品であったそうだ。

川端さんは税金を期日に納めたことがないけれど、計数にうとい人ではなかった。

私は、川端さんのことになると、なにからなにまで、まるでわかっていない。何か、物凄い人だという感じが残るだけである。私の理解を超えている。

私にわかるのは、次のことだけである。

川端さんは、公正で、すぐれた批評家であった。もし八十歳まで生きたら、すばらしい書を書いたであろう。（そのことは、ご自分でもおっしゃっている）

川端さんの最後の講演が『諸君！』六月号に掲載されている。

「またペンクラブでも、二億五千万円とか、三億円とかを集めるという。カネは始めっから何にも心配していないんです。一人でもとれますから。自分のアイディアで大きくなっていった。つまり、社長独裁の会社。一つ、なんか発明すれば――変な、つまり、エロチックなおもちゃでも発明すれば、何億と入る会社はみな、社長独裁ですから、金が出せるんです。いまは大会社はみんな雇われ社長です。

それで、若い人のいいアイディアを取り入れる。社長はもっと独裁であっていい。そうしてアイディアさえ良ければ、ボーナスは倍になりますよ。（笑声）」

「そういうことはいくらでもある。みなさん、若い方もアイディアをお出しになれば、不況なんてありません。この間も言ったんですけれども、不況になったほうが少しいいんじゃないか。日本経済は今や世界的勝利です。これまで日本は安物ばかり売っていたから、これからはいいものを作って売ればいいじゃないか。いいもの、事実、この頃作っています。だんだんいいものを作れば、売れる。

ここで手品をおみせしましょう。例えば、この時計ですが、（カバンの中からとりだしてみせる）ちょっとしゃれてる。でも私が使うわけじゃなくて、女の子にやるためにもってる。（笑声）これ、大へんきれいでしょう。女の子はすぐダマされちゃう。いろいろお見せします。」

そう言って、宣伝用の各社のボールペンを何種類かカバンのなかから取りだす。

「この時計もなかなかいい。（と言いながら首にぶらさげる）デザインがなかなかいいです。つまり、デザインです。これ、みんなアイディアです。要するにアイディアですねえ。これ、ごく安ものなんです。」

私は、この講演で、川端さんは、ご自分の手品のタネアカシをしているような気がする。川端さんは、すぐれたアイディアマンであった。カネのことなど少しも心配しない太い神経を持っていた。計数に長けた人であった。

菊池寛が川端さんを愛したのは、川端さんに文才があったからであるけれど、このような商才をも見逃していなかったと思う。川端さんは、文壇という会社の社長であり会長であったと思う。晩年の川端さんにとっての最大のショックは、三島由紀夫の自決でもなく、都知事選の敗退でもなく、相談役であった佐佐木茂索の死であったような気がするのである。

川端さんは創意の人である。

私は、そう思い、そう書いたからといって、少しも川端さんを貶《おとし》めることにはならないと思っている。なぜならば、私は、すぐれた作家は誰でも勝れたアイディアマンであるはずだと信じているのだから。文章家とは文章上の勝れたプランナーだと思っているのだから——。

私は、川端さんの最後の講演の速記録を読んで、川端さんの芯の芯なるものを発見したと思って、思わず小膝を叩くという具合であったのではない。私がわかったと思ったのは、川端さんの一部分である。依然として、川端さんは、私にとって、謎の人である。

（「新潮」臨時増刊号、一九七二年六月）

古今亭志ん生

古今亭志ん生（ここんてい・しんしょう）
落語家。一八九〇〜一九七三。享年八十三。著書に『なめくじ艦隊』『びんぼう自慢』など。

私は志ん生さんには一度しか会ったことがない。そのときのことを二度か三度か書いているので、ここでもう一度書くとなると、どうしても重複をまぬかれない。それは仕方のないことだと思う。ただし、一篇の趣旨は別のことになる。

志ん生さんに会ったのは何年前のことになるか、それももう忘れてしまった。六月末か七月の初めの暑い日だった。実は、そのときのことを書いたものがあるはずで、朝から探しているのだが、みつからない。ひとつには重複を避けるため、ひとつにはその時のことを思い出す手がかりとするためである。

志ん生さんが倒れて寄席へ出られなくなり、少しよくなってホール落語の席だけ出るようになり、また倒れ、ついにどこへも出られない、志ん生さんの話を生で聞くことが出来なくなったとき以後のことである。

私は、志ん生さんの「大津絵」を聞きたいと思った。小泉信三さんが志ん生さんの「大津絵」の〝冬の夜に風が吹く〟を聞くときは必ずお泣きになるというのは有名な話である。両国の川開きの日に、小泉さんは、『亀清』かどこかの料亭へ、文楽、志ん生、円生を呼び、志ん生さんの「大津絵」を聞くのである。私にはそんなことは出来ない。

しかし、「大津絵」を聞きたいという一念は募るばかりで、こうなるとブレーキがきかない。私は江國滋さんに相談した。つまりは無理を言ったのである。そのときのことを精《くわ》しくは憶えていないが、場所は志ん生さんの家でもいいし、料亭でも待合でもいいと言ったのだと思う。間に矢野誠一さんが立ってくださって話が進められた。志ん生さんのほうでは、私のことを、なんという生意気な小僧だと思ったかもしれない。そんな気がしたのであるが、意外にも志ん生さんは演《や》ってくださるという。そういうことがあったほうが体のためにもいいのだということで、周囲の方も賛成してくれたそうである。御礼（出演料）は十万円で、場所はウナギの『神田川』ということになった。この出演料には、すでに歩けなくなっているので、抱きかかえる二人のお弟子さん、「大津絵」だから三味線の人が必要であり、そのぶんの御礼も含まれている。「大津絵」一曲のために十万円というのは高いといえば高い、安いといえば安い。まあ、頃あいというところだろう。しかし、私にとっては容易な金ではなく、これは一世一代の贅沢だと思った。金額だけのことを言っているのではない。また、十万円は出演料であって、それだけで済むということでもない。『神田川』の支払いがある。帰りのハイヤー代がある。江國さんにも矢野さんにも何かの形で御礼をしないといけない。十万円は何とかなるとして、残余のことになると見当がつかないが、私は、なるようになれと思った。思い出だけが残ればいい。「大津絵」を聞きたいと思いつめたのがいけなかったのだと観念した。いまになって思うのだが、お弟子さんと三味線弾きには御祝儀を差しあげるべきであった。これは私の失策である。やはり、私は、あたふたとしていたのである。というより、気持のうえでも所帯のうえでも、いっぱいいっぱいであったのだろう。ところで、私は、実は、志ん生さんのほうで『神田川』と指定されて、ほっとしたような気持になった。『亀清』でも『金田中』でも『吉兆』でも『新喜楽』でも、どこでも私は受けるつもりでいた。しかし、『金田中』となると、あとで芸者を呼ぶべきものかどうか、私には、かいもく、わからない。また、文壇には、うるさい一面もあって、駈《か》けだしの作家が、『金田中』で芸者遊びをして、余興に病気静養中の志ん生を呼んだということになれば何を言われるかわからない。そういう心配もあった。『神田川』ということで、私は咄家《はなしか》の世界の一端をうかがい知ったように思った。有難いことに思った。しかも、志ん生さんのほうで、「大津絵」だけでなく、バレ話をつけてくださると言ってこられた。歌だけでは、ご自分の納得がいかないのだろう。それも有難いことだった。私にしても、志ん生さんの、おそらくは最後のバレとなると、それだけで固唾を呑むという思いがある。

そうときまってから、私は、そらおそろしいような気持になった。私は、小林勇さんと高橋義孝先生を招待するつもりでいたが、お二人とも都合がつかない。（あまり興味を示されなかったという記憶がある）

そこで、落語好きと思われる友人・知人に声をかけると、意外や、たちどころに二十人が来てくださるという。会費を五千円とすれば、それで出演料を支払うことが出来るし、厭な噂を立てられないですむ。うまい具合に事が運んだ。人数がふえれば費用《かかり》が増すので、私のふところには関係のないことであるが、大義名分がたつ。どうも金のことばかり言うようで気がひけるが、私は会計報告をしているつもりなのである。

その会の模様は、それこそ重複を避けるために書かない。私は、ただただ、緊張のしっぱなしだった。

＊

私が皆と酒を飲んでいると、控室になっている別室で、志ん生さんが私に会いたがっているという伝言があった。

何事かと思って行ってみると、いま歌った「大津絵」は、あまりうまく歌えなかったので、私の前でもう一度歌うと言われるのである。私は、志ん生さんと相対で坐り、もう一度緊張することとなった。

これを一言で言うならば、はなはだ月並みに言うならば、芸人の執念である。あるいは恨みである。あるいは怒りである。もどかしさである。あるいは魂である。あるいは律義である。そうして、自分の体と自分の芸との戦いだった。その場に立ちあってくれと言っているのである。大変に辛いことを書くが、そのときの志ん生さんは、もう、声が出なくなっていた。冬の夜に風が吹く、までは出る。あとは何が何やらわからない。私は、志ん生さんのまえに頭を垂れているばかりである。

＊

志ん生さんが亡くなってから、彼の人柄がチャランポランであり、その芸は天衣無縫だと言われた。私は断じてそうは思わない。志ん生さんは律義な人であり、その芸は計算された芸である。まっとうな修練を経た芸である。

『週刊文春』十月二十九日号に、山藤章二さんと古今亭志ん朝さんの対談が載っている。その一節。

山藤　まさに他の何ものでもない。タレントでも文化人でもない、噺《はなし》しかないという感じですね。それも、あの天衣無縫な……。

志ん朝　ところがね、山藤さん、意外に思われるかも知れませんが、昔の親父はかなり地味だったらしいんですよ。早いうらに上がって「中村仲蔵」をやったり、まっちかくな芸だったらしいんです。

私は、まさに我が意を得たりと思った。志ん生さんはまっちかくな人であり、まっちかくな芸であった。そうでなかったら、晩年の、倒れたあとのホール落語での「火焔太鼓《かえんだいこ》」や「淀《よど》五郎」があんなに正確に演ぜられるわけがない。

＊

秋の夜に雨が降り、台所の一隅で、酒を飲みながら、志ん生さんの最後の「大津絵」を聞くことがある。あの日、控室で収録したテープである。

それはもはや芸ではなく、芸に迫ろうとする何物かであるに過ぎない。志ん生さんの泣き声にちかい。私は、心をひきしめ、まっちかくになって酒を飲むのである。

（「週刊新潮」一九七三年十一月一日号）

英雄の死

黒尾重明（くろお・しげあき）
プロ野球選手。一九二六～七四。享年四十八。四六年セネタース（現日ハム）に入団、五五年引退。

十月十七日は夜遅く家に帰った。

その前日は、私の小説のＴＶ劇化のことで放送局の人たちと酒を飲んだ。そのまた前日は、土瓶《どびん》むしを食べようということで、女房子供と銀座へ出て、馬鹿にいい気持になってしまって何軒も飲み歩いた。

十七日は、午前六時に起きて、山梨のほうへ行った。これは私の勤務する会社関係の仕事である。列車のなかで、朝からビールになった。洋酒の会社だから、昼食でも、シェリー、葡萄酒、ウイスキイが出る。私は、またいい気持になった。酒のためだけでなく、この日は嬉しいことがいろいろにあった。ある人に、あんたは朝はブスッとしていたけれど本当は面白い人だねと言われた。そんなふうに元気になった。夜は柳橋で宴会になった。それで帰ればよかったのに、さらに銀座を飲み歩いた。こうなると、ウイスキイのストレイトばかりになる。こんなに飲んだのは今年では初めてのことである。それで帰りが遅くなった。

女房が、とっても悪い知らせがあるのよ、と言った。とっても厭なこと、とっても悪いこと、驚かないでね、クロオさんが亡くなったのよ、奥さんから電話があったの、今朝早く亡くなったんですって、急だったんですってと言う。

クロオというのは、プロ野球の投手であった黒尾重明である。私は小学校三年生のときに港区の東町小学校に転校した。そこに黒尾がいた。その小学校に野球部があり、彼は主戦投手だった。はじめ三塁手であったというが、私の知ったときは、すでに投手だった。その黒尾だから、実に、四十年に近い友人である。

女房から話を聞いたとき、私の頭は朦朧としていた。非常に混乱した。私は、ナンダイ、冗談じゃないよ、死ぬのは俺のほうだ、俺はこんなに滅茶滅茶な生活をしているんだ、死ぬなら俺のほうが先だと叫んだ。私は、また酒を飲みだした。そうするよりほかになかった。

＊

黒尾重明に最後に会ったのは、今年の三月だった。銀座で会って、そこで飲みだして、別れたのは、中野だか阿佐ヶ谷だかの酒場だった。

黒尾は元気だった。以前、肝臓が悪いと言っていたが、それもすっかりよくなったということで、珍しく、私と同じぐらいに飲んだ。

彼は、昼間は、デパートで既製服を売る仕事をしているという。夜は野球評論を書くためにナイターを見に行く。重労働である。その仕事をはじめるまで、何度も会った。彼がそういう仕事に就くということに関しては、私の想像のつかない悩みがあった。倉庫で手押車に既製服を積んで売場まで運ぶ。その間が一番つらいと言っていた。誰かに見られるのが厭だ。一度だけ声をかけられたことがあった。

彼は、小学校の五年生のとき、すでに町の英雄であり、学校の人気者だった。都立の中学が月謝免除で勧誘にきたということをいまの人は信じてくれるだろうか。戦争末期は特攻隊員であった。戦後は、東急セネタース、近鉄パールズのエースで、九十九勝百二十一敗の成績を残した。

そういう男が、五十歳に近くなって、デパートで手押車を押すというときの気持は、当人でなければ説明がつかないだろう。彼は高校二年になる一人娘を非常に可愛がっていた。娘のためだと自分に何度か言いきかせたことだろうと思う。

今年の夏になってから胃が痛んだ。八月六日に入院して手術すると、胃癌であり、肝臓にも膵臓《すいぞう》にも転移していた。

誰にも知らせないことにしていたが、新聞に連載していた観戦記が中断したことで、そっちの方面には知られてしまった。見舞客のなかに、白木義一郎、上林繁次郎、鈴木圭一郎など、昔の仲間がいた。

*

私は黒尾重明のような純情な男を他に知らない。純情にして、かつ、純粋である。良くも悪くも、子供みたいなところがあった。

彼は、この道一筋の男であった。私にも、よく、この道一筋で生きたいと言っていた。この道とは野球である。彼のように野球の好きな男も珍しいのではないか。ところが、この道一筋では生きられないようなことになってしまった。

彼は、引退後、スポーツ新聞社に勤めた。どうもうまくいかなかったようだ。運動具店をはじめ、それにも失敗した。彼は、月給取りにも商売人にも不向きな男なのである。変な言い方であるが、黒尾重明は、特攻隊員であるかマウンド上のエースであるか、それ以外に生きる道がなかったと思う。こんなことは、黒尾の生きているときには言えなかった。

黒尾を知る者は、誰でもその純情を言う。小学校のとき、教師に指名されると、それだけで真赧《まつか》になってしまう。大きな男が、突っ立ったまま、口ごもる。みんながはやしたてる。いよいよ顔が赤くなる。そうして、私たちだけでなく、町中の人が、そういう黒尾を愛していた。みんながファンだった。

彼は好き嫌いの激しい男だった。まるで子供だった。その癖、遠慮のかたまりのような男で、自分の言いたいことが言えない。お世辞が言えない。これでは商売は出来ない。

一例をあげよう。彼は巨人軍の王貞治の熱烈なファンだった。あの黒尾重明が、王のサインを貰って喜んでいるのを見て、私はあきれてしまった。王のサインボールを私に呉《く》れたりした。

どういうわけか、私も女房も黒尾に好かれた。黒尾は、私の家に遊びに行きたいと言って、何度も夫人に叱られたそうだ。忙しい人だからと夫人は言った。私も女房も、いつでも黒尾なら大歓迎したのに。

＊

黒尾は、ずっと以前から、遺言めいたことを言っていたという。夫人がそれを嫌うと、俺の人生は、あの時（特攻隊員の時）終っているのだからと言うのが常だった。彼は、自分の墓は、バット三本を立てて、その上にボールをのせた形にしてくれと言っていたそうだ。

十月十八日、黒尾重明の葬儀の日、私は、ぶっ倒れるようにして家で寝ていた。私が悔みに行ったのはその翌日である。

黒尾は癌であることを知っていた。夫人が山口さんに会いたいかと訊いた。彼は、会いたいけれど、もう少し良くなってからにしてくれと言ったという。

私はまだ信じられない。小学校時代、学校で一番体格の良かった男が、虚弱児童にちかい私より先に、五十歳にならないうちに死んでしまうなんて。

黒尾は、病床で、あと十年生きたいと言った。私にはその意味がわかる。彼は娘が結婚して幸福になる姿が見たかったのである。

私は右手が左手より長い。野球をやっていたためである。私でさえそうなのだから、少年野球、中等野球、プロ野球と、ずっと投手を続けていた黒尾の体は、洋服屋が驚いたり困ったりするくらいに変形していた。筋肉のつき方が常人とは違う。骨が太い。その黒尾が、もう、骨だけになって私の前にいた。

夫人が、飲んでくれますかと言って茅台酒《マオタイシュ》を注《つ》いでくれた。退院したら飲むつもりで、娘を中国物産展に買いに行かせた酒であるという。

その酒は、連日の深酒でメチャメチャになっている私の胃に、熱く沁《し》みわたったった。

（「週刊新潮」一九七四年十一月七日号）

秋《あき》雨《さめ》

十月の初めからであるか中旬からであるか、それは忘れてしまったが、一日おきに、晴れたり降ったりするようになった。今日が秋晴れであれば明日は必ず雨になる。

ある日、私は、明日は高尾山へ行こうと思った。その日は、それくらい天気がよかった。まだ少し早いけれど、紅葉を見に行こうと思った。新聞の天気予報を見ると、午後から次第にくずれるが午前中は好天となっている。私のところから高尾までは一時間もかからない。早起きすればいいと思った。

ところが、翌朝になると、空は曇っていて、いかにも外は寒そうな感じがする。寒いのはいいけれど、曇っているのでは山頂からの眺めが期待できない。どうしようかと思っていると、空はいよいよ暗くなり、まるで夕暮のようであり、昼になると雨になった。

秋の長雨ということはない。きちんと一日おきになる。紅葉狩りの人たちにも、一日ちがいで運不運がある。

夏でも、高原へ行くと、こんな天候が多い。そうして、あるとき、風の方向が変り、いきなり冬になってしまう。北の海でもそうだ。風が変り、そうなると、もう、海が凪《な》ぐということがなくなる。

女心と秋の空だか、男心と秋の空だか、それはどっちでもいいけれど、今年は大勢の人がそれを思ったのではないだろうか。

*

秋になってから、変に食欲がでてきた。むかし、老人は「御膳《ごぜん》がおいしくいただける」などと言ったものであるが、そんな按配になってきた。昨日などは、驚くべきことに、三度三度、きちんと米の飯を食べてしまった。そんなことは当りまえだと思われるかもしれないが、私にとっては、一年に一度あるかなしかという事件である。

食事がうまいというのは、多分いいことなのだろうけれど、私の場合は喜んでばかりもいられない。糖尿病が悪化すると異常に食欲が増進することがあるからだ。どっちだかわからないが。

食欲がでてくるのと反対に、このごろは酒がまずくなった。これはどういう加減のものだろうか。あるとき、昼頃に友人が遊びにきて、すぐ酒になった。その酒が、どうにも不味《まず》い。極端にいえば薄めた小便を飲んでいるような気がする。味がない。そのくせ酔ってきて頭が重くなるのだから始末がわるい。

翌日、友人に電話を掛けた。友人は、そんなことはなかったという。その夜、同じ酒を飲んでみた。こんどは、ひどくまずいということはなかったが、銚子一本で眠くなってしまって、風呂に入って、すぐに寝てしまった。

酒がまずくなる年齢というものがあるそうだ。それが、ひとつの人生の曲り角であるという。四十歳前後のことであるらしい。ある人は女色にふけり、賭博に走り、あるいは会社の金を使いこみ、時には急に政治家になろうとして立候補したりする。こうなると、酒のうまいまずいは大問題である。

人生の曲り角ということでは、長島茂雄の引退が非常に印象的である。長島は歯も眼も悪くないと言った。それから男子の面目ということに関しても少しも衰えていないと言った。普通の三十八歳の男に較《くら》べれば、まことに健康であるそうだ。肩の力も脚力も衰えていない。

それでいて、どこか、一瞬の瞬発力といったものが駄目になっているという。目に見えないどこかが駄目になっている。彼は球ぎわに強いとか弱いとかということを言うが、その球ぎわが弱くなっているそうだ。

長島の公式戦最終試合の行われた日、彼は本塁打を放ち、ヒットも打ったが、第二試合では、バットを振ることも走ることも出来ないように見えた。私にはそう思われた。あの明朗な男の顔が肉体的苦痛でゆがんでいた。

そのへんがスポーツマンとしての体力の限界だろう。一般の、たとえばサラリーマンにおいても、三十八歳は、体力的目処《めど》になるのではないか。

＊

十一月は毎年そうなのであるけれど、仕事の予定を考えると気が狂いそうになるように忙しい。こんなに働かなくてもよさそうなものだと思うけれど、物価高や税金のことを思うと、そうも言っていられない。

八木重吉の秋の詩がある。題名は『悔』である。

うなだれて

明るくなりきつた秋のなかに悔いてゐると
その悔いさへも明るんでしまふ

そういう気持はよくわかるし、私も、そういう感じを摑んだことがあったけれど、ともかく仕事に追い廻されているのでは、こういう沈潜した気分は得られない。

一国の宰相が最大の脱税王のようにいわれ、その人が国民に反省を強いるという、とんでもない世の中であってみれば、とてもとても沈潜などを願ってはいられないのかもしれない。

*

つい先日、会合があって、銀座で酒を飲んだ。その酒が、やはり、うまくない。二次会の酒場では、私はもっぱら番茶を飲んでいた。こんなことは、めったにはない。別に不機嫌ではないのだが、そう思われるといけないので苦労した。

夜遅く、私の乗った自動車が甲州街道を走っていた。小雨が降り続いていた。調布のあたりで、急に胸にこみあげてくるものがあった。私はまた黒尾重明のことを思いだしていた。彼のことは前回に書いた。私の嗚咽は運転手に聞えるようなものではなかったが、ハンカチで鼻のあたりをおさえた。

私は三年ばかり前のことを思いだした。私はその頃、新聞に続きものを書いていて、ある回で黒尾のことを書いた。

「私は、後楽園球場へ行って、何度もセネタースの試合を見た。彼が投げても投げなくても、ブルペンのそばの金網の所から声をかけた。

彼に住所を聞いたとき、黒尾は、だいたいのところを言って、そのへんで子供に聞けば教えてくれるよと言った。彼は、ふたたび、町の英雄になっていた」

という一節がある。

その文章が新聞に掲載されてから数日後に、知人から電話があった。知人は凄い剣幕で怒った。彼は、友人を貶《おとし》めるなと言った。「自分が有名になったからといって、昔の友人を引きあいにだして、彼を貶める権利がお前にあるのか」彼はそう言って怒鳴った。

私は自動車のなかで、そのときのことを思いだしていた。俺が黒尾の悪口を言ったり書いたりするわけがないじゃないか。そう思った。バカヤロウ。私の嗚咽はとまらなかった。

新聞の続きものが書物になったとき、私は黒尾重明にそれを送った。

「新刊書をどうも有難う。娘に少しいばって読ませたところ、信じられないといった表情で、ちょっとがっかりでした」

そういう礼状がきた。女房も働いてくれているので、なんとかがんばっていくつもりです、とも書いてあった。あんなに優しい奴はいなかった。

私が高尾山へ行こうと言ったのは、その翌々日だった。どうも気分が晴れない。女房は「誰と行くの?」と言った。変なことを言う女だ。「そう。あたし、小学校のとき一度行ったきりだわ」

「バカヤロウ。その小学校というのがいけないんだ」と私は言った。

(「週刊新潮」一九七四年一一月十四日号)

梶山季之の経緯《いきさつ》

梶山季之（かじやま・としゆき）
小説家。一九三〇〜七五。享年四十五。著書に『黒の試走車』『族譜・李朝残影』など。

梶山季之は『黒の試走車』『赤いダイヤ』『夜の配当』の梶山季之、あるいは『小説GHQ』の梶山季之に戻れるだろうか。これが梶山の愛読者、専門家筋（編集者）、広く友人たちの最大の関心事だった。実際、全く意外と思われる人たちからも、そういう質問、ないしは疑問を私は受けていた。その意味では梶山は幸福な作家だったし、それだけの力を持っていたのである。

しかし、『桜島』の梅崎春生《はるお》が『幻化』の梅崎春生に突き進む、あるいは回帰するというのは容易なことではなかったように、それもまた、死を賭《と》する事業だった。

ある実力のある編集者が言った。

「昔の梶山季之の文章は、行間から十も二十もの事実が湯気のように立ち昇ってくる感じで圧倒されたものだった。梶サンやってるなと思い、読んでいて身が引きしまったものです。いまの改行の多い氷柱《つらら》のような文章からは何も匂ってこない」

そのくらいに、梶山の取材能力は、すさまじいものがあった。そのために身銭を切った。本当に体も金銭も投げだした。年収百七十万円の時代に、百万円は取材費に投じたと言われている。五、六年前まで、梶山の立て籠っていた都市センターホテルの一室に行けば、世の中のあらゆる情報が集中していたのである。政財界のみならず、ありとあらゆる裏の裏（真実）が、そこでわかった。彼が独力で「三億円事件」を追及し、怪しいネタだと承知していながら大金でもってそれを買いこんでいたということなどは知る人も少いのではあるまいか。だから、玄人が読めば、軽いように見える梶山の文章の重さに気づくのである。梶山の小説の面白さには、それだけの裏打ちがあったと言える。

三年前、二年前から、その梶山が変ってしまった。晩年の（という言葉にまだ強い抵抗を感ずるが）梶山は、はっきり言って、駄目になっていた。そこで、梶山は、処女作に、初心に戻れるかという疑問が生じてくるのである。むろん、そのことでもっとも悩んだのは彼自身だった。梶山ぐらい、いい人間はいない。彼のような男らしい男を私は他に知らない。彼は、ずっと「大人」だった。しかし、このままでは、まことに魅力のある男ではあるけれど、魅力のある作家に戻ることなしに終ってしまう。

梶山が昔の梶山に戻るためには、まず身辺を整理しなければいけない。体力を恢復《かいふく》しなければならない。それくらいに彼の身辺は厖大にふくれあがっていた。利口な作家は、所帯が大きくなることを極度に警戒する。その意味では、すでに梶山の所帯は手がつけられないくらいに大きくなってしまっていた。黒岩重吾《じゅうご》さんが、梶山は取り巻きが多すぎると私に言ってから、もう十年以上になるだろうか。

梶山季之はマスコミに殺された。ほかならぬ彼自身がつくったところの週刊誌時代によって殺された。梶山は酒で殺された。梶山は女に殺された。

しかし、梶山はマスコミによって生かされた男である。酒で生きてきた。女で生きてきた。取り巻きというのがどの範囲までだかわからないが、その取り巻きによってさえ生かされた男だと私は思う。梶山季之という存在自体が一種の矛盾だった。ジレンマという言葉を辞書で見ると「板ばさみになって動きがとれない苦境」となっているが、彼はまさにそれだった。この両刀戦法で突進するには、よほどの体力がなければならない。鉄人梶山はある時期までそれに耐えた。そうして、当然のことであるが、だんだんに衰えていった。二年ぐらい前から、どうにもならないことになってしまっていた。

お前は、それを知っていて、友人を見殺しにしたと言われるかもしれない。そう言われても仕方がない。いま、ここで、したり顔で、梶山に対して行った忠告めいたことを書く気はない。この二年間、友人や知りあいの編集者に、梶山は死ぬ気なんだと何度言ったことか。私は女房にも言った。「梶山は死ぬ気なんだから仕方がない」。私は、もう、だいたいにおいて、あきらめていた。あれでは、よほどの幸運がないかぎり、三年以上は生きられない。

梶山も私に言い難《にく》いことを打ち明け、相談に乗ってくれと言い、決意を示したこともあった。私は、彼に、バカヤロウ、俺は真砂町《まさごちょう》の先生じゃないんだと言ったことがあった。彼の決意は、彼自身によって破られるのが常だった。彼の意志が弱いのではなくて、どうにもならない状況にあったのだ。

梶山季之がポルノ小説を書きはじめたとき（この方面でも彼は先覚者だった）、彼は私がいい顔をするわけがないことを承知していた。誰かがポルノ小説を書いてもかまわないけれど、彼にはポルノや滑稽小説は向いていない。梶山の真骨頂はそこにはない。

彼は私によく言った。「怒ってるんだろう。わかってるよ。わかっているんだけれど、もうちょっと我慢してくれよ」。つまり、厖大な所帯を整理するには、厖大な金も必要だったのである。また、彼は、無頼のように見えて、実は家庭の幸福を考える男でもあった。夫人や娘に対する愛は盲愛にちかかった。そこにも板ばさみがあった。

梶山季之には志があった。彼と知りあった頃から、一緒に地方都市を旅行すると、寸暇を惜しむようにして、片っぱしから古本屋に飛びこむ。そうして、韓国問題に関する書物があると、そっくり買いこんで東京の家に送っていた。

梶山は、何年か先に、三本の長篇小説を書くと言った。韓国問題、原爆問題、移民問題という、三つのテーマ小説である。私はそれは駄目だと言った。三つのテーマがあるなら、それをひとつにして大河小説を書くべきだと言った。梶山は素直に私の意見に従った。

これはちょっと考えてみただけでも、とてつもなく大きな小説になる。そのための資料を集めるとなると、その費用は私には見当のつかない額になる。そのためにポルノ小説を書いているのだとも言った。そういう大河小説を書く場を与えてもらうために、出版社にサービスする必要があるとも考えていたようだ。

その大河小説は、新潮社出版部から、書下しの形で出されることになった。それが決定したのは去年の秋である。題名も『積乱雲』ときまった。六百枚で一冊。年に二冊ずつで十年間続くという一万二千枚の小説である。

梶山は自分の死期を知っていたと思う。そうでなければ、胸も胃も肝臓もズタズタになり、弱り果てている男が朝から酒を飲むはずがない。『噂』という雑誌の発行も、作家としては自殺行為だった。その他、自殺に類する行いが、まだたくさんあった。

そうなったとき、はじめて、梶山の決意が実行されたのだった。おそらく、彼自身、『積乱雲』が完結するとは思っていなかったろう。行けるところまで行ってみよう。そう思っていたに違いない。彼は、そんなことを言う必要のない人間にまで、これからライフ・ワークに取り組みますと言った。そうやって自分を励ましていた。

六月になると、すべての中間雑誌や週刊誌の連載が終るよ、全部終るよと私に言った。そのときは明るい顔をしていた。彼は、やっと、重い荷物をおろしたのだった。

百枚書いた、二百枚になったら読んでくれないか、とも言った。その百枚が気にいらなくて破いてしまったという噂を人から聞いた。そんなに簡単に初心に帰れるわけがない。私には彼の辛さがわかっていた。

四月十一日に、銀座の酒場で梶山に会った。そんなに遅い時刻ではないのに、そんなに飲んでいるとは思われないのに、彼の目はトロンとして濁っていた。

私は、河田町の家を売り、伊豆にひっこんでしまえと言った。私には、いろいろな意味を含めての扶養家族が多すぎるのが傷《いた》ましくてならなかった。そうしなければ原稿も書けないし、体も治らないと思っていた。しかし、梶山は、珍しく、はっきりと、私にむかって厭だと言った。それで、少し眠らせてくれと言い、奥の席へ歩いていった。その後姿が、彼を見る最後になった。

いま、五月十四日、午後六時。梶山季之の遺体を乗せた、香港からのＪＡＬ62便は、積乱雲の遥か上空を、こちらに向って飛んでいるはずである。


（「波」一九七五年六月号）

酒について

私は大酒呑みだと思われているかもしれないが、自分ではそうは思っていない。私より強い人は、私の身辺にも大勢いる。私より早く飲む。私より余計に飲む。それでいて宿酔《ふつかよい》しない人がいる。私は敬服しないわけにはいかない。しかし、まあ、そういう人は怪物であり、バケモノであり、人間ポンプであり、肝臓魔人である。私の身辺には、こういうオバケが多いのかもしれないが。

私が大酒呑みだと思われているのは、私が酒についての馬鹿なことを書くからである。私より大量の酒を飲む作家でも、たとえば時代小説を書く人は、身辺のそういうバカバカしい出来事を書かないだけの話である。こっちはバカバカしいことばかり書いている。

*

どうも、あらたまって酒についての文章を書くのが気恥ずかしいようになってくる。毎回、そればかりやっているのだから……。自分で、どうにも照れくさい。

もし、酒を薬だと考えるならば、こんなにいい薬はないということを、どこかで読んだ。たしか『週刊文春』のコラムであったように思う。

酒を薬だとして、その副作用ということになると、こんなに早く副作用があらわれる薬はないという。気分が悪くなる。吐く。頭が痛くなる。倒れるようにして眠ってしまう。翌日の宿酔。これに反して、ゆっくりとあらわれる薬の副作用というのがこわいのだそうだ。なるほど、そういうものかと思った。

また、宿酔の害とか辛さを言う人がいるが、いそがしいビジネスマンが、何もかも忘れて、時には二十時間も眠ってしまうことができるのは、宿酔以外に考えられないとも書いてあった。それは医学的に見ても決して悪いことではないという。たしか、そんなふうなことだった。

私は、自分が酒好きであり、酒が飲めるのは有難いことだと思っている。すくなくとも、酒が飲めない人で、不眠症に悩んでいる人というのは、とても可哀相だ。なかには、夜中に、眠れないために、パジャマのうえに洋服を着こんで散歩に出る人がいる。その人の話によると、そういうときに、間違いなく同病と思われる人に出会うそうだ。実に気の毒である。

小説家で酒を飲まない人は睡眠薬を服《の》む。だいたいにおいて、そうなってしまう。これも気の毒だ。私は、夕食後に、三枚か四枚の短い文章を書いたとすると、それだけで、もう眠れなくなる。私だけでなく、そういう人が多い。私は、そのときは、ゆっくりと酒を飲みだして、眠くなるのを待つのである。これは酒にかぎるのである。サイダーでは駄目だ。もっとも、眠くなったと思ったときに、すぐに眠るという、そのタイミングのとらえ方がむずかしいのであって、そこを通り過ぎて、飲みすぎてしまうと、かえって眠れなくなってしまう。

睡眠薬よりは酒のほうがいい。副作用ということを考えると、酒のほうがずっといい。睡眠薬はこわい。私は、以前、睡眠薬を使っている時期があったが、やめてよかったと思っている。このごろは、睡眠薬にかぎらず、なるべく薬を服まないようにしている。なぜならば、もし薬が有効であるならば（有効であるに違いないが）医者や製薬会社の社員や薬局の主人などは薬ばかり服んでいることになるが、そういうことは聞いたことがない。むしろ、その副作用のほうを警戒して、なるべくならば服まないほうがいいように思う。痛みや熱が急になくなるという薬には副作用があるに違いない。

三十枚の小説を書いて、翌日は六枚の随筆を書くというときも酒を飲まないわけにはいかない。そうしないとシコリが残ってしまう。こういうときの薬は酒でないといけない。

たしかに、酒は薬だと考えるのは面白い考えだと思う。薬だとすれば、こんなに有難い薬はない。第一にうまい。第二に愉快になる。第三につまらないことを忘れさせてくれる。そうして、薬を必要以上に、浴びるように服む馬鹿はいないのだから、処方通りにほどほどに飲む。

酒が飲めることの有難さの第二なるものは、いや、これが第一であるかもしれないが、友人ができるということである。私の友人は、そのほとんどが酒のうえの友人である。将棋友達、競馬友達というのもいるけれど、一緒に楽しく酒を飲めるというのでなければ本当の友人にはなれない。

酒の害は、これも昔なにかで読んだのであるけれど、酒を飲んで気が大きくなり、あるいは春機発動して（これも効能のひとつであるが）女性のところに走り、性病を感染されることだけであるそうだ。

＊

……と、ここまで書いてきて、どうにもいけない。頭が動かない。チラチラする。酒に関する話をもっと用意していたのであるが、朝からずっと机の前に坐っていて、どうしても思いだせないのである。

昨日、五月十四日、午後九時を少し廻ったとき、梶山季之の遺体が自宅に帰ってきた。私は御対面とかお別れというのが厭で、親しい人でも近い親類の場合でも逃げ廻るのであるが、梶山となるとまるで別で、会っておきたいという気持になっていた。どうしてそうなるのか、はっきりしない。何か、そうしないと自分で納得がゆかないといった気持があった。

それで、梶山を見て、午前三時まで遺体のそばにいた。

梶山は、あるところで、女房とは別れても山口とは別れないと書いた。また、私のことを書くときは、きまって、親友ではなく心友と書いた。どういうものか私は梶山に好かれていて、こっちのほうでもウマがあった。私は、いつでも、第一の友人だと思っていた。

この連載読物について、梶山は一度だけ褒めてくれたことがある。十年ぐらい前に「戦中派」という文章を書いたとき、むこうから握手を求めてきて、いきなり涙を流した。その文章のなかに、「私には、常に、明日をも知れぬという思いがつきまとう」という一節があった。その思いがつきまとって離れなかったのは梶山のほうではなかったかと思う。

三年前に、二人で、平泉《ひらいずみ》から一関《いちのせき》のほうに旅行した。何か話したいことがあったようだけれど、二人ともへたばっていて、無言で酒ばかり飲んでいた。そういう際でも、梶山には東京からじゃん電話が掛ってくる。梶山は原稿を書かなければならない。

一関の旅館に泊ったとき、私は朝の七時に目をさました。隣の部屋にいる梶山は原稿を書いているかもしれない。あるいは昨晩の飲みっぷりから察するに、まだ眠っているかもしれない。いずれにしても、そっとしておいたほうがいい。

私は庭に出た。抜けるような空という形容があるが、藍一色の深い空である。この空を梶山に見せたいと思った。二人で見たい。しかし、声を掛けるわけにはいかない。

八時になった。私は梶山の部屋の下へ行って、おい、と呼んでみた。すぐにカーテンがひらいて、梶山が廊下の椅子に坐ってビールを飲んでいるのが見えた。

私は、いい空だと言い、原稿があるだろうから、声をかけなかったのだと言った。

「なんだい、こっちはお前さんがまだ寝てるだろうと思って、一人で飲んでいたんだ。原稿？ 原稿なんか六時半までに書いちゃった」

こういうとき、梶山は、実にいい笑顔になる。

そういうことがチラチラする。そこで、仕方がないから私は薬を少し服んで寝ようと思っています。


（「週刊新潮」一九七五年五月二十九日号）

メキシコの梶山季之

Yさんが十一年ぶりでメキシコから帰ってきた。このYさんは、私が初めて小説を書いたとき、快男児・佐藤勝利という名で登場させてもらった。モデルということではなく、佐藤勝利はYさんそのものである。また、この続きもので、メキシコからカラスミを送ってくれる友人というのが何度か出てくるが、それもYさんである。

十二年前まで、Yさんと私とは、同じ場所にあるサントリーの社宅に住んでいた。二人とも宣伝部に所属していて、Yさんは業務関係、私のほうは製作を担当していた。私はYさんが好きだった。彼は骨惜しみをしない。陰日向《かげひなた》ということがない。およそ人間に裏表がない。性格がさっぱりとしていて、仕事でも遊びでもスポーツでも、常に積極果敢である。彼は登山家でもあるので、社内では「山男ダンさん」と呼ばれていた。私は、その風貌からして、ひそかにバート・ランカスターと呼んでいる。体は頑健かつ敏捷であり、彼の行っている山に猛吹雪という新聞記事があったときも、私は彼が遭難するとは一度も思ったこともなかった。そういうことだから、私が、社内で彼にどれだけ助けられたか、彼の存在が私にとっていかに力強かったか、ということを理解していただけると思う。私はその性格の良さということにおいて、彼のような人物は他に梶山季之一人しか知らない。

Yさんはインテリ嫌いである。口に出して、はっきりとそう言ったことはないのであるが、そのことは明らかである。彼は小賢《こざか》しい人間が嫌いなのである。
十二、三年前、彼はちょっと悩んでいた。会社をやめて故郷に帰り家業を継ぐか、あるいは海外に新天地を求めるか、とにかく、このままではいけないような気がしていたらしい。私が小説を書きはじめたのもその頃である。Yさんにとっても私にとっても、そこがひとつの転機だった。国が高度成長にさしかかるときであり、妙なことに、会社が軌道に乗ると自分達の役目は済んでしまったような気持になるのである。一億総サラリーマンとかマイホーム主義とか女性化時代とか余暇利用などが言われだした頃である。Yさんは小賢しい人間が増えてきたように思ったのだろう。
社宅に住んでいたので、Yさんは、明治生まれの実業家であるところの私の父に相談した。父は、よし行け、という意味のことを言ったらしい。積極果敢の道を選べと言った。そのことで、Yさんは、ずっと、オジイチャンに感謝している。

Yさんは、夫人と、三歳の女の子、生まれたばかりの男の子を連れてメキシコへ行った。会社では、メキシコに新工場を建設中だった。

＊

そのYさんが去年の暮に帰ってきた。私はすぐにも会いたいと思ったが、どうしても連絡がとれない。会議中であったり、外出中であったりする。ハハア、またやっているなと思った。積極果敢に飛びまわっている様子が目に浮ぶようだった。

私は、むかし社宅に住んでいた連中でもってYさんの歓迎会を開きたいと思っていたのである。

これがいまテンデンバラバラになっているが、二人か三人なら集められると思っていた。そこで、Yさんと親しい社員に、彼の意向を聞いてもらうことにした。

そこでわかったことは、とにかく非常なる多忙であるうえに、家が仮住まいであるので、五月以降にしてもらいたいということだった。それが今年のはじめのことである。

たしか、二月頃だったと思うが、そのYさんに、突然、銀座の酒場で会った。薄暗がりにバート・ランカスターがいたのである。

私たちは、周囲にいた女性が怒って皆いなくなってしまうくらいに熱烈に話しあった。女の一人は、この二人、ちょっとおかしいんじゃないのと言った。

Yさんは、まだ外国に来ているようだと言った。毎日が煎《い》りたてられているような気分だと言った。

＊

梶山季之は、二度、メキシコのYさんの家を訪ねている。私がYさんを紹介した。この二人なら気があうはずだと思っていた。

最初のとき、梶山は、メキシコに十日間も滞在した。活発に取材に駈《か》け歩いた。その頃から、梶山は、生涯の目標であった大河小説のために時間と金を注ぎこんでいたのである。一昨年、彼はもう一度Yさんを訪ねた。よほど気にいったのだろう。

Yさんは梶山のことを豪放な人だと言った。それでいて、何にでもよく気のつく人で、気を使う人だとも言った。つまり、梶山は、どこにいても、誰が見ても、誰に対しても同じことだったのである。

Yさんがそういう状態でなかったら、梶山があんなふうに体が弱っていなかったら、私は二人を会わせる機会をつくったのにと思う。いや、いまになってみると、無理にでもそうすべきだったと悔まれてならない。

＊

五月二十一日に、Yさん夫妻を銀座裏の小料理屋に招待した。大阪から出てくるはずの男に急用が出来てしまって（彼は切符も買ってあった）、もう一人、そういうことなら万難を排しても出席すると言っていた男が出張してしまい、こちらは私たち夫婦と息子、それに、入社以来Yさんと親しくしている社員という合計六人の会になってしまった。

メキシコでもっとも困ったのは、病気になったときであるそうだ。メキシコは、二千四百メートルの高さにある高原もしくは盆地である。かの山男ダンさんでも、ビールを飲んで階段を駈けあがると息ぎれがするという。夫人や子供が病気になる。頭がズキズキ痛むとか、腹がシクシク痛むという表現が、なかなか通じない。

Yさんは毎日十三時間から十四時間働く。昼間は事務を取り、夜は会社の経営するレストランで働くからだ。こういうことはメキシコ人にはとうてい理解されないようだ。おそるべし、日本人。

週給制であった頃、土曜日に給料を払うと、月曜日には誰も出てこない。メキシコ人は、金があって食べるものがあるときになぜ働く必要があるのかと言う。火曜日にも会社に出てこない。水曜日ごろからボツボツと人が集まってくるという。これではYさんとしては、たまったもんじゃない。

Yさんは、メキシコにいるとき、何度も何度も私に遊びにくるように言ってきた。私の息子にも声をかけてきた。私は、残念ながら、経済的にも、気持のうえでも、ずっと、そういうことのできない状態が続いている。Yさんは、そのことを、ほとんど怒りにちかい表情でもって口惜《くや》しがるのである。彼は、稀に短時日帰国するときは、必ず私あてに土産物を置いていった。

Yさんの娘は十四歳になっていて、言葉に不自由することはないが、どうして日本語では、一匹二匹三匹が、イッピキ、ニヒキ、サンビキで、ピとヒとビにわかれるのか、それがわからないと言うそうだ。そう言われてみると、彼我《ひが》の国情はずいぶん違う。

私は、十三年前、社宅でみんな仲よく暮していて、あのままずっと、給料は安くてもいいから、ノンビリとやっていられたら、そのほうが幸福ではなかったかと思うことがある。女房はしきりにそれを言う。日本人は、日本の会社は、そういうことにはならないのだ。たえざる競争に追いこまれてしまう。

Yさんは、いったい、貧しいメキシコ人と日本人とを較《くら》べて、ほんとうに貧しいのはどっちか、どっちが人間らしい生活であるのかと考えてしまうことがあるという。

（「週刊新潮」一九七五年六月五日号）

五月場所十三日目

五月場所で、高橋義孝先生からいただいた相撲の入場券は、六日目で五月十六日の金曜日になっていた。はからざりき、その日が梶山季之の密葬と通夜の日になろうとは。

そこで、先生に断わって、相撲場へは息子に行かせた。先生の席は向正面《むこうじょうめん》の砂っかぶりの一列目でテレビに映ってしまう所である。息子は、演出家志望で、そういう席で相撲を見るのも勉強になるだろうと思った。

五月十六日の午後四時少し前に、私は火葬場から梶山家に帰ってきた。通夜の受付けがはじまるまで少し時間があるので、村島健一さんと二人で夕食を食べに行った。

ソバ屋に入ると相撲のＴＶ中継をやっていた。たちまちにして正面に息子の顔が出た。

「ああ、いるいる……」

村島さんが大声で言った。村島さんは小学生のときの息子を知っている。

「ずいぶん大きくなったなあ。懐かしいなあ。あれッ、髭は剃っちまったの？」

そんなことを言うから、ソバ屋の店員も客もびっくりしている。

そのうちに幕下の好取組の紹介がビデオテープで映された。そのときも息子はもう席に坐っていた。ずいぶん早くから行ったもんだ。

私が通夜の席から帰ってきたのは午前一時過ぎであったが、息子は、私にこう言った。

「行司が足袋のままで土俵にあがるので、びっくりした。そのうちに草履をはいて土俵に出ていっちまう行司がいたので、また驚いた。注意しようと思ったがやめた。あれは身分差があるんだね。それと、お相撲さんは、上位になるほど演技力があるね。下のほうの人はマがもたないような感じだった。ああいう席で見るのもいいけれど、今度は桝《ます》で酒を飲みながら見たいね」

＊

これより前、将棋の大内八段から電話があり、五月二十三日の金曜日に一緒に相撲を見に行くことになっていた。一行は、米長《よねなが》八段、五十嵐八段であり、招《よ》んでくださったのは五十嵐さんのお弟子さんに当る方である。

五月二十三日は、午後、会社で仕事を済ませてから相撲場へ向った。ずいぶん早くに会社を出たつもりだったけれど、蔵前の国技館に着いたのは、約束の三時半キッカリのときだった。入口の所で大内さんが待っていてくれた。丸ノ内から蔵前へ行く道はとても混雑する。三越のあたりが特にいけない。

大内さんと私の席は、西口の前から五列目である。桝席ではないけれど、そこで飲み喰いが出来る。米長さんや五十嵐さん達の席は、正面西寄りの桝席である。

私たちが席に着いたとき、十両二番目の出羽の花と玄武の仕きりが行われていた。こんなに早くから相撲を見るのは初めてのことである。

私は久しぶりにテレビにうつらない席にいたので、いくらかゆったりした気持になっていた。

少々の失敗があっても許されるという気持だった。

米長さんたちが桝席にいるのがわかった。手をあげて合図した。大内さんは、まだ空席が多いので、靴をはかずに、桝席の席伝いに駈け登っていって挨拶を済ませた。まるで義経の八艘《はっそう》跳びのようだった。顔は金太郎さんのような晴々とした顔であるが。

飲み喰いが出来る席であるのに、いっこうに、酒も肴も来ない。お茶も来ない。灰皿もない。こっちはポケットのなかの祝儀袋を手でおさえて、いまかいまかと待っているのに……。私が浴衣を着ている人に祝儀袋を渡そうとしたら、大内さんに、あれはお客さんですと注意された。

隣の客は女の二人連れであって、弁当をひろげている。バナナもある。夏蜜柑みたいなのも置いてある。どういうわけか、オレンジジュースが四本立っている。

私たちの席の前に板が渡してあって、そこに食物を置いてあるのだが、その板は本来は通路であるという。出方が、ここは通路ですからねと言って客を案内する。女の客が靴を持ってそこを通る。裾風《すそかぜ》が立つような気がする。ミニスカート全盛時代であったならば目のヤリバに困ったろうと思う。

そのうちに、向うの席から、酒が二本、ヤキトリが二折《ふたおり》、ソラマメが一折届いた。ああ来た来たと思った。ああ、これだこれだと思った。

「あ、高橋先生がいらっしゃる」

と、大内さんが言った。先生は協会の席におられた。私は御挨拶にうかがい、久しぶりで酒を飲みながら見ていますと申しあげると、先生は、うらやましいけれど、俺はそういうわけにはいかないとおっしゃった。

席にもどって酒を飲んでいると、時々、先生がこちらをごらんになっているのがわかる。あ、見ているな、と思う。一度会釈をしたら、先生も少し頭をさげられた。こちらはヤキトリの串を口にはさんでいたので、ずいぶん変なものだった。

＊

こう書くと、いかにもノンビリと相撲を見ているようであるが、内心はそうではなかった。この日の朝、児玉隆也《たかや》さんが急死されたことを知らされていた。現在では、もっとも筆の立つ、もっとも信頼できるルポライターである。ルポルタージュというより、児玉さんの場合は、実録ではあっても文学作品にちかい。文学作品として立派なものであり、読ませる腕があり、社会に訴える力を持っている。実に惜しい人が亡くなったと思う。

梶山季之についで児玉隆也は、マスコミ戦争における壮烈な戦死であるという。私は、こういう表現については、いつでも、何か釈然としない気持を抱かせられる。

戦死であるとするならば、梶山さんと児玉さんは、いったい、何を相手に、誰を相手にして戦ったのだろうか。

梶山さんと児玉さんは、出版社を相手に、編集者を相手として戦ったのだろうか。そうではない。この二人は、世の中に訴えたいことがあり、いわば、そういう自分との戦いに破れたのである。勝ったか負けたかは問題ではなく、運不運であると思うけれど。

しかし、編集者の全てが作家を育てようと思っているとは限らない。なかには、この仕事をさせれば過重負担となり、潰れるのがわかっているような仕事を持ちこんでくる人がいる。○○先生を殺したのは俺だと広言する人がいる。

また、ある人は、私が原稿を頼みに行けば必ず引きうけてくれる、それがわかっているから気の毒で行かれないと言う。こういう編集者は実に有難い。だから、そういう人に頼まれると、無理を承知で、ついつい引きうけてしまうのであるけれど。

ある編集者は、作家の体力の強さに驚くと言う。私もそう思う。しかし、それは体力ではなくて緊張度の強さ、もしくは責任感の強さだと思う。従って、ある所まで行けば凧の糸が切れるようにして切れてしまう。

私は、いま大変に気持が混乱しているのだけれど、正直に言って、殺しておいて壮烈な戦死と書きたてるのは何事かという思いが三割方を占めているということを隠そうとは思わない。

＊

相撲の取組はどんどん進んでゆく。酔ってくる。ヒイキの力士に声援を送る。勝てば拍手。万歳！　大内さんは、時間になると、ヨシッと叫び、さあ面白いぞと呟く。まるで自分を励ますかのように。

あとで聞いたところによると、私たちの姿は何度もテレビにうつったという。偶然であるのか、それとも変った客をうつしたのか。いつもと違って油断したのがいけなかった。

（「週刊新潮」一九七五年六月十二日号）

梶山季之の年齢

梶山季之の死による梶山ショックというものがあり、それはかなり根強いものであるようだ。なによりも彼は若かった。それに、香港に出発する前日まで、ほとんど毎日のように銀座や神楽坂で酒を飲んでいた。いや、それにもまして、彼は、あらゆる意味においていい男であり人気者であったからだろう。

かく申す私も重症患者であって、梶山の葬儀が終ってからあと、ずっと具合いが悪く、五月二十五日の夜から発熱して、いまだに微熱が去らない。二十七日から三十日まで取材旅行に出たのであるが、旅館で寝たきりでいた。多分、糖尿病が悪化しているのだと思われるので、入院して検査を受ける予定にしている。どうも、寝ても起きても、元気だったころの梶山の笑顔がチラチラしていけない。

私のようなモノを書く人間の有難いところは、気になっていることを書いてしまうと、それでもっていくらかは気が済むということである。これは大変に有難いことだと思う。しかし、それは同時に非常におそろしいことであり、危険なことでもあるのだが……。というより、罪深いことのようにも思われる。それは承知しているのだが、いまはそうするより仕方がない。私は、梶山の死後においても梶山に甘えているようだ。

私は、親しい人が死んだとき、月並みな挨拶や悔みを言われると、それだけで腹を立てたものだ。

どうしてだかわからないが腹が立つ。しかし、梶山の場合はそうはならなかった。それもひとつの不思議である。

「あっけないわねえ」とある女性が言う。私もあっけないと思う。

梶山の行きつけであった酒場に勤める女性が、いまそこの扉から先生が入っていらっしゃるような気がすると言う。まことに月並みであるが、私もそんな気がしていて、ぼんやりとそのことを考えていると涙が出てくる。私にそう言った女性が、驚いてオシボリを持ってくる。

「信じられない。まだ、とても信じられない」と、ある男が言う。私は、馬鹿なことを言うな、ラジオ・テレビで報道され、新聞で活字になり、葬儀も終ったではないかと心のなかで思う。そう思うのだけれど、私自身、これはとうてい信じられない出来事だと思っていたりする。梶山は絵がうまかったそうで、夢のなかで、二人で展覧会を開く相談をしていたりする。そのへんのところが、どうも不思議だ。

私は御対面とかお別れとかが苦手だった。それは非常な苦痛で、いつでも逃げ廻っていた。しかし、梶山の場合は別で、私は、どうしても梶山の死顔を見たいと思った。こういう気持になったのはこれが最初である。肉親以上という気がする。あるいは、お互い文士同士ということか。梶山の遺体は眼鏡をつけていた。これは流儀によって違うらしいが、眼鏡のあったほうが梶山らしい気がする。

ある人が死んでみると、その時においてその人の人生は完結していると言われる。これもまことにありきたりの表現であるが、梶山の場合もそういう気がする。梶山の人生は四十五年であるが、いかにも彼らしくキッチリと煮つまって充実しているかに思われる。同時に、いかにも彼らしく未完成で、大きな可能性を残していたようにも思われる。

「梶山さんという人は、亡くなってからバカに評判がいいですね」と言う人がいる。評判がいいのは私にとっても有難いことであるし、それが当然であると思う。

梶山は、一方において、平気で、自分で承知していて悪評を背負った作家であった。そのことを専門家（編集者）は知っていた。

＊

ある雑誌に二百五十枚ぐらいの穴があきそうになる。その雑誌の柱になる人気作家が急病になり約束の原稿が書けない。専門家は梶山の所へ行く。業界には「困ったときの梶頼み」という言葉がある。梶山は二日か三日で二百五十枚の小説を書いて急場を救う。その小説は、当然のことながら、不消化であり、文章は粗雑になっている。しかし、内容は面白い。評判になる。雑誌は売りきれてしまう。

すると、読者は、あるいは事情を知らない他社の専門家は、梶山はヒドイ、文章が荒れている、こういうものを書くようになったと言う。儲かるのは出版社である。梶山は一人で損をする。そんなことが何度かあったが、長い交際で、彼がグチをこぼしたことは一度もなかった。

私が同じ雑誌に小説を書いていたとすると、ああ、また梶山に喰わせてもらっていると思ったものだ。文芸雑誌にしか小説を書かない作家がいて、それはそれでいいのだけれど、同じ出版社の大衆雑誌によってその文芸雑誌が支えられていることに気づかない人がいる。出版社には、たいていは雑誌担当の重役がいて、大衆雑誌と文芸雑誌とで釣合いを保っているのである。梶山季之の葬儀に、いわゆる純文学作家の数が少なかったのが私には不思議でならない。

だから、そのへんのところを知らない読者が、梶山季之は死んでからバカに評判がいいと感ずるのも無理はない。専門家だけが知っていることである。また『黒の試走車』や『赤いダイヤ』の梶山季之を忘れてしまっていて、最近の梶山しか知らない読者も多くなってきている。私は、梶山のいいところは、われわれの知らない世界、特に企業を小説化したことであって、その語り口が巧妙であり新鮮であったことだと思うが、最近でも『と金紳士』の最初の巻は、週刊誌の小説として上々のものだと思っている。

*

梶山季之の死亡記事が、昭和五年生まれ四十五歳になっていることで驚いた人が多いと思う。私など、驚くより前に、これは間違いだと思ったものだ。

ところが、いろいろ調べてみて、彼の実兄にも聞いたのであるが、それは事実だった。

彼には、昭和二年生まれ、四年生まれ、六年生まれという三つの説があって、私にも本当のところを明かしてはくれなかった。私には、自分には出生の秘密があって、本当は昭和二年なのであるが、昭和四年ということにしている、誰にも言うなよと言っていた。梶山と義兄弟の契《ちぎ》りを結んだという黒岩重吾さんも昭和二年生まれだと信じていたようだ。昭和五年生まれが正しいとわかったのは遺体の到着した夜だった。

「梶のヤツ、俺とあんまり年齢がはなれているのではツキアイにくかろうと思ってそんなこと言っていたんだ。あいつはそういうヤツなんだ」

と、黒岩さんが言った。

梶山の兄は、自分が昭和二年生まれ、弟が昭和五年生まれ、それで、ときどき、生年を逆にして、兄と弟とを逆にして人をかついだことがあると言われた。だから、学校のことでも何でもいかにももっともらしく聞えたのである。

私は、その夜、咄嗟《とつさ》に、こう思った。ハハア、梶山のヤツ、姉《あね》さん女房と思われるのが厭だったんだだな。自分のためというより、それで奥さんをかばっていたんだな……。梶山夫人は昭和四年生まれである。そのときはそう思ったのであるが、それが当っているかどうか。

すると、私が梶山に初めて会ったとき、彼はまだ二十代であったのだ。『黒の試走車』を書いたのが三十歳。トップ屋時代はそれより以前であり、早く世に出る人は、仕事の関係で年齢を偽る（多く言う）ことがあるのは他にも知っているが、梶山もそうだったのだろう。いや、梶山の真意は、私にはまだ依然としてわかっていない。

（「週刊新潮」一九七五年六月十九日号）

遠くなってゆく

「梶山季之が冷蔵庫を買ったよ。梶山のヤツ、とうとう、電気冷蔵庫を買ったそうだ」

梶山の広島時代からの友人が、昂奮して、溜息まじりに言った。

梶山季之や私が営業雑誌にものを書くようになったのは、まだ、そういう時代だった。私たちは貧乏していた。そのなかで、しかし、梶山は稼ぎ頭だったといっていい。梶山はよく働いた。才能があり、機敏だった。

彼はたちまちにして流行作家になった。中野に家を建て（買ったのかもしれない）、つぎに都心のマンションに住み、河田町に三階建ての家を建てた。文壇の所得番付第一位になったこともあるのだから、それくらいのことは出来た。ただし、彼の場合は、あまり多くの本が売れるという作家ではなかったので、彼の所得は正味の原稿枚数であったといっていい。

はじめの頃、私は彼に、きみの税金分ぐらいは稼ぎたいなと言ったことがある。私も、それぐらいなら稼げるように思っていた。ところが引き離される一方であって、梶山の収入はソラオソロシイような額になり、梶山の支払う税額は、私からすれば雲の上みたいなことになってしまった。しかし、彼は取材費と交際費に思いきり金をかける男であったので、実質収入ということになると、これは別問題である。

彼は、たしか、文芸家協会の会員にはなっていないはずである。彼は独特の税対策を行なっていた。私からするならば、それはバカラシイことである。税金には悩まされるけれど、あるところまではオカミの言いなりになっていればいいし、あるときには同業諸氏の団結の力に頼ればいいと私などは考えている。

彼が河田町に鉄筋三階建てのビルディングのような家を建てたとき（実際にはそれほど豪華な家ではなかったし、それは『噂』という雑誌を発行している季節社の事務所にもなっていたのであるが）、私は、これは少し違うなと思ったものだ。私の認識が間違っているかもしれないが、私からするならば、それは作家の住む家ではなかった。いや、そう思ったのは、これでまた私から遠くなってしまったという淋しさと羨望のせいであったかもしれない。私は古い人間であって、小説家の住む家は、せいぜいが掘炬燵《ほりごたつ》が自慢というふうでありたいと、すぐに思ってしまう。

梶山は本来は非常に質素で素朴を愛する男である。酒は最後までサントリー・オールドより高級なものは飲まなかったし、煙草は両切りのピースだった。食事でも、決して贅沢なことは言わない。食通となることを嫌っていたし、本質的にもそういう人間ではなかった。服装もそうで、とびきり上等の背広を着るようなことはなかった。私が中央競馬会の広報部に頼んで梶山をダービーに招待したとき、彼は中央競馬会が記念品として呉《く》れるネクタイを締めてきた。それが彼のサービス精神であったのだけれど、これでわかるように、彼は、決してオシャレではなかった。素朴を愛する気の良い男だった。だから彼が大きな家を建てたのは、父母のためであり妻子のためであり、社員のためであった。そのことはよく承知している。

彼は、いつ頃からか、助手を使うようになった。社会派の作家であり、いわば取材派であるのだから、それは必要があってのことである。それが助手であるのか秘書であるのか運転手であるのか、あるいは季節社の社員であるのか、それが兼用になっているのか、あるいはルポライターを養成しているのか、私には全くわからないのであるけれど、彼の周囲に何人かの青年がいるようになった。誰もが礼儀正しい気持のいい青年たちだった。

このようにして社会派の小説の量産が可能になるのだけれど、原稿用紙を埋めるのは、結局は彼一人なのであるから、それは傍《はた》で見ている私からすると、やはり傷々《いたいた》しいことであった。

トルーマン・カポーティが『冷血』というドキュメンタリーを書くための取材旅行に出るとき、彼は、上等の葡萄酒を二本か三本鞄にいれ、若い女性（秘書。これが憎い）と二人で出かけるのである。そうやって数年を費やして一冊の書物を書きあげる。国情も出版界の事情もまるで違うから比較にはならないのだけれど、あきらかにこちらのほうが小説家だという気がする。オカドチガイの話をするようであるが、梶山季之がこんなふうにして小説を書いたとしたら、前人未到のドデカイ小説が書けたはずだと思っている。事実、彼にはその志があったのであって、他の仕事をすべて整理して、香港への第一歩を踏みだしたときに死んでしまったのであった。

梶山と二人で講演旅行に行き、東京駅へ帰ってくると、彼のほうには自動車が待っていた。いまどき、流行作家が自家用車を持っていたとしても少しも不思議ではないのであるが、私としては、銀座裏の小料理屋で一杯やって別れたいというぐらいの気持があった。自動車はともかくとして、彼は、すぐに家に帰って仕事にかからねばならない。一時間という時間も惜しい状態であることが私にもわかっていた。そのときも私は淋しいと思い、遠くなったと思い、これは少し違うなと感じたのであった。少し違うというのは、何か人間的でないという気持がふくまれている。

梶山の家に電話を掛ける。すると、秘書だか助手だかが出てくる。少しお待ちくださいと言われて、すぐに梶山の嬉しそうな低音が聞えてくる。それはそれでいい。……それでいいのだけれど、彼の家に電話があったとき、ＡＢＣといったランクがあって、Ａの場合は梶山が出る、Ｂの場合は秘書が用件だけを聞いて梶山に告げる、Ｃの場合は秘書の判断で処理するといったような区別があったようだ。私でも居留守を使うことがあるのだから（全く妙な電話が掛ることがある）それも当然のことである。梶山は、あるとき、私に、お前さんはＡだよと言った。Ａだから遠慮なく電話を呉れと言った。しかし、そう言われると、かえって電話を掛けにくくなるものである。そのときも、これでまた遠くなってしまったと思い、困ったなと思った。私は、自由業である作家同士は、気軽に電話を掛けあい、相談をしあうような仲でありたいと考えていたのである。

梶山は銀座の高級酒場が嫌いだった。彼が行っていたのは、二流か一流半といったところで、高級酒場には抵抗を感じていたようだ。彼が高級酒場へ行くようになったのは私に罪がある。私は洋酒会社の宣伝部員であったので、何軒かのそういう店を知っていた。私は、彼のような、企業小説を書き、政財界のことを論ずる作家は、そういう店を知っていたほうがいいと思い、私のほうで誘ったのである。誘っておいて私のほうが困ることになった。そういう店では、小さな酒場と違って、しみじみした話が出来にくくなるし、私のほうは、そんなに支払い能力がない。それも遠くなった一因だった。

梶山は、遊びで、博奕《ばくち》を打つようになる。彼の場合は、負けるための博奕であったといっていい。ウォーカーヒル、マカオ、ラスベガス、その他、ヨーロッパ各地へも出てゆくようになった。むろん、博奕だけの旅行ではなかったが、私としては、ツキアイキレナイようになってくる。

また、彼は、四、五年前から駄洒落を連発するようになった。馬鹿なことを言って女たちを笑わせ、それで憂《う》さを散じていたようだ。ポルノ小説を書きだしたのもその頃である。私は駄洒落が大嫌いである。開き直って言うならば、それは作家にあるまじき行為である。——そうやって、梶山は、だんだんに私から遠くなっていった。

（「週刊新潮」一九七五年六月二十六日号）

ある町のホテルで

梶山季之の死による梶山ショックというものがあって、それは、むろん、私一人ではないが、私もかなりの重症患者である。午後になると微熱が出る。盗汗《ねあせ》をかく。頭がフラフラしている。それはいつもとあまり変りがないとして、酒が飲めなくなってしまった。禁酒というのではなくて、飲みたいという気持がおこらないのである。

五月二十五日の夜、ダービーが終ったので、大川慶次郎さん、宮城昌康さんたちと会食をして、そのとき、ビールをコップに二杯ばかり飲んだ。それ以来、今日（六月十八日）まで二十四日間、まったく飲んでいない。ある編集者が、最長不倒距離ですねと言った。飲みたくないのである。

それから、変な話であるが、五月の半ば以来、性欲が無くなってしまった。ポルノ映画でも見たらいいかとも思うのであるが、そもそも、そういう気にならないのである。私は、安全無害な植物人間である。これからは、趣味を訊かれたら、郵便貯金と答えようと思う。

それで私は、いま、入院して検査中なのであるが、現在のところ、悪いのは糖尿病以外には無いそうである。それも軽度のものであって、糖尿病型といわれるものである。私の病状を自己診断するならば、世をはかなむという言葉が一番ぴったりするような気がしている。

*

ずいぶん梶山の悪口を書いてきた。梶山は私を他人に紹介するとき、こいつは口が悪いからと言うのが常だった。私は梶山に面と向って、いろいろなことを言ってきた。だんだんに遠くなったのは、そのせいであるかもしれない。

結城昌治さんもいろいろなことを言ったらしい。結城さんは梶山を作家として高く評価していた。彼は梶山が参議院選挙に立候補しようとしたときもこれを止めたし、本当に自分の体を大事にするなら、あるいは本当に自分のものを書こうとするなら、東京の家を売って伊豆に引っこんでしまったほうがいいと言っていた。いまのような生活でライフ・ワークなんか書けるわけがないと言っていた。結城さんと私とは、彼にとってケムッタイ存在であったと思われる。

梶山は休刊になる前に『噂』という雑誌に編集顧問を置こうとしていた。彼は、いつでも、まっさきに結城さんの名をあげていた。また、『噂』を復刊するときは、結城さんに編集委員になってもらうのだと口癖のように言っていた。彼は自分が死んだときの通夜の情景を書いているのであるが、結城昌治は受付に立っていて、山口瞳は奥で酒を飲んでいることになっている。それだから、結城さんは、病弱で目も悪くしているのに、どうしても受付に立つと言って皆を驚かせた。私は、仕方がない、奥に坐って飲み続けていましたよ。

梶山夫人の話によると、娘の教育については結城昌治と山口瞳に相談せよという遺書が残っているそうだ。こういうところに、梶山の人間としての底抜けの善良さがあらわれている。彼は人を恨むということが出来ない。グチをこぼさない。常に公平無私の男であって、自分にさびしくしようとしていた。

＊

去年のいまごろ、梶山と講演旅行に行った。第一回の講演が終り、翌日は松阪市の牛肉屋で中食を摂《と》ることになった。私は酒を飲み、梶山は例によってサントリー・オールドを飲んでいた。

私は松阪市は初めてであったので、梶山と別れて本居宣長の記念館へ行った。それから万古焼の急須《きゅうす》を買おうと思って町を歩いたが、思わしいものがなかったので、次の講演地であるTという町へ行き、疲れていたのでホテルの部屋で寝ていた。

奥のほうの部屋が騒がしい。時計を見ると夜中の十二時だった。梶山の声がするので、そっちのほうへ行ってみると、梶山と同行のSさんとがウイスキイを飲んでいる。梶山は寝間着を着てベッドの上で飲んでいる。二人とも泥酔乱酔の態《てい》で、言いたいことを言いあっている。

Sさんのほうは役目柄で、梶山よりはずっとシッカリしている。そのSさんの話によると、松阪市の牛肉屋で、ウイスキイの瓶が空になったので、もう一本追加し、それも二人で空にしてしまったという。それからT町にむかい、夕暮になっていたので町の酒場へ行った。私が、どうでしたと訊くと、Sさんはヒデエ女ばかりだったと答えた。それは私にも容易に想像がついた。

その酒場から帰ってきて、また飲み続けているのだという。いかに梶山季之といえども、これは常軌を逸している。Sさんにはお役目ご苦労と言うほかはない。しかし、私もその常軌を逸している仲間に加わって飲みだした。梶山は東京の何人かの友人に電話を掛けた。たいそう愉快であるようだ。午前四時になった。いくらなんでも寝なくてはいけない。

すると、寝間着を着ていた梶山が、それを脱いで洋服を着た。腹が減ったので、屋台のラーメン屋へ行くという。外は雨が降っている。ラーメン屋の出ているような町ではない。梶山は帽子をかぶって部屋から出ていった。私は心配になったので、Sさんではない若い社員に後をつけてくれるように頼んだ。若い社員が五分後に帰ってきた。梶山を見失ったという。

このときになって、私は、やっと諒解した。梶山とSさんとが酒場へ行ったというのがヒントになっている。梶山は酒場の女と約束して、私の推測に誤りがなければ、そのホテルの一室に泊めてあったのである。迷路のようなホテルの廊下で若い社員は梶山を見失った。「フケの梶山」と言われるように、彼は逃げるのが天才的にうまい。

そのときに、私は、なんというバカな男であるかと思った。そうして、その思いをはるかにうわまわって、なんという愛すべき男であるかと思った。私は、もう、生涯において、こういう愛すべき友人には会えないだろうと思った。そのときの私の気持を説明するのは極めて困難である。特に、善良なる市民に説明するのは不可能だと思う。

ひとつだけ言えば、彼は、Sさんにも私にも、淋しい町の小さな酒場のヒデエ女にも徹底的につきあい、徹底的にサービスしたのである。私は、これは神に近いとさえ思った。梶山には、自分のためという気持がまるで無かった。彼が多くの女に好かれたのはこのためである。

*

梶山は、香港に発つ前の夜、多分五月五日だろうと思うが、夫人に泣言を言ったそうだ。それは、彼が『李朝《りちょう》残影』で直木賞を貰っていたら、別の方向に行っていたという意味のことらしい。これは彼の生涯を通じての誤りである。それを言うならば『黒の試走車』が直木賞候補にならなかったのは日本文学振興会の間違いだと言ってもらいたかった。私は、彼のような男にも「文学の毒」があったかと思い、憮然たらざるをえない。私は、誰が何と言おうとも、梶山季之は『李朝残影』とは無関係なところにおいて立派な作家だったと信じて疑わない。彼の悲劇は、その作品以上に彼が人間として善良無垢でありすぎたということである。それはもう、傷ましいくらいに――。

彼の遺体にはサントリー・オールドが注がれ、罐《かん》入《い》りピースが投げこまれ、花で埋まった。その胸には原稿用紙と太書きのモンブランと、一冊の本『李朝残影』が置かれた。傷々しい光景だった。しかし、私には彼の魂が朝鮮に帰ってゆくかのように思われた。

（「週刊新潮」一九七五年七月三日号）

人生観の問題

「梶山季之が死んで、なんだか、五歳か六歳ぐらい齢を取ってしまったような気がする」と、将棋の米長邦雄八段に言うと、そりゃあそうでしょう、ぼくだって半歳ぐらい齢を取ってしまったような気がしているんですからと彼が言った。

米長さんは梶山季之の愛読者である。ほとんど全作品を読んでいるのではあるまいか。彼は、ぼくが小説を書くとすると梶山さんみたいな小説を書いたと思うと言っていた。その感じは実によくわかる。こういうように、梶山は、広範囲にわたる良い読者を持っていた。それは大人の読む小説であったからである。大人と言うより、一般社会人と言ったほうがいいかもしれない。

梶山も、生前、将棋指しでは米長さんが一番好きだと言っていた。最後に梶山に会った日にも米長さんの話が出て、米長さんに会いたいと言っていた。不思議なことに、梶山と米長さんは会っていないのである。私は米長さんとよく酒を飲んだ時期があるし、梶山とは毎晩のように会っていたのに、この二人を引きあわせたことがないという。米長さんに確かめてみると、やはりそうだという話だった。何か信じられないようなことである。

原田泰夫八段の命名によると、中原名人が「自然流」であり、米長八段は「さわやか流」である。私は「爽やか」という言葉は、あまりに便利すぎるので、なるべく使わないように心がけているのであるが、米長さんも梶山も、その人柄はまことに爽やかである。誰でも一度会えばそう思ったろう。

＊

梶山季之は『噂』という雑誌に、こう書いている。

「私は、三つのライフ・ワークを抱えて、それを書くことを念願としている。その三つとは、一つは韓国に生まれ育ったこともあって、日韓併合前後から朝鮮動乱にいたるまでの時期を描いてみたいことであった。次に、私の母がハワイ生まれの、いわゆる移民の子であったから、移民というものを描いてみたい。

最後に、郷里が広島だから、原爆が市民に与えた影響を描いてみたいと考えているのである。

（中略）

ところが伊豆の山中を散歩していて、不図——それは本当に、不図としか呼べないような感じであった——なにも三つの長篇小説に仕立てる必要はないではないか……と思い当ったのだ。」

この三つのテーマをひとつにして大河小説にすると書いている。この文章が発表されたのは三年前である。

私は、これを読んだとき、あ、梶山は思い違いをしているなと思った。三つのテーマをひとつにして大河小説にしたほうがいいと私が彼に示唆したのである。それは、多分、十五年くらい前のことであったと思う。私が言ったかどうかは別問題として、梶山の頭のなかにその考えが生じたのは、少なくとも十年前より新しいということはない。あるいは、梶山に潜在意識としてのそれがあって、ある日、不意に浮びあがってきたのかもしれない。私は、思い違いをしていると思ったが、せっかく気が入ってきたところなので、水をさすのはマズイと思って黙っていた。

私は彼が大河小説を書こうとしていることを知っていたので、成功した長篇小説の例として白井喬二《きょうじ》の『富士に立つ影』を挙げたことがある。『富士に立つ影』を、政治小説、企業小説として読むことができるので、これを梶山流に書いたら面白いと思って、そう言ったのだ。

いま『別冊新評』の「梶山季之の世界」という特集号に掲載されている『積乱雲』の書きだしを読んでみると、ちょっと『富士に立つ影』に似た感じがあるような気がする。これも、やはり潜在意識の働きであるように思われる。『積乱雲』では、梶山はすっかり文体を変えていて、こういう調子でジワジワッと書いていったら、伝奇とかロマンとかという名にふさわしい読みごたえのある小説になったはずだと思い、あらためて非常に残念な気がする。

昭和三十三年頃、才能のある新進作家と親しくなった。その人が文学賞を獲得するのは時間の問題だと思われた。彼は、私に、このテーマで『新潮』に書く、こっちのテーマで『群像』に書く、『文學界』には別のテーマがあるなどと話してくれた。私は不満だった。そんなに器用に書きわけないで、一本の中篇力作にすればいいと思った。その作家は、結局は文学賞に縁がなく夭折《ようせつ》してしまった。

そういうことがあったので、私は、新人作家に会って文学の話になると、いまはいくつかの書きたいテーマがあるだろうけれど、それをひとつにして力作を書くべきだと言うのが癖のようになっていた。私は、小説を書くときに、あるテーマについて書き尽してしまったと思っても、書き残した澱《おり》のようなものがまた発酵してきて次作が書けるものだということが、だんだんにわかってきた。自分が初めて小説を書いたときも、これ一作でいいと思い、何もかも注《つ》ぎこんでしまって、後になって商売が下手だと笑われた。私には、たとえば徳田秋声の『縮図』などが頭にあった。この作品は、題名通り、何もかも叩きこんであり、私は小説とはそういうものだと思っているし、『縮図』を書いてしまうと後が書けないということもないと思っている。

私が梶山に三つのテーマをひとつにして大河小説にしたほうがいいと言ったのは、そういう下地があったからである。あるいは、私の意見が梶山にとって重荷になってしまったかもしれないと考えることがある。

*

私はまだ入院中である。私程度の病状の者としては、五年前、六年前のときとあわせて、入院生活の長いほうの男であるかもしれない。しかし、入院したときは、これで病院にいる間は死なないですむと思ったものだ。まあ、病院に入っていれば急死するようなことはないだろう。それくらいに、そのときは体も心のほうも疲れていた。

病院では、寝ているときと検査のとき以外は、何もすることがないので外を眺めている。つとめてそうするようにしていた。東京タワーに近いところにある病院である。なにか世間様に対して申しわけないような気分になるが、この一年間のことを考えると、これくらいの休養は必要だとも思われてくる。

以前に入院したときに、病院では患者が主役なのであって、医者は脇役というか、主役を手助けするだけの役目であると教えられた。患者に治そうとする意志がなければ、医者は何の役にも立たないという。特に糖尿病という病気の場合がそうだ。医者が治そうと思ったって治るものではない。骨折などという病気とはわけが違う。

そこで、仕事に体をあわせるのか、体に仕事をあわせるのかという大問題が生じてくる。これがひとつの転機である。私は、後者を取らなければいけないような時期に来ているように思う。

糖尿病でも、たとえば三木鶏郎《とりろう》さんのようなやりかたと古川ロッパのやりかたとがある。古川ロッパは、重症の糖尿病であるのに、飲みたいものを飲み、食べたいものを食べ、早く死んでしまった。これは医者の領域ではなくて、本人の人生観の問題なのではあるまいか。

梶山季之は、多くの人が言うように、突進また突進して私たちの目の前から消え去ってしまった。十人分ぐらいの人生を生きたように思われる。彼の人生観は私には確《しか》とはわからないが、孤独な魂を抱き続けていたことは間違いあるまいと思う。

（「週刊新潮」一九七五年七月十日号）

流行作家

「流行作家が流行作家でなくなるときは、作家でもなくなってしまう」と、ある流行作家が言った。私は、これは名言だと思う。だんだんにそう思うようになってきた。流行作家は書かなければいけない。書き続けなければいけない。

＊

私がKにはじめて会ったのは、昭和三十三年頃であったかと思う。新橋の小さな酒場で、いかにも気分のさっぱりした青年が飲んでいた。よく見る顔だった。彼は私たちの会話に加わるようになった。それがKであり、私とKとは急速に親しくなった。

私は最初からKに好感を持っていた。長身で色白で、髪の毛は黒く豊富である。Kが酒場に入ってくると、あたりが明るくなり賑やかになった。Kはよく笑った。正義感の強い男だった。義理人情に厚い男だった。彼が泣虫であったことは案外に知られていないと思うが、ともかく、私の前では何度か泣いた。

Kはペンネームで評論やルポルタージュを書いていた。私は切れ味が鋭いと思った。切れ味が鋭いということは、ものの本質を把《とら》えているということであり、身銭をきって、たくさんの資料を使っているということでもあった。

Kは、もともと作家志望であったけれど、処女作といっていいような長篇を書き、その小説はよく売れた。企業を小説化するということで、その小説は画期的なものであった。その小説で使われた産業スパイという言葉が新聞の社会面にも出てくるようになった。ストーリーも語り口もスマートで、面白い小説だった。トップバッターがいきなりクリーンヒットを打つという形で彼は文壇に出てきた。

そのころ、私は、中野にあったKの家に泊ったことがある。小さいけれど応接室もあり、食堂も台所も広く、二階に二部屋があって、小説家の住まいとしてはこれで充分だと思った。

二人で酒を飲み、午前三時頃に寝た。もうすぐ明るくなるなと思った記憶があるから、夏時分だったろう。二階の二部屋に一人ずつ寝た。

私は、なかなか寝つかれなかった。

「寝苦しいかい」

隣の部屋のKが声を掛けてきた。

「いや、だいじょうぶだ」

一時間ぐらい経ってから、Kが、もう一度言った。

「寝苦しいかい……?」

どうも、私は唸り声をあげていたらしい。

＊

昭和三十八年四月二十日に、サントリービール武蔵野工場の落成式が行われた。Kは、夫人の運転する自動車に乗ってきてパーティーに出席した。おとなしい夫人は自動車のなかで待っていた。私は来賓を接待する役だった。

パーティーが終ってから、K夫妻は私の家にきた。

まだ、日が高い。私たちは庭に出て、貰ってきたビールを記念品のジョッキに注いで飲んだ。Kも私も裸足だった。

何かの拍子に、Kの坐っていた鉄製の椅子の脚が私の足の甲に乗った。それは私の甲を刺した。たちまちにして、血が溢れた。

瞬間的な出来事だった。血の色が見えたと思ったとき、Kは、もう、地にひれ伏していた。そうして、芝と泥に汚れた私の足の甲に唇を押しつけて、血を吸っていた。

いかに俊敏なKであるとはいえ、常に他人に奉仕しようという気持がなかったら、こういう咄嗟の行動がとれるものではない。私のKに対する考えは、そのときから、また少し変っていった。

そのころ、Kはすでに流行作家になっていた。私も小説を書いていた。

＊

Kは玄人受けのする作家である。それは、どんなに大量の原稿を引きうけても、きちんと締切日を守り、その小説が当る小説であったからだ。無理な注文でも平気で引きうけた。とても人間業ではないと思われることがあった。

「きみの墓碑銘は、書いた、飲んだ、愛したにしよう」

私はよく冗談を言ったものだ。

十五年間、彼は、書きに書いた。その間、彼は、書痙《しょけい》という職業病に罹《かか》ったり、肺結核が再発したりした。こんな無理が続くわけがない。Kの体は、年毎に衰えていった。流行作家というのは埒外にいる人の考えられないような弱い立場にいる。

私はKの夢を見た。

私とKとが二人で田舎道を歩いている。あたりに人がいない。真っ直ぐな田舎道を背中を見せて歩いてゆく。どういうわけか、一人とも無一文になっている。俊敏なるKは一度は成功して名声をあげ、大きな家を建てたのである。私は梲《うだつ》のあがらない男である。しかし、Kは相変らず明るくて、私を励ましてくれる。私はKにくっついていれば何とかなるような気がしている。……この夢は『自由を我等に』というフランス映画のラストシーンに似ている。

私は夢の話をした。そのときもKは笑っていた。笑って何も言わなかった。

*

Kと知りあったころ、いつも奢《おご》ってもらってばかりいるので、知りあいの印刷所につくらせた何百枚かの原稿用紙を進呈したことがある。彼は、その原稿用紙を使わなかった。

「俺には、三つのテーマがある。韓国問題と移民問題と原爆問題で、将来は、三つの小説を書くつもりでいる。この原稿用紙はそのときに使うつもりだ」

「それはいけない」と、私は言った。「三つのテーマがあるなら、それをひとつにした大河小説を書くべきだ。その三つのテーマは、何らかの意味でつながりがあるはずだよ」

彼は驚いて私を見た。しばらくは黙っていた。そうして私に握手を求めてきた。そのときも彼の目に涙が溜っていた。

*

二年前、彼は私に硯《すずり》を呉れた。眼《がん》のふたつある立派な風字硯《ふうじけん》である。

「この硯は、古美術商に見せればすぐにわかる名の通った硯なんだ。きみが何かで金が要るようになったときは売ってもいいよ」

変なことを言うと思った。死ぬ気だなと思った。まるで形見分けみたいな言い方ではないか。そのころから、死ぬ気だなと感ぜられることが何度かあった。そのように彼は突き進んでいた。去年の秋、Kから電話があって、いつか貰った例の原稿用紙はどこに頼んだらいいのかと言う。とても、あれでは足りないと言う。私は「いよいよだな」と思った。

しかし、いまの彼の状態で、書下しの大河小説が書けるとは思われなかった。体のほうも心配だった。私は彼に、まず身辺整理からはじめなくてはいけないと言った。

四月十一日の金曜日に酒場で彼に会った。

「いまの東京の家を売っちまいなさいよ。お嬢ちゃんが外国に留学すれば、奥さんと二人きりだろう。伊豆の別荘を本宅にして、東京にアパートを借りて半々に暮せばいい」

私には傷々しくてならなかったのである。彼には、いろいろな意味での扶養家族が多すぎるのである。

「厭だ。……それだけは厭だ」

弱い声だけれど、はっきりと言った。そのときも、私は、死ぬ気だなと思った。彼は夫人に対して贖罪《しょくざい》にちかい気持を抱き続けていた。あの家だけは遺産として夫人に残したいという気持が歴々《ありあり》とうかがわれた。その件に関しては「御意見無用」だった。

「死ぬ気だな……」

その言葉があやうく洩れそうになった。

「死ぬ気で大河小説に取り組むつもりだな。おそらく、その小説の途中で、目の前にいるこいつは死んじまうんだな」

Kは、のろのろと立ちあがり、少し眠るつもりで奥の席のほうへ歩いていった。それがKを見た最後になった。

＊

あれから私はビールばかり飲んでいる。ビール瓶とタンブラーのあいだから、Kの顔が浮かんでくる。

「どうだい？　寝苦しいかい？」

その顔は、弱々しく、そう囁きかけてくるのである。

（「朝日新聞」他　一九七五年六月二十二日付　サントリー新聞広告「酒の本棚」）

秋、風が吹く

九月の半ば過ぎに金沢へ行った。金沢はもう寒いのではないかと思ったが、着いたその日は暑かった。空は曇っていて、小雨が降っていて、それでしかも暑いのである。感じの悪い暑さだった。金沢の人も、今年の夏は暑かったと言った。もっともっと暑かったそうだ。その翌々日は、これが北陸かと思われるくらいに晴れあがり、まるで夏の一日のようであって、やはり、ひどく暑い日だった。

金沢から帰り、九月場所の千秋楽へ行って、九月の末から十月の初めにかけて、こんどは信州方面へ講演旅行に行った。毎年、九月場所の千秋楽になると、すっかり秋になっている。初日が夏で千秋楽が秋だということを面白がっていたのであるが、今年はそうはならなかった。千秋楽はそんなに暑い日ではなかったが、秋というわけにはいかなかった。

講演旅行では、よく町を歩いた。以前は夜の町を歩いたものであるが、今回は昼の町を歩いた。ツキアイで少し酒を飲んだ。同行の一人が「とても酒を飲んだとは言えない」と言った程度に飲んだ。だから珍しく体の調子が良かった。以前は、講演の前にも飲んだ。それは、一杯ひっかけなければとても演壇には立てないからだった。それで夜は宴会が続いたから、講演旅行は非常に疲れた。

信州の夏も暑かったそうだ。日本全国、どこへ行っても、暑さの話になる。北海道でもそうだったそれで、信州では果物の成績がいいという。暑くて雨が少なかったので、今年のリンゴや栗は甘いという。ちいさくて甘いそうだ。

一人で町を歩いていて、何度も梶山季之のことを思った。私がその会社の主催の講演旅行に行くときは梶山と一緒であることが多かった。昼でも夜でも、散歩に行くといえば、必ず梶山は俺も行くと言ったものだ。彼は古本屋をみつけると、どんなときでも飛びこむようにして入ってゆく。入ったと思ったら、もう書棚から何冊かの本を抜きだしていて、東京へ送る手配をしている。そのことでは、いつでも感心させられた。流行作家を馬鹿にする人に見せてやりたい光景だと思った。菓子の老舗や漬物屋があれば、これも飛びこんでいって、私の女房あてに送る。自宅には何も買わない。

梶山と親しかった人は誰でも思い当ると思うが、彼は、何か問いかけたいといった表情でこちらの顔をのぞきこむことがあった。また、彼は、よく、話したいことがあるんだ、相談に乗ってくれと言った。近いうちに伺うから、そのときは頼むよ、一時間ばかり時間をくれないかなどと言った。さらに、こんど書く小説の題名を考えてくれとも言った。そのことは何度も言われた。しかし、ストーリーのわからない他人の小説の題名を考えるのは無理である。

公園を歩いていて、何かに腰をおろしたとき、暗い酒場で向いあったとき、彼は、そういう問いかけるような、いくぶんは甘ったれるような表情をした。しかし、具体的なことは何も言わなかった。東北の花巻温泉へ行って、炬燵で差しむかいになったときも、彼は何か言いだしそうでいて、結局は何も言わなかった。クンクンと鼻をならしたり、掌《てのひら》で頬をこすったりするだけだった。

信州の朝や夕暮の町を歩いていると、どうしても梶山のことを思いだしてしまう。実際に私たちは一緒に町を歩くことが多かったのだ。

これは別のところに書いたので精《くわ》しい説明はやめるが、講演旅行で土浦へ行ったとき、二人で遊覧船に乗った。そのとき、彼はボーイに、船のなかのありったけの酒と肴を出させてテーブルにならべた。五十人は乗れる船である。たちまちにしてウイスキイの一本を空にして二本目にとりかかった。私は、銀座の女どもをこの船に招待して潮来《いたこ》のほうまで行ってみようかと言った。どうも、二人っきりでは落ちつかない。何か荒れはてた感じで、ひどく淋しい。そのとき、私は、こういうことをする梶山季之という男は、何か私の知らない面をもっていて、それで悩んでいるのではないかという気がした。

*

私は、仕事を減らし、酒をやめ競馬をやめ、将棋の稽古からも遠くなっているので、以前と較べるとずいぶん楽な生活になっているのであるが、それでも十月になってからは慌しいような日が続いた。どんなに仕事を減らしても、生活を縮めても、結局はアタフタとして暮すようになると思い、何か空《むな》しいような思いで過した。

禁酒やカロリー制限の破れるのは正月であると言われるが、十月という月もいけない。朝晩が肌寒くなるというときに酒がうまくなる。夜の長いのがいけない。淋しいような気分になるのがいけない。また、マツタケなどは飯のお菜《かず》にはならない。「鍋物はじめました」という貼紙なんかも大いに困る。

十月の半ばに、中学の同期会が行われた。誰かが来年は五十歳になるんだなと言った。間をおいて、同じことを二人も三人もの男が言った。また、ある男は、中学のときとまるで顔立ちの変らない奴と、妙に老けてしまって若いときの顔を思いだせなくなる奴と二種類あるねと言った。

そういう男たちが、次々と私の前にあらわれて、酒をやめちまったんだねと言うのである。そう言いながら私に酌をするのである。言葉の矛盾に少しも気がついていない。そうなんだ、やめちまったんだと言いながら、私はその盃《さかずき》の酒を飲むのである。おそるおそるに飲む。反省しながら、ゆっくりと飲む。「とても酒を飲んだとは言えない」という調子で飲む。うん、そうだ、俺は酒をやめたんだなと思いながら飲む。少しも不思議な気持にならない。私は、自分で、やはり何かが変ってしまったんだと思う。

隣に坐っていた男がかなりに酔ってしまって、銀座へ行こうと言った。

連れていかれた店に私の知っている女がいた。その女は、私を見るなり泣きだした。梶山季之を思いだしたと言うのである。私は梶山の死を知った日に、仕事で競馬場へ行かなければならなかった。私の双眼鏡は梶山が買ってくれたものである。双眼鏡で向正面を走っている馬を見ていると、その馬がいなくなってしまう。私は自分の目に涙がたまっていることに気づくのである。そのことを観戦記に書いた。銀座の女は、それを読んだときにも泣いたという。

私は、講演旅行へ行ったとき、何度も梶山のことを思いだしたという話をした。彼女は、一言、淋しいわねえ、とだけ言った。そのうちに、どうにも涙がとまらなくなったようで、化粧室へ行ってしまった。

*

あんなに暑さに苦しめられた夏が終り、いい気候になった。そう思ったとき、もう暖房の心配をしなくてはならなくなっている。

夏時分、暑さでやられてしまっている街路樹を何本も見た。一本残らず枯れてしまうのではないかと思われる銀杏《いちょう》並木があった。それは夏のうちに、すでに黄ばんでいた。赤くなっていた。

しかし、いま、長雨の続く日が何日かあって、本来の生気を取り戻している。私の勤めている会社は宮城前のビルの最上階にあり、夏時分に、あぶないなと思って眺めていた樹木を、一本一本見るようなことになる。

風が吹いている。歩きにくそうにしている人たちをも眺めることになる。

梶山季之は、どうして、あんな疾風のような生き方をしたのだろうか。どうして人の心配ばかりしていたのか。

秋になり、風が吹き、片手で帽子をおさえ、黒いレインコートの裾をひるがえし、体を斜めにして歩いている男が見える。私は、そういう恰好は梶山季之に似つかわしいなと思いながら、眺めおろしているのである。

（「週刊新潮」一九七五年十一月六日号）

十一月十一日

十一月十一日は、曇っていて、風があり、寒い日だった。この日、鎌倉の瑞泉寺《ずいせんじ》で、梶山季之の納骨式が行われた。参列者のなかには、傘を用意している人も何人かいた。

十一月十一日が納骨であることを、私はずいぶん以前から知っていた。梶山夫人から女房あてに電話があったからである。それは、梶山が、生前、伊豆の別荘の近くの畠《はたけ》に芋を植えることにして苗を買っておいてあり、それを畠の世話をしている農家の人が植えてくれて、このほど収穫があり、親しい人に少しずつ送ったという電話であった。そのとき、女同士の長話になり、納骨が十一月十一日だということを女房が知ったのである。梶山夫人は、いずれ正式に連絡するからと言ったそうである。

間もなく、梶山の芋が届いた。それは、何という種類なのか、白っぽい芋であって、非常に甘かった。どうも、梶山は、趣味とか運動のためばかりではなく、収穫物を人に送って喜んでもらうために畠仕事をやっていたのではないか、と、芋を食べながら思った。女房は、さっそく、礼状を書いた。納骨式には主人と二人で伺うと書き添えた。

そういうことがあったから、梶山夫人が納骨の案内は私の所は済んでいると思ったのは無理のない話である。いや、真っ先に私の所へ知らせたと思ったことだろう。

しばらく経って、梶山の所へ親しく出入りしていた編集者と十一月の予定について話をしていたときに、十一日は納骨だからと言うと、彼が驚いた。それで私は咄嗟に、ああ、あまり大勢の人には知らせないのだなと気づき、アワワワで、いや、まだハッキリきまったわけではないとごまかした。

十一日が納骨だと言ったとき、その編集者の顔色が変った。このように、梶山季之の人気は死後も少しも衰えることがなく、何かの役に立ちたいと思っている人が多いのである。

*

しかし、十一日がせまっても、梶山家からは正式の連絡が無かった。私は、何時から何時までで、弁当と酒が出る（瑞泉寺は精進料理を出していた時期がある）とか、食事は別の会場で、といった案内があるはずだと思っていたのである。

それでも、私は、無駄足になっても、十一日には瑞泉寺へ行くつもりにしていた。それは、瑞泉寺には恩師である吉野秀雄先生の墓があり、そっちのほうも御無沙汰しているので、梶山家の納骨がなくても、先生の墓におまいりしようと思っていたからである。

十日まで待ったが連絡が無い。それなら梶山家に電話を掛ければよさそうなものであるが、それも何だか少し変なので止《や》めた。もしかしたら、親類だけで行うことになったのかもしれないとも思った。家にはそれぞれ流儀があるのだからと思った。私は同業者の誰彼《だれかれ》の名を頭に浮べた。そこへ電話を掛けて様子を聞こうと思ったが、それも止めた。私が思い浮べた誰某に連絡があるくらいなら私のほうにもあるはずだと思った。

前日の十日の朝、会社へ行く前に、女房に、明日は鎌倉へ行くのはやめようと言った。瑞泉寺へ行って吉野秀雄先生の墓を掃除しているときに梶山のほうの納骨の人たちがあらわれるというのでは、とてもおかしなことになる。

*

十日の夜に会合があった。だいたいの話が終ったところで、なぜ私が十日の夜を指定したのか、そのわけを話した。十一日には梶山季之の納骨式があり、その前日なら東京のアパートにいるので好都合だったのだと言った。しかし、納骨式があるのかないのか、私が招かれているのかいないのか、よくわからなくなり、ともかく行かないことにしたので、今夜は少しぐらい遅くなってもいい、銀座へでも出ましょうかと言った。すると、出席者の一人である競馬評論家の山崎正行さんが、それはおかしいなと言われて、次のような話をした。

先輩にあたる競馬評論家が亡くなって、今日、その告別式が行われた。なぜ告別式が今日になったかというと、昨日が菊花賞で、関係者の多くが京都へ行っていたためである。告別式は、狛江の自宅で行われた。それが終って、道を歩いていると、向うから自転車に乗った人が来る。見ると、それは作家の岩川隆さんだった。岩川さんも競馬好きなので、二人は顔見知りである。偶然のことで驚いたという。岩川さんの家はその近くにあるので、山崎さんはそこへ寄ることになった。

岩川さんは梶山季之の一番弟子のような人であり、いま、某誌に「小説・梶山季之」を連載中である。そこで、明日の納骨式の話が出たというのである。山崎さんのほうは、今日、私に会うという話をしたそうだ。

だから、私が、納骨式に参列しないというのはおかしいと山崎さんは言われるのである。その場で、山崎さんは岩川さんに電話を掛けてくれた。岩川さんが梶山夫人に電話をして、こんどは梶山夫人から私に電話があった。

そこで、梶山夫人の、真っ先に知らせたつもりだったのに、という話になるのである。梶山夫人は、文書で通知するのは強制的な感じになるので、親しい人と相談して、電話連絡にすることにして、それを某氏に頼んだ。その某氏がアメリカに行くことになり、別の係りの人に頼んだ。梶山夫人は、それくらいなら自分ですると言いだして、連絡先のリストを見たが、私の所は連絡済みだと思ったという。それは、まったく無理のない話であるが、手違いというのは、こういうときに生ずるという好例になると思う。お互いに遠慮があり、考え過ぎになるのがいけない。

山崎正行さんは、先輩の告別式が今日でなかったら、その家で話しこまなければ、あそこで岩川さんの自転車が角を曲ってしまったら、といった偶然について話をされた。考えてみると、その他にも、いろいろの偶然が重なって、私は鎌倉へ行くことになった。

はじめに書いた芋の一件にしても、遺族には、些細なことのようでいて面倒な仕事が残っているものである。

＊

瑞泉寺には、吉野秀雄先生と二人で何度か遊びに行った。結婚前の女房と行ったこともある。その頃には大きなユーカリの樹があったと記憶している。立派な海棠《かいどう》もあった。いまは、水仙、梅、紫陽花《あじさい》がいい。

私は、最初に、墓地のほうへ行った。吉野先生の墓を見て、それから梶山の所へ行った。日当りがよさそうだった。どの墓のそばにも菊が咲いている。ここは、夏時分は犬蓼《いぬたで》がいい。

私は梶山の墓地（まだ墓は出来ていない）にむかって手をあわせ、まあ、そういうわけだと言った。きみは勝手に死んだけれど、あとに残った者は、いろいろと面倒なことになる。だから、きみのいのちはきみのいのちであって、きみのいのちではなかったんだと言った。言っても詮ないことだった。

納骨のあとで、梶山夫人の美那江さんに、お騒がせして申しわけないと言った。梶山夫人は、あなたが梶山について書くことで、自分から見て、そうではないと思われる箇所があると言われた。それは当然だろう。私は、たびたび、梶山は死ぬ気だったと書いた。そこのところが、梶山夫人と私とでは喰い違ってくる。

私は、さらに、まだ夢のようでしょうと言った。それは、山本周五郎夫人が、三七日のときに、まだ夢を見ているようですと言われたのを思いだしたからである。

梶山夫人は、いちばん長く離れて暮したのは三カ月であり、まだ六カ月しか経っていないので、今日あたり、ひょっくり帰ってくるんじゃないかという気がすると言った。

（「週刊新潮」一九七五年十一月二十七日号）

私の混合酒

秋になり、庭に枯葉が溜ると、何度かこれを掃き捨てる。しかし、ある時期からは、そのままにしておく。そのある時期というのは、これから落ちるであろうところの枯葉が、ほぼ庭いっぱいを埋めつくすであろうと思われる頃あいである。

年によって落葉の具合いが違うから、何月何日とは言い難いが、だいたい、十二月の初めという見当をつけている。ある日、私は庭の樹木を眺め、空を睨み、まあ、こんなものかなと思い、その日から庭を掃くことをしなくなる。その年の庭仕事は、それで終りだと思う。あとは、年内に一度だけ、落葉のうえから肥料を撒く。

庭の落葉をすっかり掃いてしまって、敷松葉にしていたときがあった。それも悪くはなかったが、庭が立派になりすぎて、何様でもあるまいしと思い、止《や》めてしまった。それに敷松葉の入手が困難にもなっていた。

庭の落葉をそのままにしておくのは、苔の保護のためである。特にコンテリクラマゴケのためである。この苔は霜に弱い。植木屋に相談してみると、そうだねえ、植木のためには庭を掃かないで自然にしておいたほうがいいねえということであった。

枯葉の散り敷かれた庭の眺めにも一種の風情がある。自然はいいものだ。しかし、年が明けて、一月の末にもなると、なにか汚ならしい感じになってくる。落葉の下の苔や草は青々としているので、それを見たいという気持も生じてくる。

女房は、そのころから、少しずつ庭を掃くようになる。とても我慢ができないのだろう。それで雪割草の芽を発見して驚いたりしている。そういうこともあるが、女房は庭を掃くということ、それ自体が好きなのである。

ある人の言によると、落葉をそのままにしておくと虫の巣になって植木に害を及ぼすことがあるという。

それで、私が、庭全体の早春の枯葉を掃くことを決行したのは、二月四日、すなわち節分の日だった。

＊

庭全体の枯葉を掃き、それを燃やすのに、朝から夕方までかかった。実に大変な量になっていた。このくらいでいいと思ったとき、空は暗くなっていた。

手を洗い、豆を撒いた。それから、酒屋に電話を掛けて球磨《くま》焼酎を持ってきてもらった。これで朝鮮人参《にんじん》酒をつくるつもりである。

その朝鮮人参は、梶山季之の形見分けのひとつとして梶山夫人から頂戴したものである。いただいたとき「山口瞳氏・朝鮮人参」という梶山のメモが発見されたというような話を聞いた。梶山には、そういう、几帳面すぎるような一面があった。

私はその朝鮮人参を三等分した。三分の一を、彫刻家の関保寿先生にさしあげた。関先生は、朝鮮人参をポケットにいれて、それをかじりかじり山野を跋渉《ばつしよう》する人である。その三分の一を煎《せん》じて飲んだ。二月四日の朝、私はその最後の煎じ薬を飲み終った。こんどは朝鮮人参酒にとりかからなければならない。

私は、はじめ、朝鮮人参を貰ったとき、まず、その三分の一を手持ちの四十五度の中国産の五加皮酒に漬けておいた。それに、十年ぐらい前から持っていた少量の朝鮮人参酒、大蒜《にんにく》酒などを加えた。こんどは、球磨焼酎四合瓶一本を注ぎ、味を見い見い、蜂蜜や葡萄酒やリキュール類を加えた。その製法は秘密になっている。（実は、秘密にもなんにも、何をどう混じたかわからなくなってしまったのである）

その結果、色あいは淡紅色と琥珀《こはく》色の中間、味は焦げ臭いなかに仄《ほの》かな苦味と甘味があり、かつ、酒としては相当に強烈な味わいをもつ不思議な飲料が出来あがった。効用はまだわからない。

本当は、そんなことはどうでもいいのだ。私は、この酒に、たえず焼酎その他の酒を補充し、ときに朝鮮人参を補給して、私が死にいたるまで、ずっと飲み続けようと思っている。そうすれば、梶山の呉れた朝鮮人参は、私において永遠のものとなる。そういう願いをこめて、不可思議なる秘密の酒を造った。

偶然が重なるようであるが、梶山季之の『小説ＧＨＱ』という書物が出版されることになり、私が巻末の解説文を書くことになったのであるが、それを脱稿したのが二月二日の朝であった。

この小説が『週刊朝日』に連載されたのは十年以上も昔のことになるが、その当時、かなり熱心に読んでいたし、なにぶんにも千枚を越す大作であるので、私は、すっ飛ばして、ざっと目を通すという程度にして読むつもりでいたのであるが、読みだすとやめられず、こんども、かなり熱心に読まされてしまうことになった。面白くてやめられないのである。一気に読まされてしまう。

私は、あらためて梶山季之の語りくちのうまさに驚嘆せざるをえなかった。こういう題材を自家薬籠中のものとする腕力は、まさに驚異である。しかも、この小説では、ＧＨＱの主要人物がすべて実名で出てくるのである。

私は、梶山の代表作は『黒の試走車』と『赤いダイヤ』と『小説ＧＨＱ』であり、それに『夜の配当』のシリーズを加えたいと思っているのであるが、このうちの『小説ＧＨＱ』だけが、どういうわけか書物になっていなかった。私は、なにか政治的な配慮といったものがあって書物にならなかったのではないかと勝手に解釈していたのであるが、そうではなくて、梶山は『小説ＧＨＱ』を全面的に書き直そうとして果たせないままでいたということがわかった。その話も、梶山夫人から聞いた。

＊

私が『小説ＧＨＱ』を読みおえたのは、一月十八日の昼頃だった。前日の夜中から、ほとんど徹夜で読んだ。解説文を書きおわったのは二月二日の朝であり、そのときも徹夜になった。

そのころ、国会で、さかんに「共産党スパイ査問事件」が論議されていた。この事件がＧＨＱ首脳部と密接な関係にあることを疑う人はいないだろう。私が最初に『小説ＧＨＱ』を読んだとき、ＧＨＱの幹部に何人かの共産党員がいたということなどは半信半疑でいた。梶山はそれを十余年前に書き、今回の事件を小説によって示唆していたのである。

二月二日がそんなぐあいだったから、三日は人と会うだけで仕事は休憩した。それで、四日は朝から庭の枯葉を掃いていた。ずっと雨の降らない日が続いていた。雨が降って、それが乾いたところで、すっかり庭を掃除して、春を待つ支度をしようと思っていた。

二月十六日、十七日の両日、私はテレビの前に釘づけになっていた。ロッキード事件の証人喚問の行われた日である。

『小説GHQ』とロッキード事件と直接に関係があると言うつもりはないが、そもそもの発端となる児玉誉士夫《よしお》とGHQとが無関係であるはずがない。また、私は、たびたび、梶山季之が政財界の裏話や黒い噂に通じていたと書いてきたが、つきつめて言えば、児玉誉士夫、小佐野賢治、田中角栄を結ぶ線のことである。梶山季之をよく知る人は、誰でも、こんどの事件で、もし梶山が生きていたらと考えたと思う。つくづくと、惜しい男を殺してしまったと思う。

二月十九日にも、私は庭に出ていた。はっきりしない天候である。まだ全面的な掃除にいたる段階ではない。

カタクリの芽を発見した。その数、十箇あまり。それを見ながら、自分で造った不思議な混合酒を飲むべきかどうかを考えていた。

(「週刊新潮」一九七六年三月四日号)

梶葉院

梶山季之の戒名は「文麗院梶葉《びよう》浄心大居士」である。

いつだったか、「野良犬の会」(今東光《こんとうこう》、柴田錬三郎ほか、流行作家ではあるが、権力に媚びない一匹狼のような作家十二、三人の集まり)に出席したとき、梶山季之が今さんに戒名をつけてくれるように頼んだ。

梶山はひどく酔っていたし、私も酔っていたから、ハッキリした記憶はない。

「ただし、無料《ただ》にしてください」

「タダはひでえや」

そんな会話があったと思う。その日は、今さんの快気祝い、退院祝いの会であったから、そんな話をもちだすのは不謹慎であったが、われわれの会では、そんなことはお構いなしというところがある。また、今さんにしても、よもや梶山のほうが先きに死ぬとは思ってもみなかったろう。

つまり、冗談である。しかし、梶山としては、ちかごろの偉いお寺さんのつけてくれる戒名がメチャメチャに高くなっていることに対する怒りがあったはずである。「野良犬の会」なんていうのは何の役にも立たない会であるので、せめて、会員には今さんの戒名サービスがつくということにしたいと思ったのかもしれない。

梶山が死んでから、その場の情景を知っている人たちが、あんなことを言うもんじゃないと言った。私もそう思う。晩年の梶山には、この種の言動が多かった。

梶山季之の、近親だけの通夜（結局は大人数になってしまったが）へ行ってみると、すでに、今さんのつけた戒名が届いていた。それが「文麗院梶葉浄心大居士」である。

その戒名は巻紙を破ったものに書かれてあった。その字がいい。戒名のいわれを書いた文章がいい。その文章は正確には思いだせないが、意味は次のようなものである。

「梶山季之の文章は流麗であって渋滞がなかった。いま、五月の梶の葉の美しいとき、浄き心の主が逝去したことを限りなく惜しむものである」

私は、梶木《かじのき》という植物のあることを知らなかった。クワ科の落葉高木であって、本州西部以西に野生するという。また、梶の葉は、小学館の『日本国語大辞典』によれば「古く七夕祭りの時、七枚の梶の葉に詩歌などを書いて供え、芸能の向上や恋の思いが遂げられることなどを祈る風習があった」となっている。

さらに、カジノキは紙ノキであり、カウゾであり、紙の原料になるという。なにからなにまで、梶山季之にふさわしいという気がする。

私は梶山を名文家だと言う気持はないが、流麗で渋滞がないと言われれば、その通りだと思う。浄心については、誰もがそれを感じていたと思う。

私はこの戒名がすっかり気にいってしまった。特に梶葉がいい。そこのところで、サッと五月の風が吹き抜けるような気がする。

そこで、私は、通夜の席の世話をしている文藝春秋の樋口進さんに言った。

「この戒名の書いてある巻紙を私にください。いや、貸してください。額にいれて持ってきますから」

「そうですか。じゃあ、あげますよ。持っていってください」

そんなことになった。私は、巻紙を内ポケットにいれ、通夜の席で何度も胸を上からおさえた。なくなったら大変である。そもそも、額にいれるというのは、紛失をおそれたからである。

翌日、私は、銀座の八咫家《やたや》へそれを持っていった。八咫家の主人は、こういうものは、アッサリとした額にいれたほうがいいと言い、私の願いを容れて、本通夜にまにあわせてくれた。額の縁はイブシ銀の感じで、バックは濃紺になっている。

私はそれを梶山夫人に渡すとき、梶山の愛した伊豆の二十七日庵に、海の見えるほうに向って飾ってくださいと言った。

そんなことがあったのに、私は、ずっと、梶山の戒名を「梶葉院文麗浄心大居士」だと思いこんでしまった。それだけ、梶葉の印象が強かったのだろう。梶葉院（美容院）というのはおかしいな、いや、梶山だから、美容院でもいいのかなと思いながら――。

第一ホテルで行われた、五月十一日（一周忌）の『梶山季之君を偲ぶ会』のとき、会場の入口ちかくに梶山の笑っている大きな写真があり、その下にその額が置かれた。

この戒名がいいと言う人がいる。この字がいい、厭味がない、この文章がいいと言う人がいる。なかに、この額縁がいいと言う人もいる。それを聞いていて、私は、はじめて、役に立ったなと思った。

私は、いま、梶葉院でもいいという気がしている。それで、その間違いに気づけば、正確に彼の戒名を思いだすことができる。

その戒名を口にするとき、私は、今東光さんの友情が思われ、伊豆の海が浮かんでくる。本当にアイツは五月の風のような男だったと思う。

（「別冊文藝春秋」一三六号、一九七六年六月）

鼻のない男の話

きだ・みのる

小説家、エッセイスト。一八九五〜一九七五。享年八十。著書に『気違い部落周游紀行』など。

十五世紀の終り頃、フェルナノ・ロペスはリスボンで生まれた。若い頃は神経質で空想的だった。ギリシャ語を貴族の息子に教え、詩を作り、つつましい暮しをしていた。

親友のジュアノ・Dは武芸一般や世事に長けていて体も頑丈だった。ジュアノにローザという美しい従妹《いとこ》がいて、彼は好意を持っていた。ジュアノがローザを紹介すると、フェルナノは夢中になってしまった。彼女はフェルナノを選んだ。

ジュアノは心の傷を癒すために軍人を志願し、アフリカの回教徒海賊討伐隊に加わった。その頃、ヴァスコ・ダ・ガマがリスボンに帰ってきた。彼は喜望峰を越え、インドへの路《みち》を発見していた。

第二回の遠征の参加者が募集されたとき、ジュアノはそれに応募してリスボンから出帆した。五年後に帰ってきた彼は、旧知を招待して夥《おびただ》しい財宝を見せた。フェルナノ夫妻を招待したとき、彼は、ローザに大きなダイヤモンドの垂れた金の頸《くび》飾りを贈った。

フェルナノはジュアノの財宝に眩惑された。ジュアノとは性格が違うというローザの反対を押し切って、千五百六年三月、フェルナノ・ロペスはインドへ赴く遠征隊に加わった。娘のアンジェリカが生まれたのは出発の五カ月前だった。

ロペスの乗り組んだ船隊は暴風に遭遇し、北上の途についたのは翌年の春になった。海沿いの町を次々に襲撃し、ブラヴァの町では、彼とその仲間は市街を焼き、掠奪し、男も女も老人も幼童もすべて殺した。

遠征隊の指揮官であるダルブケルケは、ポルトガル最高の名家の生まれであり、性格は厳正で、虚言と裏切りを憎んだ。しかし、彼の風貌と性格と高い家柄は部下に威圧を与え、部下の不服従と反抗を生む因《もと》になった。

ダルブケルケは非常なる苦戦の後、黄金の都市といわれたゴアを占領し、守備兵九千人、回教徒六千人を鏖殺《おうさつ》する。

この虐殺に参加したロペスが、大きな建物の一室に入ったとき人の気配を感じた。絨毯をのけると若い女がいた。ロペスの心に何が起ったかわからないが、彼は元通りに絨毯を被《かぶ》せて部屋を出た。ゴアの攻略後、ダルブケルケはマラッカに向い、ロペスは分隊長としてゴアに残った。副王の重圧の無くなった守備隊は、暑熱と自由のなかで退屈していた。

ゴアの町に、踊りと美貌で評判の舞妓がいた。大虐殺の夜、ポルトガルの軍人に見逃してもらった女であるという噂があった。

ロサルカッドという男がロペスを晩餐に誘い、舞妓を招いた。彼女は部屋に入ると立ちどまり、ロペスを見つめた。ロペスも、そのローザに似たアイシャという名の舞妓の顔を忘れてはいなかった。

ロサルカッドが帰り、ロペスがアイシャを両腕に抱いたとき、感動のあまり、ローザと叫んだ。

ロペスは熱情の擒《とりこ》となった。

ある日、回教徒のゴア攻撃に怯えた若い隊長が隊内の棄教《ききょう》の嫌疑者を譴責《けんせき》した。棄教者たちは土民兵とともに叛乱を起し、ゴアの独立を宣言した。ロペスもそのなかの一人だった。ロサルカッドは彼等を助け、守備隊長になった。

副王ダルブケルケが帰ってきた。ゴアの港の前で降服勧告を行い、棄教ポルトガル人の無条件引き渡しを要求した。ロサルカッドは降服に応じ、亡命者の生命に危害を加えないという条件を附した。ロペスは転宗叛乱軍の発頭人《ほっとうにん》と見られていた。

ダルブケルケは、生命に危害を加えないというロサルカッドとの約束を守ったが、神と国王に対する兇悪な裏切りを許すことは出来なかった。彼は棄教者たちの右手首と左拇指《おやゆび》を切り落し、両耳と鼻を削《そ》いだ。その彼等を見せしめのためにポルトガルに送った。しかし、ロペスだけはロサルカッドのお蔭でこの運命を免《まぬか》れた。匿《かく》れ家《が》に会いに来たアイシャは恋人の無残な姿を見た。ロペスは燈火を吹き消した。

二年半後にダルブケルケは船中で死んだ。その数日後にアイシャも死んだ。

千五百十六年の秋、リスボンに向って出発することになっているサン・ミカエル号に、一つの黒い影が近づいた。その男の顔には鼻が無かった。

サン・ミカエル号の船長は、三年前、サンタ・マリヤ寺院で十歳ばかりの少女が若い母親と二人で熱心に祈っているのを見た。それが、アンジェリカとローザだった。だから、船長は、その男の名がフェルナノ・ロペスというのであれば船に乗せてやれと番兵に言った。

サン・ミカエル号の同船者はロペスを軽蔑し、悪魔の使であるように眺めた。「どんな猛獣よりも人間は猛獣だ」とロペスは思った。

船が嵐の岬に近づいたとき、ロペスは船長室の扉を叩き、頸飾りを渡し、アンジェリカに届けるように頼んだ。それはアイシャの遺品だった。

船はセント・ヘレナ島という無人島に仮泊した。船が出発したとき、ロペスの姿は船内に無かった。鼻の無い男は、その無人島で三十年ばかり生きていたようだ。

千八百十五年、ナポレオンがセント・ヘレナ島に着いたとき、ロペスの飼っていた家畜の子孫が野生に戻って生存しているのを発見した。

*

これは昭和二十八年に『群像』に発表された、きだ・みのるさんの「鼻のない男の話」という小説の梗概《こうがい》である。

とにかく、余人は知らず、私はこの小説に痺れた。当時の国情と、日々の私の気持がぴったりとこの小説に合ってしまった。ロペスはきださんだと思った。作者は心に深い傷を負った人だと思った。ロペスの親友のジュアノもきださんだと思った。

私は、きださんと会うようになった。きださんが八王子から出てくると必ず電話をくださるようになった。私も八王子市恩方《おんがた》へ遊びに行った。きださんは、そこで若い女の人と暮していた。

私の印象を一口で言うならば、きだ・みのるは、地面の上に一人で立っている男だった。無人島で一人で三十年間暮せる男だった。女が惚れるのは無理もない話だと思った。

私たちが会うのは旧丸ビル内の喫茶店が多かった。私は、そこで、コーヒーを立て続けに三杯飲む男を初めて見た。魚河岸の「寿司政」という寿司屋でも会った。生きている大きなヒラメをおろさせて、そっくり食べてしまう。寿司屋でこういうことをする人を他に知らない。はなはだ平凡な形容だが、繊細にして剛毅《ごうき》な男を私は見た。しかも彼はノーブルであった。

きだ・みのるさんが亡くなられたとき、たしか次男の方が「父に会うと父が好きになって困る」という意味の談話を発表されたのが実に印象的だった。

『海』の十月号に、きださんの遺作（未完）である「聖なるおん母、絶望のマリアの大道曲芸師に関する諸遺文」が発表され、山田彝《つね》さん（この方が次男の方であるかどうかを知らない）が解説を書いておられるが、その結びは、こうなっている。

「現実の生活でも父は長いこと放浪を続けていた。最後は病院で憧れの女性の夫人、私の母に手を取られて息をひきとった。顔には満足したような、やさしいほのかな微笑を浮かべていた」

私には、どうしても、「鼻のない男の話」がきださん自身の一生であるような錯覚がついて廻って離れない。きだ夫人はローザであり、山中の若い女がアイシャであり、ミミちゃんがアンジェリカであるような……。

（「週刊新潮」一九七五年九月二十五日号）

火宅の人

檀一雄（だん・かずお）
小説家。一九一二～七六。享年六十三。著書に『長恨歌』『真説石川五右衛門』『火宅の人』など。

檀一雄の『火宅の人』という小説は、雑誌に連載されているときは、それほど評判にならなかった。いや、評判にならないというよりは、その評判は香《かん》ばしくなかったといったほうがいい。私にはそれが無念であり、不思議にも思われた。『火宅の人』が否定されることは私自身が否定されることだという気がしていた。

また、この小説は、なかなか完結しなかった。私には、この小説が完結すれば、戦後文学のなかでは相当に大きなものになるだろうという考えがあったから、新潮社の人に、あれはどうなっているのかと訊いたことが何度かあった。私には、版元のほうでもあきらめてしまったのではないかという疑いがあった。

しかし、そのたびに、いや、そうではない、檀さんに書かせようと思ってあらゆる努力をつくしているのであるが、どうもうまくゆかない、逃げられてしまうという答がかえってきた。私は安心したし、嬉しくも思い、また、担当者の気苦労はナミタイテイのものではないと思ったものだ。私自身、編集者として、檀さんから原稿を貰うということがどういうことであるか、よく知っていた。

あれほどの善人が、原稿のことになると、煮ても焼いても喰えない男になってしまう。

檀さんに連載小説を依頼すると、書くとか書かないとか言わずに、お前は俺から原稿を奪い取る自信があるかと聞き返されたものだった。檀さんは自分で自分の性情をもてあましていたのである。

そんな執筆者は突っぱなしたらいいじゃないかと思うかもしれないが、そうはいかない何物かが檀さんにはあった。それは決して商売だけではなかった。檀さんは流行作家ではあったけれど、連載小説が本になってベストセラーになるという作家ではなかった。

＊

多分、十年以上も前のことになると思うけれど、私は、林房雄さんに、どうして『火宅の人』を褒めないのかと詰問したことがある。当時、林さんは朝日新聞で文芸時評を書いていた。私は、文芸時評では、平野謙さんと同じぐらいに林房雄さんの書くものが好きだったし信用もしていた。

林さんは、言下に、あれは駄目だと言った。私は抵抗したはずであるけれど、どういう話あいになったか憶えていない。はたして、次の回の文芸時評で、林さんは『火宅の人』（当時はこの題名ではなかったが）をひどくやっつけた。しかし、その次に檀さんのこの連作が掲載されたときは非常に好意的であって、前回を帳消しにしようとする感じがあった。

同じころ、私は、先輩作家に、どうして『火宅の人』が評判にならないのかと訊いたことがある。その先輩作家は、あれは駄目だよ、あの小説にはモラルがないという意味のことを言った。（この、モラルがないという言葉の正確を期し難《がた》いので先輩作家の名を書かない）私はちょっと不満だった。

というより、モラルがないという言葉の意味がわからなかった。

『火宅の人』は情痴小説であるので、連作の途中では批評しにくいと思う。情痴小説には必ず別れの場面がある。それを読まなければ全体がわかりにくいという事情もあったと思う。

しかし、私は『火宅の人』の連作が雑誌に発表されるたびに、その筆力に圧倒されていた。キラキラしている細部がある。なによりも、檀さんも檀夫人も五人の子供達も愛人の恵子も可愛らしいのである。

*

そういうことがあったから、去年、『新潮』に『火宅の人』の最終回である「キリギリス」が発表されたとき、私は飛びつくようにして読んだ。そうして、正直に言って、私は失望した。そこには、すでに檀一雄の筆力（体力）がなかった。檀さんが書きたいと思っていることの形骸だけが並んでいると思った。

いったい、檀一雄から体力を奪ったら何が残るだろうか。体力といって悪ければエネルギイである。檀さんの人間的な魅力である。（私は檀さんの病状がそんなに悪いとは思ってもみなかった）檀さんの面白さは機智にある。その機智がない。私は、そのときになって、やっと、檀さんが『火宅の人』を書き渋っていた、苦しんでいたわけがわかった。

また、私は、約十年前に、先輩作家がモラルがないと言った意味がわかったように思った。あんなに何でも「天然の旅情」のせいにしてはいけない。恵子への執着も、恵子との別れも、家庭放棄も、すべて「天然の旅情」にしてしまうならばまた何をか言わんやというのが私の偽らざる読後感である。「天然の旅情に従って己れをどえらく解放してみたい」というのは誰でもが抱く男の願いである。自分一人だけが解放されたいというのは、まさにモラルがないと言われても仕方がない。

『文藝』十二月号では、その年の収穫をアンケートによって求めるのが恒例になっているが、私は躊躇することなく『火宅の人』だけをあげた。しかし、その推薦理由はアイマイで薄弱なものになってしまっている。

『火宅の人』が単行本になって、私は、もう一度読みかえしてみた。前言を翻すようであるが、これは面白い小説である。ぬきさしならぬところがある。しかし、檀さんの体力が衰えてくるにつれて内容が稀薄になるという考えを訂正するつもりはない。

また、この小説を読んで、檀さんという人が、決して、巷間《こうかん》言われているような野放図な人ではなく、むしろ小心で、マメで、几帳面な人であるのを知って驚いた。だから「事を起す」のだろう。檀夫人（小説では桂《かつら》ヨリ子）のほうがよっぽど激情家である。どうも私は「天然の旅情」は本意ではないという気がして仕方がない。

＊

檀さんぐらい一緒に酒を飲んでいて楽しい人はいなかった。とにかく面白かった。屈託がない。実際は、小説に出てくるような屈託だらけの人であるのに、それを表面に出すことはなかった。また、檀さんは、どんなに酔っぱらっても人の悪口を言わない。私は一度も聞いたことがない。「もろともにあわれと思え山桜……リッハッハア」となる。檀さんと飲んでいると、世の中すべて、哀れ哀れとなる。

檀さんは機智の人である。だから飲んでいるときの会話が面白い。太宰治も坂口安吾も機智の人である。私は、太宰と安吾が死んでから、檀さんは、もうどうでもいいやと思いはじめたのではないかと考えている。張りを失ってしまったのではないか。そういうことは充分に考えられる。それで、あのナミではないところの体力をもてあましていたのではないか。

私は檀さんの料理が好きだった。見たこともないようなものを食べさせられたが、ことごとく、うまかった。私は酒の肴を手で食べる人をはじめて見た。

檀さんに叱られたことがある。徹夜で原稿を書くというので、午前八時に取りに行った。原稿は出来ていなかった。ひと寝入りして書きあげようと思ったところを起こされたと言って怒った。私は、起こしたのは（呼んだのは）奥様であって檀さんではないと抗弁した。すると、檀さんは、バカヤロウ、うちでは女房が起きれば俺も起きる仕掛けになっているんだと言った。叱られていて、そういうところがたまらなくおかしかった。

最後に檀さんに会ったのは新宿の酒場だった。檀さんは寝間着のうえに褞袍《どてら》を重ねていて、そういう恰好でカウンターで飲んでいた。若いなあと私は言った。私はこの人が死ぬと考えたことは一度もなかった。

（「週刊新潮」一九七八年二月五日号）

青山葬儀所控室

銀座の並木通りにある酒場でウイスキイを飲んでいると、隣に坐っていたホステスが、檀さんに会ったらよろしく言ってくださいと言った。昭和三十年か三十一年のことである。その女性は九州訛りのある小柄な美しい人だった。

たぶん、私は、その日の夜おそくか、あるいは翌日、仕事のことで檀一雄に会うという話をしていたのだと思う。私はその女性に名前を訊いたが、すぐに忘れてしまった。その酒場は、最初は檀さんに連れていってもらった店である。また、その日も誰かに奢《おご》ってもらっていたのだろう。高級酒場ではなかったけれど、その当時、銀座で、女性のいる酒場で自分の金で飲むというのは一年に一度か二度ぐらいのものだった。

それで、私は、檀さんに会ったときに、そのことを告げた。

「へええ、なんという店?」

「ブールバールです」

「女の名前は?」

「忘れました」

檀さんは、どういう顔をした、どういう感じの女であるかを精《くわ》しく聞きだそうとした。私は、心中、チェッ！　いい加減にしてくれと思った。チェッ！　知ってるくせに。とぼけるのもいい加減にしてください。

私がそのことを告げたときに、檀さんの様子が変った。常の檀さんではなくなった。あの檀一雄が、赤くなり、はにかみ、少年のように動揺しているのである。これはいけないと私は思った。何だか変だぞと思った。

檀さんは、さらに、その場の様子、女の様子を私に再現させようとする。

「へええ……。そう……。よろしく言ってくれって？　それだけ？」

檀さんはそのひとに惚れている。そうして、女の気持を計りかねている。そういう時期だったのだろう。

＊

昭和三十年の秋だったと思うけれど、私は、東大病院へ、檀さんの次男の次郎さんの見舞いに行ったことがある。これも、子供の病気見舞いに行く檀さんについていったというほうが正確である。ただ、私は、どうしても次郎さんの顔が見たいと強く願っていた。私は次郎さんが好きだった。それで無理を言ったのだろう。邱永漢《きゅうえいかん》さんも一緒だった。そのころ、檀さんは邱さんに肩入れしていた。邱さんは香港を中心とする国際小説を書く新進作家だった。

私は、病室で、次郎さんがこのままの状態でずっと長く生き続けることができないものかと考えていた。思うことはそれだけだった。そのように次郎さんの顔は美しかった。可愛らしかった。額に青筋が浮いていて、鉢の開いた頭も、顔も手足も真っ白だった。檀さんも書いているように、神のように見えた。

　このときの檀さんの態度が実に立派だった。立派というのはおかしいけれど他に言葉を知らない。泣くでもなく歎《なげ》くでもなく、長身の檀さんは無言で突っ立っていて、次郎さんを見るだけだった。その全身に「父の心配」があらわれていた。次郎と二人で昇天してしまいたいと言っているように見えた。檀さんが狂ったのは明らかにそれ以後のことである。

　檀さんの家へ行くと、子供たちは、いつでも、純白の寝間着を着ていた。あれはネルだったのかガーゼだったのか。幼い子供たちのことだから、その純白がたちまちにして汚れてしまう。

　長女のふみさんは、よちよち歩きであったけれど、顔立ちのいいのに驚いた。あらためて檀一雄夫妻が美男美女であるのに気づいた記憶がある。しかし、私は、ふみさんは、いまのような、ふっくらとした少女《おとめ》ぶりよりも、檀夫人のような、いくらか強《きつ》い感じの細面《ほそおもて》の美人に成長すると予測していた。

＊

　私は檀一雄の隠れ家であるところの目白のアパートへも行ったことがある。

　それは、木造の、二階建の、見窄《みすぼ》らしいアパートだった。むろん、風呂はなく、便所は共同であり、入口で靴を脱ぎ、その靴を持って二階へあがってゆくという式のものであった。

　しかし、檀さんとその愛人の隠れ家であるところの二階のどん詰りの右手の部屋の扉をあけたとき、私は、何物とも名状しがたいような一種の熱気に圧倒された。まぎれもなく、それは愛人同士の隠れ家だった。男と女の部屋だった。恋の場所だった。私は頭がクラクラとしてきて、こんなところにとても長くはいられないと思ったものだ。

こういうときの編集者の立場は非常に微妙である。私は、檀さんが好きであり、檀夫人が好き、その子供たちが好き、かつまた矢島恵子（『火宅の人』の女主人公）が好きなのである。矢島恵子に惚れている檀一雄が好き、家族を愛している檀一雄が好きなのだから困ってしまう。

これが檀さんの友人であったなら、一も二もなく、檀さんを愛人から引き離す運動を開始しただろう。私にしても、なんとか無事におさまることを願うのだけれど、その行きがけの駄賃に傑作を書いてくれないかという思いがある。そのためには、あと二、三カ月ぐらい、この蜜の壺のなかに檀一雄を漬けておきたいという気持が働くのである。たとえ、その傑作が他誌に奪われるようなことがあったとしても。

＊

前言を少し訂正しないといけない。前回、私は『火宅の人』の最終章である「キリギリス」には力が無いと書いた。その考えが少し変ってきた。

『新潮』に発表された「キリギリス」と、単行本の『火宅の人』の「キリギリス」とは、だいぶ趣きが違っている。これはつきあわせて読んでもらうよりほかはないが、単行本のほうが、ずっと効果的になっている。

「キリギリス」で、主人公の桂《かつら》一雄は、連れこみホテルに逗留《とうりゅう》している。愛人も女友達も去ってしまった。そうかといって、連れこみホテルに男の友人を呼ぶわけにもいかない。これは檀さんの得意の機智であり、最後の諧謔《かいぎゃく》だったというふうに訂正する。

ただし、私は、檀さんが「かりに破局であれ、一家離散であれ、私はグウタラな市民社会の安穏《あんのん》と、虚偽を、願わないのである。」と書くとき、檀一雄にはそんなことを書く資格がないと言わざるをえない。市民社会の一軒一軒もまた「火宅」であることが檀さんには見えていないのであり、それが傑作であるところの『火宅の人』の唯一最大の難であるというのが私の一貫した考え方である。

*

一月十日、檀さんの葬儀の日、私は四十分も早く到着してしまった。檀さんの葬式なら、旧知の編集者の誰かと立ち話をしていればいいと思って受付のほうへ歩いてゆくと、思いがけなく控室に案内されてしまった。

その控室の椅子に坐って、私を撲《う》ったのは「日本浪曼派老いたり」という感情だった。私は周囲の人を見廻して何か歴史上の人物を見るような気がした。昭和十八年、十九年に、私は日本浪曼派に熱中していた。『コギト』は全冊そろえて持っていた。芳賀檀《はがまゆみ》や保田与重郎《よじゅうろう》に会いに行ったことがある。太宰治も檀一雄も新進中の新進、若手中の若手であったのに。——また、日本浪曼派だけでなく、武田泰淳《たいじゅん》も平野謙も老いたと思った。

檀さんの葬式は不思議に明るかった。澄んでいた。それが、いかにも檀さんらしいと思った。妻子に恵まれ、師に恵まれ、多くの先輩作家と友人に愛され、自ら多くの女を愛し、飲みたいものを飲み、食べたいものを食べつくした人の葬式なのだから……。

（「週刊新潮」一九七六年一月十二日号）

鮮やかな

武田泰淳（たけだ・たいじゅん）
小説家。一九一二～七六。享年六十四。著書に『司馬遷』『ひかりごけ』『富士』など。

十月五日は、朝から将棋会館の特別対局室にいた。名人戦が朝日新聞社から毎日新聞社に移り「名人戦復帰記念特別棋戦」が行われることになり、その第一局の観戦記を書くことになっていたからである。朝の対局室は、元日であるような、お通夜であるような、変った雰囲気になっている。ひっそりとしていて、紋付羽織袴《はかま》の男が多いからである。

十時半、小型のノートに、朝の対局室、元日であるような、お通夜であるような、と、メモしたとき、毎日新聞社の学芸部長が入ってきて、私のところへきて、耳もとで囁いた。

「武田泰淳さんが亡くなったそうです」

私もちいさい声で言った。

「ああ、そうですか」

私の最初の感慨は、実に鮮やかな死に方をするもんだなということだった。それから、小型ノートの、お通夜のようなというところへ目を落とした。

私たちの囁きは棋士たちの耳にはいってしまったらしい。いっせいに、みんなが、こっちを見た。

「誰が死んだんですか?」

「武田泰淳さんです」

「ふうん……」

どうやら、誰も武田さんのことを知らないらしい。ふたたび、目が盤面に釘づけになった。まだ、正座をくずす時刻にはなっていない。

「偉い人なんです」

そう言ったとき、私は、急に胸が痛くなるのを知った。

新聞社では、碁・将棋は、学芸部の扱いになっている。こんどA級入りした森雞二《けいじ》八段に次の名セリフがある。

「新聞社の学芸部っていうのは、碁・将棋のほかに何をやっているんですか?」

新聞社の学芸部というのは、小説なんかも扱っているのである。

*

昼食休憩のとき、将棋会館の地下の食堂で、加藤一二三《ひふみ》九段に言った。

「武田泰淳さんはカトリックでしたっけ?」

加藤さんはカトリック信者である。また、遠藤周作さんの御子息の龍之介さんの将棋の先生である。そういう関係で武田さんのことを知っているかと思った。

「さあ……?」

私は、加藤さんが考えているときに、すぐに気づいた。武田さんは桑門《そうもん》の出である。何を馬鹿な――。どうやら、私は落ちついているようで動転していたらしい。第一次戦後派の作家をカトリックに結びつけて考えてしまうのが癖になっている。

三時頃、夕刊の早刷《はやずり》を持ってきた若手の棋士が言った。

「この名前、何て読むんですか？」

こんどは私が考えこむ番だった。タイジュンとしか訓《よ》んだことがない。

＊

武田さんの『目まいのする散歩』（中央公論社刊）を読んだとき、私は、信頼する三人の編集者に同じことを言った。

「これはいけないよ」

「……………？」

「これは武田さんの小説ではないし、武田さんの文学でもないよ」

「どうして」

「武田さんの小説はロマネスクなんだよ、本来、こういうものを書いちゃいけない。もっとも口述筆記らしいけれど」

『目まいのする散歩』は、文芸雑誌の合評欄でも書評でも、すこぶる評判がよかった。

「これは、武田さんの小説ではありませんよ。これはね、武田さんの、奥さんに対する別れの挨拶なんだ。長い間ご苦労、実は、俺はお前をこんな深く愛していたんだ……。それを口に出しては言えないで、書いてしまったんだ。男がこれを書いちゃいけない。これを書くのは最後の時なんだ。武田さんは死ぬよ」

山本周五郎さんの晩年にも似たようなことがあった。

「……？」

「いずれ、この作品は何かの文学賞を貰うだろうけれど、武田さんとしては照れ臭いんじゃないかな。これはね、遺書とか遺言とかね、そういう性質のもんだよ。それで、その結果、凄い小説になっちまったんだよ」

「なあんだ」

三人の編集者の反応は同じだった。私が『目まいのする散歩』を評価していないと初めに思いこんでしまう。

私は、小説にかぎらず、面白いものを読んだときは、すぐに女房に読めと言う。女房は、それを読んで、こう言った。

「ねえ、武田さんの奥さんて、どういうひと？　女優で言えば誰に似てるの」

女にこう言わせれば、この小説は大成功というわけだ。まったく、こんなにチャーミングな小説の女主人公を私は他に知らない。

＊

いま、この原稿を書いていて、鼻の奥が焦臭《きなくさ》くなってくるのを止めることができない。『目まいのする散歩』を読みおわって、武田さんにハガキを書くつもりでいて、とうとう出さずじまいになってしまった。私は、とにかく、読みましたという一行だけを書くつもりにしていた。そのことを思いだしたので、どうにも、焦臭くなる。

こんど新潮社から出た私の著書を、久しぶりに武田さんに献本した。私が新潮社へ行って、本の扉に署名したのは九月二十五日の土曜日だった。だから、多分、見てくださらなかったと思う。私の書物など、取るに足らぬものである。しかし、今度の本は、田沼武能《たけよし》さんの写真がたくさんはいっているし、活字も大きくしてあるので、病床で眺めていただけたらと考えただけである。

『目まいのする散歩』を読んだとき、私は、シマッタと思った。かねがね、私は武田さんにお目にかかりたいと思っていたのであるが、何か、おそろしいような気もしていた。同僚の開高健さんは武田さんと親しくしていたので、いっぺん連れていってくれないかと頼んだことがあるが、それも、熱心に頼みこんだわけではなかった。『目まいのする散歩』における武田さんは、決して、こわい人ではない。

私が最後にお目にかかったのは、檀一雄さんの葬儀のときである。そのときも、すぐそばに居《お》られたのに、私は百合子夫人とばかり話をしていた。

＊

十月六日。『目まいのする散歩』について感想を述べた三人の編集者のうち、二人から電話が掛かってきた。

「予言が当りましたね」

「だからさ、予言っていうもんじゃないんだよ。武田泰淳がオノロケを言ったら、それでオシマイなんだ。告白をする作家ではないはずなんだ。武田さんの小説の女主人公は百合子夫人がモデルだろう。『風媒花』にしてもさ……。だから、あの小説は、奥さんに、有難うって言っているんだよ。これは予言ではなくて私の批評なんだ」

二人とも原稿依頼の電話であったが、私は、武田さんについて、文芸雑誌の追悼号に原稿を書くほどの材料を持ちあわせていない。終戦直後というべき時代に、百合子夫人は神田の『ランボオ』という喫茶店に勤めておられて、私は何回か見かけている。いろいろの思い出があるが、武田さんとは関係のないことである。

自分の妻に、こんなに見事なサヨナラの言える男がいるだろうか。私が将棋会館で、即座に「鮮やかな死に方だ」と思ったのはそのためである。

（「週刊新潮」一九七六年十月二十一日号）

八月六日のこと

吉田健一（よしだ・けんいち）
評論家、英文学者。一九一二〜七七。享年六十五。
著書に『文学概論』『ヨオロッパの世紀末』など。

今年の八月六日は、朝早く起きた。ひどく暑い日だった。ちょうど中間雑誌の締切日だったので、徹夜で仕事をするつもりだったのだが、午前三時になっても涼しくならない。四時になってもまだ暑いので、バカバカしくなって寝床へ行った。その前日も、そんなふうだった。寝床で横になって、午前五時になってもまだ暑くて眠れない。そのくらいに暑かった。

八時に起きて、九時前に家を出て、矢来町の新潮社へ行った。土曜日であるけれど、なにしろ締切日なので、誰かがいるはずだった。そこで吉田健一さんの家を教えてもらうつもりにしていた。私は、編集者であった時代に、二度か三度はお訪ねしているのであるけれど、もう、すっかり忘れていた。

私が吉田さんの家に着いたのが十時だったのだけれど、黒塗りの自動車が何台もならんでいて、それが出発するところだった。

「告別式は十時からじゃなかったの」

と、私は友人のNさんに言った。私の見た新聞には、そうなっていた。

いた。

「違いますよ。十時出棺です」

次に気がついたとき、Nさんは自動車のなかにいて、私を見て頭をさげた。その自動車は動いていた。

＊

昭和二十一年の春から夏にかけて、私は、たびたび、吉田さんに会った。吉田さんは、鎌倉の光明寺にあった「鎌倉アカデミア」の教授であり、私は生徒だった。

吉田さんは、江の島電車を和田塚で降りて、海岸沿いに小坪のほうに向って歩いてゆく。長谷に住んでいた私も同じ道を歩くことになる。私は足が早いと人に言われるが、その私が追い越されることがあった。吉田さんの体は傾いている。傾きながら、トットットッと歩いてゆく。

吉田さんは陸軍の戦闘帽（略帽）をかぶっている。夏は開襟シャツである。ズボンは忘れた。靴が破れていた。ふつう、靴は靴底が破れるのであるが、吉田さんの場合は、靴の横っ腹が破れていた。とても貧乏しているという噂があった。

第一次吉田茂内閣の成立は二十一年五月二十二日であって、学校でもちょっとしたお祝いがあったという。吉田さんは貧乏しているがオヤジから金を借りないと言われていたが、私は、そんなことはあるまいと思っていた。

＊

吉田さんの授業は、D・H・ロレンスの話だった。テキストは『チャタレー夫人の恋人』ではなかったかと思う。何だか忘れてしまったが、loveという言葉についての講義が延々と続いた。充分に刺戟《しげき》的なテーマであるはずなのに、ちっとも面白くなくて、私は退屈した。第一、何を言っているのか、よくわからなかった。

後年、私は国学院大学へ通うことになるのであるが、そこでも吉田健一先生の授業があり、教室へ行ってみると、黒板にloveと書かれていた。懐かしいようなガッカリするような、変な気がした。思うに、吉田さんにとって、学校も生徒もどうでもいいことであって、自分は自分の授業をするということだったのだろう。

金のために気に染まない原稿を書いたり、翻訳をしたりするということがあったと思うけれど、吉田さんの場合は、傷々《いたいた》しい感じがなかった。吉田さんは、いつでも、毅然としていた。吉田さんは、海岸沿いの道を歩いているときも、酒を飲んでいるときも、国葬のときも、常に吉田さんだった。

こういった毅然たる感じはどこからきたのだろうと考えたことがある。私は、小児麻痺に罹《かか》ったことがあるのではないかと推測したこともあった。身体の不自由な人が、かえって毅然たる態度を示すことがある。

八月六日の日に、吉田さんの家に残った人にそのことを訊いてみたら、そんなことはないということだった。その人は、ただ、足が悪かったんですと言った。それで、歩くのが嫌いだったんですと言った。

私は、吉田さんの靴の横っ腹が破れていたのはそのためではないかと思った。また、吉田さんがすぐにタクシーに乗りたがるのは、靴の損傷を怖れてのことではないかとも思った。

＊

昭和二十五年か二十六年のことだったと思うけれど、吉田さんと私とが、新橋の烏森のあたりを歩いていた。その日もカンカン照りの暑い日だった。まだ、焼跡闇市の時代だった。私たちは烏森でビールを飲み、もう一軒、新橋第一ホテルのそばにあるビヤホールへ向うところだった。

「吉田先生、グラマーっていうのは、どういう意味ですか」

生徒である私が質問した。glamourという言葉が流行りはじめたころで、だいたいの意味内容はわかるが、正確なところを知りたいと思っていた。

「それはね、きみ、魔法のような、ピカピカ光るようなっていう意味だよ」

私は、ピカピカ光るということで、スパンコールをつけたストリッパーを思った。

すると、そこへ、むこうから、白い短いネグリジェのようなものを着た、若いふとった女が歩いてきた。背中も太股《ふともも》もまるだしである。肌は全体に薄桃色である。吉田さんが、あの、例の、大きく目をみひらいた顔で立ちどまった。私は、吉田さんが、きみ、あれがグラマーだよと言うかと思った。しかし、吉田先生は、大きな声でこう言ったのである。

「きみィ、ケッケッケッ、あのひと、顔がなければいいんだけど……。ハッハッハァ、首から上がなければいいいんだけれど」

そのときも、私は、なんという勇気のある人かと思った。

*

吉田さんが大衆文芸時評を書くようになった。吉田さんの文芸時評にはヒイキ作家がいるのが特徴で、水上勉さん、戸板康二さんは褒められてばかりいた。例によって何を言っているのかわからない文章であるが、吉田さんの褒めた小説は、読んでみると良い小説だった。私ごときが告別式に参列したいと願ったのは筋違いなのであるけれど、私もお蔭を蒙ったことがあり、吉田さんの霊に心からお礼を申しあげたいと思ったからである。

八月六日。告別式のあと、夕方までに残りの仕事を終えて、一人で銀座へ出た。飲まざるべからず、という心持になっていた。

私がその日が八月六日であることに気づいたのは、十時を過ぎてからだった。八月六日午前八時十五分を忘れていた。私がそのことに気づいたのは、新橋の焼跡での吉田先生の、ピカピカ光るという言葉と横っ腹の破れた靴を思いだしたからだった。

（「文學界」一九七七年十月号）

故障続き

今東光（こん・とうこう）
小説家、僧侶。一八九八〜一九七七。享年七十九。
著書に『お吟さま』『春泥尼抄』『悪名』など。

九月の下旬の某日、朝、旅先きで鼻血が出た。その日は、起きたときから、頭がボーとしていて厭な気分であったけれど、過労と暑さのせいだと思っていた。顔を洗おうとして頭をさげたときに出血した。大量に出血して、とまらない。

私は、子供のときから、よく鼻血が出たので、少しぐらいのことでは驚かない。中学生のとき、同級に、やはり、すぐに鼻血の出る生徒がいた。彼は、鼻の上のほうを指でもってトントンと叩くと出血する。そうやって、教練の時間を休んでしまう。便利な鼻だなと思った。私のは、そんなにひどくはない。

旅館の洗面所で頭をさげたまま動くことができないので、一緒に旅行している人を大声で呼んで紙を持ってきてもらった。これは後で知ったことであるけれど、鼻血が出たときは、出るだけのものを全部出してしまったほうがいいそうだ。横になったりして鼻血を飲みこむと、胃によくないという。

そのときは、そんなことを知らなかったので、旅館の一室で、横になったまま、苦しい一時間ばかりを過ごした。旅館の人に脱脂綿をもらい、それを鼻の穴に突っこんで絵を描きに行った。

翌朝、まったく同じことが起ったが、やはり、かまわずに、出かけていって、昨日の場所で絵を描いた。

その翌日は、いいあんばいに、鼻血は出なかった。これは有難いと思い、朝食のあとで胃の薬を服《の》むと、これが妙にノドにしみるのである。旅先きでの常備薬であって、これまで、そんなことはなかった。私は腹が立った。よくもまあ次々に故障が起るもんだなと思った。俺のせいじゃないぞ、とも思った。まあ、しかし、ノドが痛いくらいは、たいしたことがないと考えたのであるけれど、これがその後の不調の前触れであったようだ。

ある人が、あなたは『故障学入門』なんていう本を書くからいけないと言った。私の書いた書物の名は『湖沼学入門』なのであるけれど。

*

旅から帰ってきて、鍼《はり》と指圧をやる先生に来てもらった。

それが三回目なのであるけれど、三回目になって、やっとわかったと言った。

「あなたの首筋と肩の凝りは重症です。ちっとやそっとでは直りません。これでは頭がぼうっとするでしょう」

「その通りです」

「胃と腸が弱っています。肝臓も弱っています。それから、腹のほうに静脈瘤《りゅう》が出来ています」

胃腸と肝臓なら思い当ることがあるけれど、静脈瘤と言われたのは初めてのことであって、これは、よほど注意しなければいけないと思った。

その先生には黙っていたけれど、ずっと奥歯が痛んでいた。頬に触れられただけで痛かった。

歯が痛ければ歯医者へ行けばいいと誰でも思うだろうけれど、それも駄目なのだ。これは歯槽膿漏《のうろう》であって、もう少し進行しないと歯医者のほうでは処置できないと言われた。また、絶えず鈍痛があるのだけれど、我慢できない痛さではない。しかし、イレ歯を支えているところの二本の犬歯がガタガタになってしまって、食べるものは、流動食にちかい、ごくごくやわらかいものでないとノドを通らない。

健康な人には、病人の本当の気持は理解できないと友人に言われたことがある。四十代の初めの頃だった。その友人は、若いときに結核を患っていた。彼の言葉は真実だと思う。

＊

どうにも元気がなくて、自分が審査員をしている作文コンクールの授賞式にも出席できず、和田芳恵さんの葬儀にも伺えなかったが、そのあたりで、ひどい風邪をひきこんでしまった。季節の変り目というやつだろう。

熱が出る。セキが出る。タンが出る。ノドの痛みが続いている。食欲もなくなってしまった。私は、めったには風邪をひくことがなくて、ホンモノの馬鹿じゃないかと思っていたのに、去年あたりから、よく風邪をひくようになった。持病が糖尿病だから、風邪をひかないようにと医者に注意されているが、これぱかりは不可抗力である。

そういう状態で、今年の初めから約束してあった講演旅行に出かけた。

困ったことになった。私は、礼儀作法とかエチケットとかの根底は健康にあると考えている。欧米では、パーティーで病気の話をすることは大変に失礼なこととされている。とにかく、病人は、どう説明し、どう弁解しても、相手を不愉快にしてしまい、迷惑をかける。

それで、仕方がないので、宿舎に着くと、すぐに布団を敷いてもらって、時間の許すかぎり、眠ることにした。講演旅行だと、夜の十時から宴会があったりするので、それに備えなければならない。

宿舎で横になっていると、実に、インインメッメッとした気分になる。いったい、これで俺は人間なのかと思ってしまう。人間であるための諸条件をみたすには、あまりにも欠けている部分が多すぎるように思う。こういう状態が一生続くのかと思い悩み、また、同時に、吉野秀雄先生が、心境が澄んできたら死ぬから、ジタバタしていたほうがいいと言っておられたことを思いだしたりする。

季節が季節であり、土地が土地であるので、昼の宴会にマツタケが山のように出たりするが、手が出ない。まさか、歯槽膿漏でマツタケの笠のところも噛みきれないのですとは言えない。招待したほうでは、なんという無礼な男かと思ったことだろう。それがわかるから、余計に憂鬱になる。

そうして、困果なことに、講演が終ると、昂奮してしまって、二、三時間は酒を飲んでいないと眠れないのである。なんというワガママで勝手な男だろうと、自分でそう思う。

＊

講演旅行から帰ってきた翌日が今東光さんの葬式になっていて、そういう日程になっていたことを有難いことに思っていたのであるが、当日の朝になって、どうにも体が動かない。私は、読経のはじまる時刻をみはからって、布団の上で正座して、上野寛永寺の方向にむかって合掌した。

『野良犬の会』というものがあって、そこで今東光さんに何度かお目にかかっている。三十歳も年齢が違う大先輩であり、私は人見知りするタチであるので、いつでも隅のほうに控えていた。

すると、今さんが、末席のほうへやってこられて、

「おい、山口くん、今日はまだお前《めえ》と握手してねえじゃねえか」

と言って手を差しだされるのである。やわらかい温い掌だった。そんなことが二度あった。

みんなで屏風《びょうぶ》に寄せ書きをしたことがある。今さんの番になり、私が、坊主が屏風に上手に字を書いたと言うと、ニコニコと笑っておられた。

今さんは六十歳を過ぎてから文壇にカムバックされた方であり、貧乏時代があり、大病をされた方であるけれど、泣き言を言われたことは一度もなかった。いつでも元気一杯だった。私とは反対だけれど、人間の出来が違うのだから、仕方がないと思っている。

あるとき、今さんは、ある人に、駄目なときはジッとしていたほうがいいと言われたという話を聞いた。私も、当分は、ジッとしていようと思っている。

（「週刊新潮」一九七七年十一月十日号）

花森安治さん　一

花森安治（はなもり・やすじ）
ジャーナリスト、編集者。一九一一〜七八。享年六十六。著書に『一戋五厘の旗』など。

私は、出先きにいて、花森安治さんの亡くなったのを知った。私は、夕刊の、急死という記事を見て、思わず、エエーッ！　と叫んでしまった。それで、周囲の人が驚いた。廻りにいた人は、あまり出版とは関係のない人たちだった。花森さんの名を知っていても、私のような感慨はなかったのだろうと思う。

それにしても、私は、どうして、叫び声をあげてしまったのだろうか。それを、いま、こんなふうに考えている。

まず第一に、花森さんという人は、非常に体の丈夫な、健康な人だったというように考えていたということがある。私は、頑健な人だと思っていた。

第二に、花森さんは、良識の人であり、生活雑誌の編集者であり、自分の経営する会社で医学書を出版されたりもしているので、健康管理は十全であると思いこんでいたということがある。ツキアイのために、酒のために身を滅ぼすようなことは絶対にないと思っていた。

第三に、これはちょっと妙な言い方になるけれど、暮しの手帖社というのは変った会社であって、ボスであるところの花森さんが、何から何まで全部やってしまうので、そういう人が亡くなるということが考えられなかったのである。いまから二十年前、いや、そのもっと以前から、特異な会社の形態として暮しの手帖社が話題になることがあった。花森さんがいなくなったらどうなるのだろうか。後継者はいるのだろうか。いったい、ひとつの会社を、一人の人間の色彩でもって塗り潰してしまっていいものかどうか。花森さんが病気になったら、従業員はどうなるのか。その場合、花森さんに責任はないのか……。まあ、そういったことを、若い編集者仲間で、さかんに論じあったものである。そのうちに、どうも、花森さんという人は、めったには死なない人だという考えが私のなかで定着してしまったようだった。

その、めったには死なない人が、突然に亡くなってしまったということで、私はショックを受けた。

*

『暮しの手帖』の花森安治さん、『文藝春秋』の池島信平さん、『週刊朝日』の扇谷《おうぎや》正造さんは、若い編集者である私にとって、仰ぎみるような存在であり、そこにひとつの目標があったといっていいと思う。キラキラする人たちだった。

『展望』の臼井吉見《よしみ》さんもそうだったし、そのほかにも、名前だけを知っていて、ひそかに思いを寄せている名編集者が何人もいた。

住む家が近いということもあって、池島さんには可愛がられたほうの男であると思う。いろいろのことを教えられたし、雑文の仕事もいただいた。しかし、私が小説を書くようになってから、池島さんの態度は、少し変ってしまった。つまり、池島さんにとって、私は後輩ではなくなってしまったのである。

「おい、梶山（季之《としゆき》）もそうだけど、お前も小説家になっちまうのかよう」

池島さんは、しんから淋しそうな顔つきで言った。

花森さんと池島さんと扇谷さんの三人による座談会形式のラジオ番組があった。後にも先にも、こんなに熱心に聴いた番組はなかった。実に面白い。歯切れがいい。酸いも甘いも嚙みわけたという趣きがあった。彼等は大人だった。現役のジャーナリストのイキのよさをこれほど見事に発揮した番組は他にはなかった。たしか、この番組は、テレビの出現とともに消えたように記憶している。

扇谷さんが、こんなことを言われた。

「池島や私は、花森とは違うんだ。池島や私はサラリーマンなんだ。花森は、そうじゃない。花森は経営者なんだ。足が地についているんです」

たしか、こういう意味のことだったと思うけれど、私は、ナルホドと思った。私にとって、花森さんは、こわい人だった。

『暮しの手帖』の創刊のころ、編集部全員が、雑誌をリュックサックに詰めこんで、書店廻りをしたという噂が伝わっていた。私は、こういう会社で働きたいと切に願ったものである。

＊

私は、二十代の初めの頃から、ドイツ文学者の高橋義孝先生の文章は、非常にいい文章だと思っていた。ドイツ文学や文芸学のことはまるでわからないが、先生の随筆や雑文には惚れこんでいた。

それで、先生のお宅へ伺って、切抜きを見せていただいて、自分で勝手に一冊の本をこしらえてしまった。これをどこで出版するかという話になったとき、私は、口を極めて、暮しの手帖社を推薦した。それは、暮しの手帖社で出された花森さんの装幀による、田宮虎彦さんの『足摺岬《あしずりみさき》』という書物が実に見事な出来栄えであったからである。造本がいい。当時、『暮しの手帖』は、まだ服飾雑誌のイメージが強かったので、先生は、奇異に思われたかもしれない。

だから、高橋義孝先生の、最初の随筆集である『落ちていた将棋の駒について』という書物は、暮しの手帖社で発行された。いま、この書物は私の手許《てもと》にはないが、山口君が狐憑《きつねつ》きみたいに暮しの手帖社をすすめるのでという「あとがき」が附されているはずである。

＊

私は、一度だけ、花森さんにお目にかかった。たしか、昭和三十年のことだったと思う。

そのころ、私は、某社の某誌の編集部員であったのだけれど、編集長が、花森さんに会って話を聞く会を企画してくれた。これは私にとって有難い機会だった。私は緊張していた。

会場は、銀座の小料理屋の二階だった。花森さんは、約束の時間に一時間ちかく遅れて来られた。まあ、あの顔で、あの体つきで、あの声で、女装にちかいスタイルということで、まず度胆を抜かれてしまう。

花森さんは、坐るなり、いきなり、千葉のほうへ行っていたのだけれど、自動車のタイヤがパンクしてしまって遅れてしまったと言った。私たちは、あっけにとられていたのだけれど、すぐに、こう続けた。

「まあ、だいたい、遅刻の言訳なんて誰でも同じことを考えるんだけれど……」

私の第一印象は、男性的ということだった。花森さんは、男性的であり、かつ、スマートであった。

そのとき花森さんがどういう話をされたか、私はよく憶えていない。ノートをとったはずであるが、それも紛失してしまっている。まことに、もったいないことをしたと思う。

わずかな記憶で書くのだけれど、こんなことを言われた。

「雑誌というものはチーズである。好きな人は大好き。嫌いな人は大嫌い。これでなくちゃ……」

私は、これを、雑誌には生理があるというふうに解釈した。以後、私は、自分で雑誌をつくるとき、生理的に嫌いな人の文章は掲載しないようになった。この解釈は間違っているかもしれないが。

花森さんは、こうも言われた。

「いい原稿を貰ったり、いいネタを摑んだら、それをそのまま発表してはいけないよ。それはしまっておいて、その次に摑んだいい材料とあわせて特大号を造るんです。寸分の隙のない雑誌を造ります。だから、その次の号は、悪い原稿ばかりで駄目な雑誌になりますが、それでいいんです。読者っていうのは、ご馳走に馴れてしまうんです。だから、波をつくって釣っていくんです」

私は、プロだなあと思った。

花森安治さん　二

つまり、花森さんが言われたのは、こういうことである。

かりに、ある政治家の回顧録を貰える段取りになったとする。その回顧録は、昭和の政治史にとって重要な意味をもつばかりではなく、人間関係が面白くて、誰にでも親しめる絶好の読物になっていたとする。こういう原稿を入手したときに、シメタと思ってすぐに掲載してはいけない。

実は、次号から、ある人気作家の、必ず評判になる小説の連載が始まることになっている。こういう際には、回顧録の掲載を遅らせて、次の号に一度に載せる。このとき、いままで十万部刷っていた雑誌なら、十五万部に増刷する。宣伝費もかける。そうすると、次の次の号の出来が悪くても、十万部には落ちない。そうやって部数をふやしてゆくという話だった。

実際、私など、雑誌や週刊誌を買うときに、ちょっと読んでみたいなと思う記事があっても、買うかどうかについては迷ってしまう。しかし、もう一本、目を通しておいたほうがいいように思われる記事があった場合は、これはもう、一も二もなく、本屋へ走ってゆく。これは相乗効果ということだろうか。

私は、出版界の裏話や、雑誌造りのタネあかしを書いているのではない。このことは、たとえば、商店の経営などにも役立つ話だと思っているのである。また、私自身、文章を書くときに、面白そうな材料だなと思っても、もうひとつ別の話と結びつけることはできないかと考えるのが癖のようになってしまっている。

そのとき、花森さんは、雑貨屋へ行ってバケツひとつタダでくださいとは言えないけれど、どうして出版社へ遊びにくる文化人諸氏は、書籍や雑誌をタダで持っていこうとするのかという話もされた。出版社に勤めていた私は、これにも全く同感だった。

私が花森さんに会ったのは一度きりで、そのほかにどんな話をうかがったか思いだせない。私は、終始、上気していたのだと思う。なにしろ、二十年以上も前の話である。

いや、たったいま、ひとつ思いだした。花森さんは、こう言われた。

「きみ、本屋へお客さんが来るだろう。そのひとが、ふところへ手を突っこんで、ガマグチを取りだして、パチンとフタをあけてだね、銭をだして物を買うっていうのは、大変なことなんだよ」

*

私は、編集者として、雑誌造りに関しては、いつでも花森さんを目標にしていた。『暮しの手帖』は、その点で、唯一無二の参考書だった。この材料を、花森さんならどう料理するだろうかと、いつでも考えたものである。

『暮しの手帖』のレイアウトは非常に美しい。活字と書き文字と絵と写真の組みあわせが美しい。余白が美しい。活字の選び方がいい。明朝体《みんちょうたい》の力強さが生きている。従って読みやすい。取材の方法が懇切叮嚀《ていねい》であって、わかりにくいということがない。いい加減というところが微塵もない。こういう『暮しの手帖』の美点をあげれば際限がないが、どの頁《ページ》にも花森さんの神経が行き届いていると思われた。しかし、これは、読者にとっては有難いことであるが、勤めるほうは楽じゃないなとも思われた。

そんなふうであるので、私は、粗笨《そほん》な造りの雑誌を見ると、だんだんに腹を立てるようになっていった。誤植の多い誌面、汚いレイアウト、読者や執筆者に対する愛情に欠けた本造りなどを見ると、ああ、銭の貰えないアマチュアの仕事だなと思う。これは、間違いなく花森さんの影響だった。

さて、それでは、私にとって『暮しの手帖』が好きな雑誌であるかというと、どうも、そうとばかりは言いきれないところがあるのである。なぜだろうかと考えて、これがよくわからない。もしかしたら、その完璧性にあるのではないかとも思うのであるが。

私は山本周五郎のファンであるが、いつでも、どんな作品でも喜んで読むというわけにはいかない。山本さんの、むしろ出来のいい作品に、ある種の鬱陶しさを感ずることがあるのである。あまりに何もかも言い尽くしていて立派すぎるように思うことがある。『暮しの手帖』に対する一種の嫌悪感(と言っては言い過ぎになるが)は、それに似たところがないでもない。

*

『暮しの手帖』五十二号に、花森さんは「人間の手について」という文章を書いておられて、これが絶筆になったのではないかと思われる。(この雑誌の通し番号が若いのは、あるときバック・ナムバーを廃棄したからである)

まず、北海道から沖縄まで、全国十三校の小学校の備品が紹介されている。そのなかで、特に問題になっているのは、電動の鉛筆削り器である。

「この十三校のうち、鉛筆削り器がほとんどないというのは、熊本の浜町小学校たった一校でした。／あとの十二校のうち、八校までは、電動式の鉛筆削り器をそなえているのです。なかには、電動式と手まわし式と、合せて二台の鉛筆削り器を、各教室ごとにもっている学校も、ありました。／しかも、そのうち、ナイフを学校へ持ってくることを禁止している学校さえあります。」

花森さんは、この、鉛筆削り器の使用に反対している。第一に、ナイフで削ったほうが木の肌が美しい。第二に、ナイフで削ることは「人間の手の勉強」である。第三に、道具を使うことによって、人間の感覚が鋭くなる。それが人間の美意識をつちかってゆく。

例によって、まず綿密な調査があり、説得力のある隙のない文章が続く。私は、この論旨に大賛成であり、思わず拍手したくなるような箇所があった。

そう言っておきながら、こんなことを書くのはどうかと思われるのであるが、一方において、この完璧な論旨のなかに、陥穽《かんせい》といって悪ければ、花森さん一流の魔術があるような気がして仕方がないのである。

こういう文章がある。

「なんでもかでも、即席食品を買ってきて三分でオーケーなどというのでは、もちろん、じぶんで作り出すなんのよろこびもないでしょう。」

ナイフを使うことには、作り出す喜びがあるということから、料理のことに及んで、こういうことになった。この文章に関する限りは完璧であるといっていいが、しかし、私は、こうも思う。

あたりに人家のない、従って水のない山の中で絵を描くときに、缶ジュース、缶入りコーヒーがどれだけ有難く思われたことか。友人たちと山登りをしたときに、ゴッタ煮のなかにいれた即席ラーメンがどんなにうまかったことか。さらにまた、北海道の山奥に人間が住めるようになったのは、プロパンガスという便利な道具の普及のおかげではあるまいか。

私は、花森さんは、書斎の人であり、実験室の人であり、デザイン室の職人であったような気がするのである。むろん、前掲の文章には「なんでもかでも」という慎重な断り書きがある。しかし、いいいいい、なんでもかでも即席食品を買ってくるような家庭というものもあるはずがないのである。花森さんは、深夜、会社で仕事をしていて、即席ラーメンという便利な食品の恩恵に浴したことがなかったのだろうか。

すなわち、私は、鉛筆削り器を備品とする小学校、これをよしとする教師と父兄の考え方にも一理ありと思わないわけにはいかない。私は、完璧であるためには、同時に一面的であることを免《まぬか》れがたいように思う者である。それが、つまり、花森さんの言われる、雑誌はチーズであるということに通ずることかもしれないが……。

（「週刊新潮」一九七八年二月十六日号、同二月二十三日号）

桜の頃

平野謙（ひらの・けん）
評論家。一九〇七～七八。享年七十。著書に『島崎藤村』『芸術と実生活』など。

家を少し直すことになっていて、そのために、今年は花見の会をやらないつもりにしていた。ところが、改築は五月からということになり、毎年やっているのだから、準備だけはしておこうと思った。毎年、四月の第二日曜日ときめていて、そのことを知っている人が何人かはいるはずである。特に、子供たちはよく憶えている。ただし、こちらから知らせるのはやめようと思った。今年の四月の第二日曜日は九日だった。ちょうどいい。

*

今年の冬は、暖冬であったか、それとも寒い冬であったかということを考えてみると、暖い日もあったし、寒い日もあったということになる。例年よりは雪が多かった。それでいて、変に暑いような日もあった。だから、四月の九日が、ちょうどいいかどうか、本当のところはわからないでいた。
去年は、あきらかに、暖冬だった。それで、四月の一日、二日というときに、桜は満開になった。

四月七日の金曜日に、屋根にあがって、盛大に桜の枝を切った。そのあたり、改築で枝を取り払わなければならないので、思う存分に切ることができる。大きな枝を一本、おむかいの今城さんに差しあげた。遊びにきたドストエフスキイにも何本かを差しあげた。

このとき、桜は、まだ一輪も咲いていなかった。全体に、ぼうっと赤くなっているが、屋根から見渡したところ、正確に、一輪も咲いていない。しかし、午後になってから、少しずつ咲きはじめた。

私が枝を切ったのは、家のなかで咲かせてしまうためだった。もし、庭の桜が咲かないでいると、客に申しわけないし、こっちもつまらないと思った。家中のすべての花瓶に桜を活けた。家中が桜だらけになった。

夕方ちかく、陶芸家の辻清明《せいめい》さんの展覧会を見に行った。場所は、新宿の小田急百貨店である。この日が初日で、別のところに宴会場が用意してあった。

たいへんな盛況で、宴会場にきた人は、七十人にも八十人にもなると思われた。この人たちは、すでに、展覧会場でも酒を飲んでいるのである。陶芸関係の人は酒が強い。だから、すぐに、騒然という状態になった。私は体の調子が悪くて、ずっと酒を飲まないでいた。この日も飲まなかった。それでもって見ていると、騒然という状態の中身の半分は笑い声であることがわかる。酔っぱらいはよく笑う。

辻清明さんが私の隣にきて言った。

「見てごらんなさい。陶芸家っていうのは手を使うでしょう。だから、話をするときにも手を使うんです」

本当に、大勢の人の手と指とが、空中で揺れ動いていた。あたかも、樹々の枝が風に揺れているかのように見えた。

私が頭に手をやると、そこがザラザラしていた。頭上の桜を鋸《のこぎり》で切ったためだと気づいた。

＊

四月八日、土曜日の朝、起きてみると、家の中の花瓶の桜は、半分ぐらい咲いていて、賑やかになった。

暖い日だった。庭に出ると、桜は二分咲きという程度だった。私は、この日、十遍は庭に出たことになる。そのたびに、景色が変るように思われた。桜は、少しずつ、そうして俄かに、咲きはじめていた。

夜になって、東京のアパートから帰ってきた息子が、家のなかを見廻して、こう言った。

「これは新東宝の映画だな」

「なんだ、それは」

「ほら、狸御殿なんていうのがあったじゃないか」

実際、桜は美しいのか、そうでないのか、私にはよくわからない。

＊

四月九日、日曜日。

庭の桜の一本は満開になった。一本は五分咲きであって、同じソメイヨシノであっても少し種類が違うようだ。
十七、八人と思っていた客が、十四人になった。疲れていて行かれないという電話をくれた人が二人いた。ふつう、風邪をひいたから、といったような断りをよこすものである。はっきりと疲れているからと言い、こっちもそれを即座に納得するところに、お互いの年齢が感ぜられた。この日は少し酒を飲んだ。
四月十日は、新橋の小さい酒場の開店十七周年の会があった。ずいぶん世話になったことのある酒場である。帰りに誰かと夜桜を見に行くつもりにしていたが、そうはならなくて、やはり、たちまちにして、心持が騒然となってしまった。ジャーナリストの多い会で、見ていると、手と指とが樹々の枝のように揺れることはなかった。同じ酒飲みでも種類が違うのである。夜遅く、酒場で歌っているときに少し泣いた。

四月十一日。近くの桜を見て歩いた。主賓であるところの女性は盛大に泣いた。

この日も、私は、桜が美しいのかどうかを考えていた。国立《くにたち》市の大学通りの桜は見事なもので、そのために、まだ花がシッカリしているように思われた。この日が満開だったとしてもいいように思う。寒い日で、桜の時は景色が一変してしまう。パッと咲いてパッと散るということだけは本当だなと思っていた。

四月十二日。この日は平野謙さんの葬式が行われた。青山葬儀所であるので、帰りに青山墓地の桜を見て歩くつもりにしていたが、朝から雨になった。

平野さんは、よく、老書生とか貧書生とか書いていたが、老とか貧とかは別にして、書生という言葉がピッタリとあてはまるような人だった。

私は、文芸評論家に対して、しばしば、そんなことを言うんなら自分で書いてみたらどうだと言ったり、そう思ったりすることがあるが、平野さんに対してそう考えたことは一度もなかった。平野さんは、自分で小説を書くにしては、あまりにも小説を読むことが好きでありすぎる人だと思われた。だから、平野さんは文芸評論家だった。

むかし、私に、ねえ、きみ、片岡良一っていうのは本当に偉いのかねと訊いたことがある。また、円地文子っていうのは急にうまくなったけれど、俺はそれに気がつかないでいた、俺の不明だったと語ったことがある。そのように、実に率直な人だった。

私は、正直に言って、ずっと、平野謙という人について、小倉《こくら》の袴《はかま》をはいて、鳥打帽をかぶって、共産党の連絡を勧める青年というイメージを抱いていた。平野さんのお父様が学者であって、つまり名門であって、平野さん自身は八高から東大を卒業している人だと知ったのは、つい最近のことである。

私は、日比谷映画劇場の前に立っている晩年の平野謙を見かけたことがある。そのときに、はじめて、平野さんが美男子であり偉丈夫《いじょうふ》であることに気づいたのだった。このように、名門の出の偉丈夫であった平野さんが、その終生において書生であったことは、まことに偉大であると言わなければならない。誰もが平野さんを信頼したのはこのためだと思う。

中野重治さんの弔辞のとき、私は、少し涙を流した。外へ出ると、まだ雨が降っていた。歩いて歩けないことはないけれど、急に大降りになるような気配もあり、青山墓地の桜はあきらめることにした。たぶん、これから、毎年、桜に雨の降りかかるとき、平野さんを思いだすことになるだろうと思った。

（「週刊新潮」一九七八年四月二十七日号）

歌のわかれ　一

中野重治（なかの・しげはる）
小説家、評論家、詩人。一九〇二〜七九。享年七十七。著書に『歌のわかれ』『甲乙丙丁』など。

五月三十一日、「平野謙を偲ぶ会」で中野重治さんにお目にかかった。それが最後になった。

中野さんは、私が思っていたよりは、ずっと元気だった。茶色の色つきの眼鏡をかけておられた。目が悪いことは承知していたが、見えることは見えるんだなと思った。本多秋五さんが開会の挨拶をされているとき、中野さんは、左の耳に掌《てのひら》をあてて、身を乗りだすようにしていた。それで、私は、耳も悪いんだなと思った。

中野さんは、会場の奥の、椅子が二十だか三十だか並んだところに坐っていた。そのあたりに、佐多稲子さんも尾崎一雄さんもいた。私たちは、それを、シルバー・シートと呼んでいた。私も、そこにいた。

乾盃《かんぱい》の音頭が中野さんの役で、本多さんの挨拶のあと、司会者に言われて、中野さんは、演壇に向って、そろりそろりと歩いていった。だいじょうぶだろうか、誰か手をひいてあげればいいのに、あなた行きませんか、と、私は、隣に坐っていた女性編集者に言った。それでも、中野さんは、一人で、無事に中央の演壇に到着した。中野さんの姿恰好は、手品師のアダチ龍光《りゅうこう》に似ていた。あの、精悍《せいかん》で木訥《ぼくとつ》な中野重治ではなかった。中野さんの服装が、黒に近い背広で、白いワイシャツでノー・ネクタイ、赤に近いチョッキということで余計にそう見えた。たしか、中野さんは、少し息苦しいということでネクタイを取ってしまわれたのだと思う。

中野さんは、死んだ人に、その一周忌に、酒を飲んで、乾盃するのは、少しおかしいのではないか、そうかといって、乾盃のほかに適当な言葉があるだろうか、ということを、廻りくどく話しはじめた。「そら、はじまったぞ」という声や、そういう意味の笑い声が、あっちこっちであがった。中野さんの話は、言葉に厳密であろうとするために生ずる滑稽が、ひとつの持味になっている。「そら、はじまったぞ」という声には、むろん、親愛と尊敬が含まれている。しかし、第一ホテルという会場は、ざわざわとしていて、こういう会にはふさわしくなかったと、いまでも思っている。

そのあとで、井上光晴さんの大演説があり、受けて立った本多秋五さんが壇上で涙を流した。井上さんの発言は重大問題であり、中野さんがどう思ったかを知りたいのであるが、せんないことになってしまった。平野謙さんの場合がそうだったし、高見順さんのときもそうだったのだけれど、私一個は、死に瀕している人間に多くを求めようとするのは酷だと考えている。中野さんの近著に対するある種の書評などもそうだった。

私は、中野さんの隣に坐り、名前を言い、顔を近寄せて、わかりますかと言った。中野さんは、わかると答えた。私は、目の具合、耳の具合を訊ねた。中野さんは、大丈夫だと言った。

一昨年の暮だったと思うけれど、中野さんが心臓を悪くされているという話を聞いた。それで心配していたのであるけれど、その後に頂戴した手紙は、文章も文字もしっかりしていた。いま、その手紙を探しているところなのだけれど、なにしろ手紙の数が多く、整理が悪いので、なかなか、出てこない。

四月の末に、中野さんから、『沓掛《くつかけ》筆記』という書物を頂戴した。その封筒は残っていて、宛名書きは、まぎれもなく毛筆の中野重治の文字であって、消印は四月二十三日になっている。その文字も、しっかりしている。

いったいに、私は、文学者の場合、文章や文字が乱れてくると、もう駄目かもしれないと思うことがあるのであるけれど、中野さんは、文字からするかぎり、大丈夫だった。万一のことがあっても、三年か四年先きのことだ、いや、もっと先きになるだろうと思った。本を貰ったことより、そのことのほうが嬉しかった。

私には、ずっと長く生きていてもらいたい、何もしなくていいから生きていてもらいたいと思う何人かの人がいる。平野謙、中野重治がそれだった。それは、もっぱら、私自身のエゴのためだった。(と言ったほうがいいと思う)

四月の末に著書を頂戴したので、五月の中旬に長崎へ行ったときに、中野さんにカステラを送った。お礼の意味であるけれど、中野さんにとって、長崎は、まんざら縁がないこともないと思ったからである。くわしいことは知らないけれど、長崎は、佐多稲子さんの出身地であり、斎藤茂吉が長く遊んだ土地であるというくらいのことは承知していた。

五月三十一日に、中野さんと、どういう話をしたのか、その他のことは憶えていない。カステラの話は出なかった。なにしろ、こういう言い方を中野さんは嫌うだろうけれど、その会場では、中野さんは天皇陛下だったのだ。

平野謙さんの弟さんがカメラを持っていた。中野さんの隣に坐っていた私は、写真を撮ってくださいと頼んだ。そのように、中野重治に対して、私は、まるっきり、ミーちゃんハーちゃんなのである。中野重治は、私にとって、終生、希望の星だった。

平野さんの弟さんが写真を撮っているときに、平野さんの奥様の田鶴子《たずこ》さんが、やはり、そういうところを撮ってくださった。あるいは、撮ったのは、お嬢様であったかもしれない。あるいは、そっちのほうの関係の人だったかもしれない。これは、言うまでもなく、中野重治の人気である。

やがて、平野さんの弟さんから、手紙と一緒に、写真が届いた。記憶力の悪い私が、当日の中野さんの服装について精《くわ》しく書けるのはこのためである。平野未亡人からの写真は、カラー写真のためでもあり、配る人数が多いためでもあるかして、ずいぶん遅れて届いた。(私は、そっちのほうは頂戴できると思っていなかった)

平野未亡人の手紙の末尾に八月二十三日と記されている。私は、何度もそれを眺めた。アダチ龍光に似て見えるのは、瘦せてきているため、髭のため、だと思った。私はアダチ龍光が好きなので、悪い気はしなかった。長く生きてくださいと心に念じた。(中野さんは、佐多稲子さんに、意地でも長生きせよと言ったそうである)

そのとき、テレビのニュースのアナウンサーが、作家の中野重治さんが……と言うのが聞こえた。私は、みなまで聞かずに、ああという声をあげて、数葉の写真を手で覆った。

*

五月三十一日、「平野謙を偲ぶ会」が開かれる前、会場脇のロビーで、小田切秀雄さんにお目にかかった。

それより少し前に、小田切さんから、片岡良一先生の著作集の推薦文のようなもの（思い出を語るという式のものだったかもしれない）を頼まれたが、適任ではないと思ったので、辞退してしまった。そのお詫びを申しあげなければならなかった。

「荒正人はけしからん」と、小田切さんは言った。「（同世代の人たちが集まったときに）われわれ老人は、と言うんだからねぇ」

それは、いかにも、万年青年（失礼！）のような小田切さんらしい言い方だった。そう言われても、どう答えていいか、わからない。それで、小田切さんの顔を見ると、どう見ても四十代にしか見えないのであった。

その荒正人さんが、急死してしまった。会場に来ておられたという。荒さんは、肝臓病以後、相貌が変ったので、私は見過ごしてしまったのかもしれない。今年の一月に荒さんから貰った手紙の文字が半分ぐらいしか判読できなかったことを思いだす。

歌のわかれ　二

五月三十一日の「平野謙を偲ぶ会」で中野重治さんにお目にかかったとき、中野さんが、どうも具合が悪いようだと言われたことを思いだした。息苦しいと言われた。それは、私が中野さんの席に近づくより以前のことである。

私は中野さんの席から、七、八メートルはなれたところにいたのであるけれど、そっちのほうばかり見ていたので、だいたいの気配はわかっていた。私の隣に坐っていた女性編集者が駈《か》け寄った。しばらくして戻ってきた彼女に、医者を呼んだほうがいいのではないかと言った。すると、彼女は、ホテルで体温計を借りて計ったのだけれど、平熱だから、だいじょうぶでしょうと言った。私は、なおも、ホテルには医者がいるはずだから、私が呼んでこようかと言った。しかし、彼女は、だいじょうぶでしょう、先生も直ったと言っていますと言った。その編集者は、長く中野さんを担当している人なので、彼女の言に従うことにした。中野さんがネクタイをとってしまったのは、そのことがあったからである。また、中野さんの病気は、そのときに進行中であったわけだ。

中野さんにお目にかかったのはそれが最後になったと書いたが、中野さんと話をしたのは、そのときをふくめて二度でしかない。

八年ほど前、林達夫先生の著作集の出版記念会のときにお目にかかった。文字通りの突然の御指名ということで、私が、あわてふためいて、おさまりの悪い祝詞を申しあげ、もとの場所に戻ろうとするときに、中野さんが、すっと寄ってこられた。

「山口さん、あなたは、モンブランの万年筆を使うといいですよ」

そう言われた。それも全くの突然のことだったので驚いた。へどもどした。

「どうしてですか」

「なんとなく、そんな気がするんです」

わけがわからない。ただし、私は万年筆で苦労しているという話を書いたことがあり、ああ、読んでくださったのだなと思い、嬉しくも思い、同時に、これはたまらないとも思った。多分、私の顔は赤くなっていたはずである。

「それから……」と、中野さんは言った。

「自分の使っている万年筆を持って外へ出ないこと。もし、仕事場があるのなら、そこへも同じ万年筆を置いておくこと」

ずいぶん、要慎《ようじん》深い言い方をされる人だなと思った。神経質で繊細で合理的な人だなと思った。

私は、茫然としていた。言葉を失っていた。

「万年筆は、あなたにとって、武士の刀と同じですから……。そのことを前から、あなたに言いたいと思っていたんです」

中野さんは、それだけ言って、どこかへ行ってしまわれた。

*

私が中野重治に関心を抱き、たちまちにしてイカレテしまったのは、片岡良一先生の影響であり感化である。片岡先生は、鎌倉アカデミアの教師だった。片岡先生の理想とする作家が中野重治だった。

私は、片岡先生のように、ひとつの尺度でもって小説をズバズバと割りきっていいものかどうかということに疑問を抱いていたのだけれど、片岡先生にすすめられて読んだ中野重治は、詩人だった。

『汽車の罐焚《かまた》き』は詩だった。そのなかに詩があった。『中野重治詩集』を読んで驚倒した。活字に目が吸い寄せられた。中野さんの数少い短歌も好きになった。この人は、森鷗外や斎藤茂吉をどう評価するのかと思っていると、果して、鷗外・茂吉についての著作があるという具合だった。

その後、私は、中野さんの書かれたものを読むとき、どうしても、まず、ニヤニヤしてしまう。舌なめずりをする。そのことを、なぜかと追いつめてゆくと、ここには「正確ということ」があるということになろうか。ここに、言葉に厳密であろうとする人がいるという喜びであろうか。また、中野さんの場合は、言葉と行動とが結びついている。とにかく、私は、まず、ニヤニヤと笑ってしまう。私が、そう言うと、わかるわかると言う同世代の人がいた。かりに、自分の目の前に、絶対に嘘のつけない人がいたとしたら、まず笑いだしてしまうより仕方がないのではなかろうか。近頃妙に評判の悪い中野さんの国会演説集でも、私は舌なめずりして読んだ。

中野さんの文章は、私にとって、リズムが合うのである。野球の投手が、調子がよくて快いテンポで投げているときは野手は守りやすいという。それと似たような快感があった。

筑摩書房から中野さんの選集（装幀は渡辺一夫だった）が出たとき、私は、それを買い、貧乏のために手ばなし、もう一度買いなおし、また、明日の食糧のために古本屋に売り払ってしまった。買っては売り買っては売りという感じだった。鷗外全集もそうだった。

＊

昭和二十二年だったか二十三年だったか、片岡良一先生の弟子の小田切秀雄さんに初めてお目にかかった。お住まいは経堂《きょうどう》のほうだったと思うけれど、間違っているかもしれない。

小田切さんは体が丈夫ではないと聞いていたのだけれど、血色のいい朗らかな方だった。

私は、小田切さんに、中野重治さんはこの近くに住んでいるんでしょうと言った。小田切さんは、そうだと言った。

「お目にかかりたいと思うことがあるんですけれど、こわくて駄目です」

「どうして」

「…………」

「おかしなことを言う人だなあ。こわい人じゃありませんよ」

そのとき、私は、雑誌の編集者だったのだけれど、中野さんのほかにも、怖くて会えない人がいた。仕事のためなら、難物と言われる人でも、勇敢に会いに行ったものであるけれど。

小田切さんに、中野さんはどういう人であるかを訊ねた。

「そうだねえ。赤ん坊を大きくしたような人ですよ」

私は充分に満足した。赤ん坊を大きくしたような人という言葉をハッキリと記憶している。

その日だったか、次の機会だったか、小田切さんは、私に、「新日本文学会」に入会しないかと言った。私は、まだ何も書いていなかったので、驚かざるをえなかった。小田切さんは、片岡良一先生の縁につながる者ということで、そんなことを言われたのだろう。ただ、変に、面《おも》はゆいような、勇気づけられたような感じはあった。

「新日本文学会」に入会するということは、半ば、共産党員になることと同じだった。三島由紀夫が入党を勧誘されたというのは有名な話らしいが、私は最近まで知らなかった。そういう時代だった。都電の車掌が共産党のバッジをつけていて、アメリカの流行歌を歌ったりしていた。

いつのときでも、私が共産党員になることを思いとどまったのは、笑われるのを承知で書くのだけれど、俺はまだ『資本論』を読んでいないということだった。『資本論』を勉強してからでも遅くはないと思ったものである。

私は、小田切さんに、まだその資格はありませんと言った。

その頃の私は、中野重治の愛読者と言うよりは、中野重治病患者だった。

歌のわかれ　三

吉野秀雄先生の『やわらかな心』、吉野先生の次男の吉野壮児さんの『歌びとの家』、それに私の書いた『小説・吉野秀雄先生』という三冊の書物をモトにして、松竹で映画がつくられることになった。昭和四十四年のことである。

その映画が完成して、丸の内ピカデリーで試写会が開かれた。十月二十七日午後七時開始となっている。当時、私は京都の病院に入院中で、女房と義母とが行った。寒い日であったという。

その試写会に中野重治も行った。中野さんは、そのときのことを、『風景』という雑誌に書いている。

「(前略)そろそろ夕景、たいがい見当はついているが、暗くなって迷子になっても困るのでスキヤ橋(今何というのか知らず。案外そのままなのかも知れず。)のところの交番で訊く。美青年の巡査(ひと通り以上の美青年。挙措端正。)ていねいに教えてくれる。『するとつまり、濠《ほり》のあった時分、橋を渡ったところの邦楽座ですね……』というと、『いや、そのへんのことは存じませんので』という。なるほど、あの時分に生れた世代なのだろう。無事にたどりつくとながながと行列ができている。招待券を持って受付のところへ行くと行列に並べという。何だか宣伝に一役買ったのだがナとも思ったがそんなところではないらしく、しかし行列がいつかは入口受付のところへ来るものと思って立って待つ。若い婦人から声をかけられる。山口瞳夫人とおふくろさん。彼女たちも立って待つ。そこへ皆吉爽《そう》雨《う》夫妻くる。かれらはあきらめて行列の方へ行く。行列は建物をまわっていて端は見えず。山口夫人たちも行列の方へまわったのかも知れず。時間がかかるので行列を見に行く。声かかる。皆吉。ここへはいれと入れてくれる。やがて入場。(後略)」

この『風景』の中野さんの文章が切抜で保存されているのは、女房のことを、中野さんが「若い婦人」と書いてあるためだろうと思われる。私のところでは、キリヌキは女房の仕事になっている。女房は、当座、ずっと機嫌がよかった。

ところが、この中野さんの文章は、間違っている。私は、はじめ、中野重治もついにボケたかと思ったものである。女房から聞いた話は、次のようなことだ。

女房と義母とが、ピカデリー劇場へ行った。行列が出来ている。寒いし、老齢の義母がいるので、困ったことになったなと思った。そこで、何とかならないかと思って、正面入口のほうへ歩いていった。すると、そこに、打ちあわせのために何度も家へやってきた宣伝部の人が立っていた。宣伝部の人は女房を見て、裏木戸(そんなものがあるのかどうか知らない。従業員専用の横の入口か)から入れてあげましょうと言った。宣伝部の人と女房と義母の三人が、行列をさかのぼるようにして歩いてゆくと、行列のなかに中野重治がいるのがわかった。女房は、中野さんの顔は写真で見るだけだったのであるが、実に、人の顔を憶える天才なのである。(それで困ることもある)また、非常に大胆(こわいもの知らずか)なところがある。そこで、私の名を言い、中野さんに、一緒に裏木戸から入りませんかと言った。私なら、まず、中野さんに気がつかない。気がついても、声をかけることなど、とうてい出来ない。

ここから先きが違うのである。中野さんは、女房がいくら勧めても頑としてその場を動かなかったという。おそらく、女房は、中野重治という一個の人間をそこに見る思いをしたはずである。中野さんという人は、ズルをして横から入るような人ではないことを女房は思い知らされた。女房の報告はそうなっている。ともかく、中野さんは行列から離れず、行列の動きに従った。

こういうことに関する記憶力は、中野さんより女房のほうが上手《うわて》である。知っている人は誰もが知っているのであるが、こういう中野さんの性情を、もっと多くの人に知ってもらいたいと思って、これを書いた。

そうして、私は、このことで、中野さんという人は、かなり文章をつくる人だということを知った。なにしろ、女房のことを「若い婦人」と書いてしまうのだから。また、中野さんに道を訊かれたら困るだろうなあとも思った。美青年の巡査の渋面が見えるような気がした。

*

以前、私は、この続き物で、中野重治が軽井沢に別荘を持っていることを知り、ショックを受けたということを書いた。その頃、中野さんの別荘が北軽井沢にあるのか沓掛《くつかけ》にあるのか、そんなことも知らずに書いた。しかし、北軽井沢でも沓掛でも追分でも、どこでも厭だと思った。その頃は、そう思っていた。

中野さんの近著のタイトルは『沓掛筆記』であり、いま、たしか、沓掛は中軽井沢になっているので、中野さんは、そのことにこだわっているのではないかと思った。

そのことを書いて間のないころ、ある人から、中野さんが、かなり熱心に私の書いたものを読んでいるという内容の手紙を貰った。そのときも、たまらないなあ、と思った。その手紙も保存してあるのだけれど、探しだす時間の余裕がない。目が悪いので、誰かに読んでもらうということだった。(余計に、たまらない)

中野さんから貰った手紙を探す余裕もない。こういうことは言い訳であるにすぎないのだけれど、九月四日の集中豪雨を受け、大変な被害を蒙《こうむ》ってしまった。ガスやモーターがやられたので、いまでも被災者の生活を続けている。知らずに遊びにきた人が、ボート・ピイプルですねと言った。そういうことで、へたばってもいるし、探しものをする余裕がないのである。

＊

筑摩書房の『中野重治全集』の月報の原稿を頼まれたことがあるが、私は中野さんのファンではあるが愛読者ではないので、その仕事を断ってしまった。

電話を掛けてきた編集者に、それは中野さんからの依頼ですかと訊いた。その人は、そうではないと言った。それでは、原泉さん(中野重治夫人)のご希望ですかと重ねて質《たず》ねた。否《ノー》であるという。私は、中野さんからの依頼であるならば、書くことがなくても、死にもの狂いで中野さんの書物を読んで、何かを書くつもりになっていた。

いま、考えて、私の、そういう言い方、そういう考え方は、ずいぶんおかしなものであると思う。

＊

中野重治と渡辺一夫の往復書簡についても書いたことがあるような気がする。昭和二十三、四年のことで、『展望』に掲載されたのではないかと思う。

当時の文壇雀や編集者仲間の間では、渡辺一夫が、柿の実が赤くなり熟れてゆくように、中野さんに説得されて、共産党に入党するのではないかという噂がモッパラであり、雑誌を見るたびに、毎月、ハラハラしていた。渡辺一夫が入党するならば、俺も入党しようと思った人は、私のほかにも何人もいたはずである。この場合、渡辺さんよりも中野さんの説得力のほうに意味があった。なにしろ、かなりの知識人が、何も知らずに、ついウカウカと入党してしまったと、いまになって告白するような時代であったのである。

あれが、私にとっての歌のわかれだった。入党していれば、確実に運命が変っていた。そうして、中野重治を除名するようなグループに参加しなくてよかったと、つくづくと思う。それにしても、私は、なんという脆弱な男であることか。私は、赤まんまではなくペンペン草だった。

（「週刊新潮」一九七九年九月十三日号～九月二十七日号）

白木蓮の頃

五味康祐（ごみ・やすすけ）
小説家。一九二一〜八〇。享年五十八。著書に『柳生武芸帳』『二人の武蔵』など。

木蓮というと、子供の頃は、花が紫色のものだと思っていた。それで間違いではないのだけれど、もうひとつ、白木蓮《はくもくれん》があるのを知るようになった。私が木蓮と呼んでいたものは、白木蓮と区別するために紫木蓮《しもくれん》ともいうようだ。

白木蓮と紫木蓮とでは、同じモクレン科であっても木の性質が違っている。一方が喬木《きょうぼく》であり、一方は灌木《かんぼく》である。また、白木蓮のほうが花が早く咲く。おおむね、桜より十日ほど前になろうか。

紫木蓮を、このあたりでは、シタベロの木と呼んでいる。シタもベロも舌であり、紫木蓮の花は、本当に色あいも形も舌に似ている。

吉野秀雄先生の歌に、白木蓮と書いてハクレンと読ませているものがあった。ハクレンもまたモクレンである。

白木蓮の花は、白い不透明のガラスが空中に浮いているように見える。また、毎年、こんなに多くの大きな花を一度に咲かせるのでは木が弱ってしまうのではないかと思われるほどに、いっぱいに咲く。なにか、精一杯とか生命ぎりぎりという感じがあって、はなやかであるけれど傷々《いたいた》しいものを思ってしまう。

白木蓮の花と同じ頃に辛夷《こぶし》の花が咲く。これもモクレン科である。白木蓮と辛夷とでは、辛夷の花のほうが好きだと言う人が多いのではあるまいか。私もそうだ。辛夷のほうが味わいが深い。「いと貴《あて》になまめきたる」とか「なよびかにをかし」といったような言葉が浮かんでくる。ただし、このほうは、なかなか一度にたくさんの花をつけるというふうにはならない。一年おきになるのだろうか。五年ぐらい前に、たくさんの花をつけたことがあったのだが……。

辛夷の花を見ると、水泳の伸《の》しでもって、女性が空中で泳いでいるような感じをうける。その女性は美しい女性であって、体は乳白色でなければならない。海水帽も水着も白である。

辛夷の花は北向きに咲くといわれる。だから、その時期に山の中で迷ったら辛夷の花を見るといいそうだ。私のところの辛夷も、大半は北向きに咲いているが、南向きの花がないというのではない。そのために、かえって迷わされるということもあるのではなかろうか。そのあたりのことも、なまめいた感じになっている。

＊

庭に二本の白木蓮と一本の辛夷がある。辛夷のほうは、満開を過ぎて乱れた感じになっている頃が好きだ。白木蓮は開き加減のところがいい。その白木蓮がほぼ満開だなと思われた夜に、五味康祐さんの悲報を聞いた。

去年の暮に、どうも駄目らしいということを知ってから、私は、故意にそこから目をそらすような思いでいた。

昭和二十八、九年のことになるが、檀一雄さんと新人作家について話をしていた。誰が有望かという話になったのだと思うけれど、檀さんは、即座に、

「五味だ、五味だ……」

と叫んだ。その声は、いまでも私の耳に残っている。檀さんは、俺なんかもう駄目だというような言い方をした。五味康祐は、すでに芥川賞を受賞していて、私も名前は知っていたのだけれど、ゴミだゴミだという檀さんの言葉があまりに力強かったので、何か新しい大物作家が天上から降ってきたような感じを受けた。

当時、芥川賞受賞作なら必ず読んでいたのだけれど、漢字の多い時代小説と知って敬遠していたのだと思う。檀さんに言われて、すぐに『喪神』を読み、私は圧倒された。『喪神』は特に最後のところがわかりにくい小説であるけれど、この小説には何かがあると思われた。

同時に、私は、何か如何《いかが》わしいものを感じた。誤解をしないでいただきたい。私は、如何わしい感じというのは小説家にとっての大事な資質だと思っているのである。鷗外・漱石にくらべれば、藤村・荷風は如何わしい感じがする。それで、藤村・荷風のほうが小説家なのである。このことは、現代作家にもあてはまると考えている。

*

そういうことがあって、私は五味さんに接近した。私は五味さんに可愛がられた一人であると思

う。銀座の高級クラブから、新宿の、それこそ如何わしい店にいたるまで、ずいぶん御馳走になった。五味さんの運転する大型自動車に乗せられるのには閉口したけれど……。

五味さんが二上《ふたかみ》達也八段（当時）に将棋を習っている時期があった。二枚落ちだった。それで、私が五味さんの家へ行くと、将棋の相手をさせられた。私が飛車と角行を落とすのである。彼は二枚落ちでは絶対の自信を持っていたようなのだけれど、私は負けたことがなかった。合計で二十番ちかく指したと思われるが、負けなかった。多分、四枚落ちにしても負けなかったと思う。

あるとき、私は五味さんの家で泥酔してしまった。五味さんが将棋盤を持ってきて、平手で指そうと言った。私は将棋を指せるような状態ではなかったけれど、平手で負けるわけがないと思った。気がつくと、五味さんの歩の前に私の飛車がいた。イイノカイ？　と五味さんが言った。私は待ッタをしない主義である。飛車一枚取られても勝てると思っていた。数手の後に、また角行をタダで取られてしまった。これでは勝てるわけがない。

私が負けましたと言うと、五味さんは凄い勢いで駒を片づけた。それから、将棋盤を書斎へ持っていってしまった。戻ってきた五味さんが、これ以上はないと思われる笑顔でもって、こう言った。

「……もう、お前さんとは、一生涯、将棋を指さないよ」

このことは、五味さんという人間を知るうえで、象徴的な事件だったと思っている。

五味さんは麻雀自慢であったけれど、文壇で一番強いとは決して言わなかった。山口君には叶《かな》わないと言っていたということを他の人から聞いた。それは将棋のことがあったからだと思われる。これは五味さんの買いかぶりなのだけれど、五味さんという人は正直な人だなとも思った。

五味さんは、私の女房に、こう言ったことがあるそうだ。

「勝負師と結婚して大変だろうけれど、金ってものは入ってくるときは入ってくるから我慢して待っていなさい」
これは、私が小説を書くようになる以前のことである。

＊

五味さんが亡くなったときの新聞の扱い方には、納得できない部分が多かった。麻雀、手相、ハイファイマニア、巨人軍のファン、実名小説、エロ小説、坊主頭、ヒゲ、交通事故など、まるで変人扱いであるのが気にいらない。（変人には違いないけれど）
五味さんは文学青年である。ロマンチシストである。私は剣豪作家だとも思っていない。いきなり読者をワクワクさせてしまうという意味で、五味さんの右に出る作家はいない。その意味で『麻薬3号』などは傑作であり、もっと評価されてしかるべきだと思う。五味さんが損をしているのは、ちょっとジャーナリスティックでありすぎたためである。また、奇抜（アイディア）と文章力が五味さんの生命だった。
五味さんが一番書きたかったのは恋愛小説ではなかったかと思う。それも純愛小説である。あるいは、プラトニック・ラヴである。
五味康祐は、空中に白い不透明のガラスの花を咲かせようとした作家である。あてに、なよびかに……。私はそう思っている。

（「週刊新潮」一九八〇年四月十七日号）

五味さんの麻雀

五味康祐さんと将棋を指したことを前に書いた。平手では負けたが、二枚落ちでは一度も負けたことがないという妙な結果になっている。

二上達也九段は、五味さんの将棋を評して、序盤・中盤は強いが終盤が弱いと言っている。つまり、構想力は豊かであるが結論を出すことができないということになろうか。そのせいかどうか、五味さんの小説には未完のものが多い。五味さんの小説は構想がふくらみすぎてしまって収拾がつかなくなる。あるいは厳密に書き進めてゆくために、かえって破綻が生ずるのである。いい加減では済まされなくなってしまう。五味さんが二上さんのことを正確にフタカミと呼んでいたことも思いだされる。

*

五味さんとは一度だけ麻雀を打ったことがある。それも半荘《ハンチヤン》一回だけである。

いまから十五年ばかり前のことになるが、ある夜、銀座の酒場で、五味さんと梶山季之《としゆき》とが大喧嘩になった。はじめは五味さんが悪い。何か気にいらないことがあったようで、五味さんが隣の女に水をかけた。これは、やってはいけないことである。どんなことがあっても、髪を引っぱったり、衣類を汚したりしてはいけない。それは商売道具であって、作家が愛用の万年筆を折られるようなことである。だから梶山が怒った。そこまではいいが、ついで梶山は五味さんに言ってはいけないことを言ってしまった。梶山としては珍しいことである。

喧嘩になり、五味さんが帰り、梶山と私とが残った。一時間ほど経ってから、五味さんから私に電話があり、こっちへ来てくれないかという。暗に梶山を連れてきてくれと言っているのである。これは、ワビをいれるということである。五味さんには、そういう正直で優しいところがある。私は梶山を説得して、そこへ連れていった。梶山もまた素直な青年だった。

そこは待合（料亭だったかもしれない）であり、五味さんが謝り、仕事のある梶山が帰った。

*

変に時間が余ってしまった。五味さんが麻雀をやろうと言いだした。そういうことがなかったら、私は五味さんと麻雀を打つことなくして終ったと思う。

メムバーは、五味さんと秋山庄太郎さんと芸者と私である。

「おい、ヒトミちゃん、俺は、この妓《こ》に勝たせるよ」

のっけに五味さんが言った。私は、イヤだなあと思った。そんな麻雀なら相手をする必要がない。しかし、場合が場合だから黙っていた。そんなチョボイチはないのである。かりに芸者が勝てば、ほら、みろ、こんなもんだと言われる。五味さんが勝てば、負けようと思ったが負けなかったと言われる。（その芸者は、このメムバーに加わるだけあって、なかなか巧者だった）

勝負師というものは、小心であり、あるいは用心深いものであって、常に負けたときの言い訳を用意しているのである。

それから、五味さんは、方々へ電話を掛けはじめた。いずれも相手は女性である。

「悪いのに摑っちまってねえ。あとで行くからね……」

といったようなことを言っている。私は、キタナイナアと思った。五味さんの魂胆はわかっているのである。こういう人と勝負事はやれないと思った。

やっとその麻雀ははじまったのであるけれど、まず、五味さんの遅いのに驚いた。長考型である。絶えず、ブツブツ言っている。私は話が違うと思った。なぜならば「沈黙は、マージャンの世界でも『金』である」というのが五味麻雀の金言のひとつだったのだから。

麻雀のように、ルールが厳密であるようで少しも厳密ではないゲームでは、こういう盤外策戦をやられると止処《とめど》がなくなってしまう。たとえば、私が立直《リーチ》をかけると、

「あ、ヒトミちゃんの聴牌《テンパイ》、四七索《スーチーソー》や」

と言ったりする。これは邪道を通り越したルール違反である。そう言って、私の態度をうかがうのである。ただし、五味さんの名誉のために書くが、そのとき五味さんが四索と七索を暗刻《アンコ》にしているというようなことはなかった。

その麻雀は、私が優勢であったのだけれど、五味さんに放銃してしまって、結果は、五味さんと私とが、まるで計算したように原点であり、秋山さんが勝って芸者が負けた。

それで、五味さんの麻雀のことになるが、私は、誰が何と言おうとも、これは相当な雀士であると思っている。何か無気味な感じがする。私は、そういう感触を得た。

勝負が終るころ、そう思っていたように、五味さんにじゃんじゃん電話が掛ってきた。これを悪く解釈すると、勝ち逃げの用意である。

五味さんほどの実力がありながら、なぜ、これほどまでに二重三重のキタナイ手を用意するのだろうか。もうひとつ言うと、もう一人の芸者が私の背後にいて、配牌が良ければ手を叩いて喜ぶ素振りを見せ、聴牌が近くなると、お上手ねえと叫ぶのである。こんなものは、もう、麻雀ではない。

なぜ五味さんは、勝敗ということにムキになるのだろうか。将棋で私に勝ったときに、お前さんとは、もう、生涯にわたって将棋を指さないと言ったことを前に書いた。五味さんにとって、勝負事は、武芸者の斬り合いと同じだったのである。負けることは死ぬことだった。斬られてしまってから、あの芸者がいけないと言ったって、もう遅い。あるときの宮本武蔵がそうだった。何と言われても勝ったほうがいいのである。つまり、私にとってキタナイと思われることが、五味さんにとっての人生上の美学だった。

それはわかっているのだけれど、どうも、私とは派が違うと思わないわけにはいかない。その後、私は、五味さんと麻雀を打ちたいと思ったことは一度もなかった。五味さんは常人ではなかった。

＊

『近代麻雀』の六月号に「五味康祐氏を偲ぶ」という、阿佐田哲也さんと畑正憲さんとの対談が行われていて、そのなかに次の箇所がある。

阿佐田　五味さんは、やっぱりボンボンだったんだねえ。どんなに苦労されても、この体質は変っていない。

畑　精神的に貴公子ですね。バクチというのは最後はドロドロになって這いつくばらなければならない、精神的に。それが五味さんにはなかった。

阿佐田　下郎の遊びですからね。下郎として闘うのには五味さんは不向きだった。

これは、私の言うこととは少し違うかもしれないが、これも真実だと思う。私は、五味さんの作品を最初に読んだときに高貴なものを感じた。もっと言うならば、高貴と下賤《げせん》との不思議な混交というこ とになろうか。このへんの説明は非常に厄介なことになる。はじめて会ったとき、この人は汚いことは出来ない人だと思った。自分を偽ることが出来ないはずだと思った。心中に「理想」のある人だと思った。勝負事の際のキタナサとは別問題である。そのへんの感じが実にヤグザっぽいと言ったならば、何人の人が理解してくれるだろうか。

色川武大（阿佐田哲也）さんや私を可愛がったのは、質やスケールは違っても、そのへんの同類としての匂いを嗅ぎとったためだと思われるのである。

（「週刊新潮」一九八〇年五月十五日号）

ミヤコワスレ

野呂邦暢（のろ・くにのぶ）
小説家。一九三七〜八〇。享年四十二。著書に『草のつるぎ・一滴の夏』『諫早菖蒲日記』など。

人の生死に関して言うならば、今年は悪い年である。非常に悪い。

女房の身内に続けて不幸があった。それも急なことだった。それで女房は神経的におかしくなってしまって、極度の不眠症と食欲不振におちいり、一週一度の通院を続けている。そのことは私にも影響した。葬式というものは、無ければ十年でも十五年でも無いのであるが、ある年に集中するようなことがある。また、一人の人間の死が、それだけでは済まなくて、他人をまきこんでしまうということも考えた。

知りあいの女性が、私のところもそうだと言った。もう一人の男が同じことを言い、葬式も多いが結婚式も多かったと言った。一九八〇年は悪い年である。

＊

近所に住む人たちで、木曜会という名のデッサンの勉強会を続けているが、女性会員のご主人が事故死した。その人がやっと出席できるようになったときに、会員のKさんが急死した。四十九歳である。

Kさんは建築会社の社長であるが、貧乏時代に町で似顔絵を描《か》いていたことがあり、とびぬけて絵が上手だった。彼は会の事務局長であり、モデルの斡旋《あっせん》、会費の徴収、写生旅行の世話など、なんでもやってくれた。商売柄で計算が早く、世馴《よな》れてもいた。かけがえのない人であり、私たちは何でも彼の意見に従って行動していて間違いがなかった。

Kさんは、また、諧謔家《かいぎゃくか》でもあった。亡くなる前々日のデッサン会に私は欠席したのであるが、その日も面白い話を連発して、みんなを笑わせていたという。

先週の木曜日に、Kさん追悼のデッサン会が開かれた。いつもより一時間早くはじめて、終ってから各人がKさんの思い出話をして酒を飲むという会である。酒肴《しゅこう》は、みんなで持ちよった。

Kさんは、ダラシのないモデルを叱ることがあった。彼は寝ポーズが嫌いだった。立ちポーズが三回以上ないと怒った。私は、モデルが眠ってしまうような、自然で楽なポーズが好きなのであるけれど、彼はそうではなかった。寝ているポーズをとるのはモデルが怠けているせいだと言う。私は、若い女が裸になるというだけで申しわけがないような気がして、ポーズに注文をつけることなどはできない。

しかし、裸になっている女を叱るKさんの姿は、いくらか滑稽でもあった。Kさんだからできることだった。追悼デッサン会のときに、そのことを思いだして、あれはおかしかったなあと思っているうちに涙があふれてきた。みんな一所懸命に筆を動かしているときだったので、誰にも気づかれなかった。

いずれも急死なのであるけれど、過労や心労が引鉄《ひきがね》になっているという気がして仕方がない。働き者のKさんは、四、五時間しか眠らなかったという。厳密な意味での突然の死というのはありえないという気さえしてくる。むろん、運命であり寿命であるのだけれど。

それは後から考えることであって、どのときでも、私は、強い電流に触れてしまったときのような衝撃を受けた。悪意の塊が天から降ってくるように思った。

*

五月七日の朝、まだ床のなかにいるときに、階下の電話による話し声が聞こえてきた。それで野呂邦暢さんのことを知った。寝ていて何度も頸《くび》を振った。夢を見ているのだと思った。

*

一昨々年の暮に、私は、初めて父方の郷里である佐賀県藤津郡塩田町を訪ねた。そのときは嬉野《うれしの》温泉に泊った。出版社の人が一緒だったのだけれど、その人に頼んで、諫早《いさはや》に住む野呂邦暢さんを呼びだしてもらった。

部屋で食事をして、喫茶室でコーヒーを飲んだ。野呂さんは酒を飲まない。

野呂さんとは初対面ではないのだけれど、彼は、私の頭を見て、これは佐賀の頭の形ですと言い、嬉しそうに笑った。自分もそうだと言った。

変な言い方になるけれど、そのときの野呂さんは、とても美しく見えた。野呂さんは、優形《やさがた》の、いわゆる美男子タイプではない。九州男児の型である。その彼が、眩しいくらいに妙に美しい。もっと言えば色っぽい。目に輝きがあり、言葉も動作もイキイキとしている。私は圧倒され、羨ましくも思った。これは（文学上の、あるいは人生上の）勢いというものかなと思った。

野呂さんが帰ってから、出版社の人に、彼は恋愛をしているんじゃないかという冗談を言った。それくらいに光り輝いて見えたのである。

*

去年の五月に長崎へ行った。関保寿先生と女房も一緒だった。野呂さんが長崎の町を案内してくれた。

そのときの野呂さんは、前回とは違って、温和で実直な青年のように見えた。関先生とも女房とも、すぐにうちとけた。彼はスケッチ・ブックを持ち、胸のポケットに鉛筆をはさんでいたが絵は描かなかった。温和で実直な感じなのであるが、私は、しかし、野呂さんは相当に頑固で、本当は怒りっぽい人なのではないかという印象を受けた。卓袱《しっぽく》料理の店へ行く急な階段を飛ぶように駈《か》けあがってゆく野呂さんの姿が目に焼きついて離れない。

どういうわけか、別れる日の夜、彼はウイスキイを飲んだ。それで、出版社の人には黙っていてくれと言った。

その後、何度も機会を逸していたが、今年の一月二十九日の夜に、初めて私の家に来てくれた。

それも急なことだったので、惣菜料理のようなものしか出せなかったけれど、野呂さんは、オデンの鍋をたくさん食べてくれた。興味津々ですと言い、小説家の目つきで部屋のなかを見廻していた。

*

この一年間だけで言っても、野呂さんの作家活動は目ざましいものがあった。彼は、確実に、ある大きな方向を摑んでいるように思われた。俗な言い方になるが、彼は、この二、三年で、連続的に文学賞を受賞するだろうと私は思っていた。

私は、「鳥たちの河口」の頃から、野呂さんの風景描写が好きだった。また、彼は、達者なストーリー・テラーでもあった。

さらに、私は、野呂邦暢は、文学全集の出せる数少い作家の一人だとも思っていた。つまり、いい加減に書きとばす作家ではなかった。

五月七日の朝、私は庭へ出た。とても部屋のなかで坐ってなどしていられない。女房は、咲き残っているミヤコワスレを摘み、伊万里焼の小鉢に投げいれた。その小鉢は、私たちが長崎から帰ってきてすぐのときに、野呂さんが送ってきてくれたものである。ミヤコワスレの紫は、野呂さんに似つかわしいものに思われた。彼の風景描写には一種の爽快感があった。

私は思いついて、黒百合を切り、一輪挿しに活けた。その一輪挿しは、野呂さんと一緒に行った長崎の骨董屋で買ったものである。千五百円だったその花瓶は野呂さんも気にいっていたようだ。

私は、しばらく手許《てもと》に置いておいて、代りが見つかったら野呂さんに差しあげようと思っていたのである。

ミヤコワスレと黒百合の前に、薄い薄い水割のグラスをそなえた。私は、毎日、それを眺め、ただおろおろとしているだけである。

（「週刊新潮」一九八〇年五月二十二日号）

梅田さんの万年筆

梅田晴夫（うめだ・はるお）
劇作家。一九二〇〜八〇。享年六十。代表作に「未知なるもの」など。著書に『万年筆』など。

私は万年筆に恵まれない男で、使い馴れたと思ったら床に落としてペン先を駄目にしたり、万年筆そのものを紛失したりしていた。自分で買ってきたものは、すべて、家へ帰って書いてみると書きづらく使いものにならない。そこで、アメリカやヨーロッパへ行く人がいると、万年筆を買ってきてくださいと頼んだものだ。

あるとき、私がまだサラリーマンであった頃、京橋の事務所に出勤すると、一通の手紙と万年筆が届けられていた。

それは梅田晴夫先生からのもので、万年筆についての貴君の文章を読み、同病者として同情にたえずウンヌンとあり、専門的な諸注意も認《したた》められてあった。この万年筆は、たぶん貴君に合うはずで進呈するという添書もあった。

私は、驚き、かつ、喜んだ。梅田先生の万年筆に対する思いはホンモノだなと思った。こんなに親切で優しい手紙を貰ったことがない。

ところが、実際にその万年筆で試し書きをしてみると、どうも思わしくない。何か突っかかる感じがする。この万年筆はモンブランの新品で、例の「ザ・万年筆」ではない。万年筆の権威が、これは良いと思ってくださったものなのだから私のほうが悪いにきまっている。しかし、私に向かないのは事実なので、残念ながら、お返しすることにした。

すぐ近くにある梅田先生の事務所へ行った。そこは古めかしいビルの地階にあって、梅田先生の友人が西洋骨董の店を開いていた。事務所と店の家具類が実に素敵だ。後に梅田夫人から、その机を頂戴することになるのだが、そのときは、羨ましい思いで一杯で眺めていた。

お礼を申しあげ、頂戴した万年筆をお返しした。しばらくは私の理想とする万年筆について話しあい、私は、なにげなく、そこにあった何本かの万年筆で試し書きをしたりしていた。ところが、そのうちの一本の万年筆が頗《すこぶ》る書きやすいのである。

「これですよ、先生。私の理想とするところのものは……」

私は、やや昂奮して叫んだ。梅田先生は、それはインクの吸いあげが悪いのだと言われた。しかし、万年筆の生命はペン先にある。吸いあげは二の次の話になる。

「これ、私にください」

私は思いきって言ってみた。

「そうでしょう。そうだと思いますよ。これ、いいんです。どうぞ使ってみてください。差しあげます」

それは、昭和初期のパーカーだった。いま思うと冷や汗が出る。どうして私は、そんな勝手なことを申しでたのだろうか。同病相憐れむとはこのことだろうか。

その後、十年間ばかり、私は、そのパーカーを使っていた。いまも、筆立てに立っている。

ちょうどその頃、あるパーティーに出席すると、中野重治さんが足早やに近寄ってきて、私の耳もとで、

「き、きみには、モンブランが合うと思いますよ。それから、万年筆を持って外出してはいけない。万年筆は武士の魂なんだから」

と囁いて、すぐにどこかへ行かれてしまった。ははあ、中野さんも梅田先生と同じように考えていたんだな、中野さんも同病者かもしれないと思った。

万年筆のことを考えるたびに、梅田先生と中野さんの、やや神経質で、それでいて内奥は人類愛に燃えているような顔を思いだす。

(『ねがい　梅田晴夫追悼文集』一九八六年十二月)

逝《い》く春

傅少墩（フーショートン）
中華料理店『蘭燈園』店主。一九二四〜八一。享年五十六。

国立駅の近くにある中国料理店『蘭燈園《ランタンエン》』の主人傅少墩さんが亡くなった。突然の訃報であったが、厭な予感がなかったわけではない。

三月二十三日、友人三人と昼間から酒になり、夕刻になって『蘭燈園』へ押しかけた。歯の悪い私には、この店の上海焼キソバがまことに具合がいいのである。時には、特別に、ビーフンを造ってもらうこともあった。

主人の傅さんが店にいなかった。夫人もいなかった。娘たちだけが働いていた。傅さんが可愛がっていた孫が、卓に坐っていて焼売《シューマイ》を食べていた。その孫の父親、つまり長女の婿も来ていて紹介された。何かタダならぬ気配があったというのは後から気づいたことで、傅さんが危篤状態に陥っていて、親類中が集っていたということになる。傅さんの娘たちは、いずれも美人であるが、そのうちの一人、静瑛《しずえ》さんが、

「父は、いま、中国からの友達が来ていて、外出中です」

と言った。

傅さんの孫が、しきりに、アイ！　と叫ぶ。これは中国語で叔母さんという意味だそうで、私もこれにならって、静瑛さんに、

「アイ！　老酒《ラオチユー》がないよ。アイ！　おいしいものをつくってくれ」

と叫んでいたのだから、いい気なもんだ。

*

傅さんに最初に会ったのは、いつ頃だったろうか。『蘭燈園』という店があるということは承知していた。当時、その店は繁昌していなかった。はやっていない中国料理店というのは入りにくいものである。改装前で、ウインドーのなかの見本は埃をかぶっているように見えた。そのなかに月餅《ゲッペイ》に似た菓子があった。後で聞いたところによると、傅さんは、毎朝、横浜の南京町《ナンキン》まで菓子を買いに行っていたという。その菓子も売れなかった。

私が傅さんに会いたいと思うようになったのは、私が、この町のドストエフスキイと書く関保寿先生の弟のビンサンを大変に贔屓にしてくれているという話を聞いたからである。関先生は木彫のほうの彫刻家であるが、ごく一部の人を除いて、彫刻家は経済的には恵まれていない。まして、ビンサンは石の彫刻が専門である。

あるとき、ビンサンが、息子に中国の童話を読んでやっていると、

「お父さん、うちより貧乏な家があるんですねえ」

と言われてしまったという。いま、ビンサンは各方面で活躍中で、その息子も東大法学部に在学

中であるが、苦しい時があったのは事実であるようだ。

石の彫刻家を贔屓にしても何の得にもならない。本気で贔屓にしているとすると、よほど純粋な心の持主だということになる。

私が関先生のほうと親しくしていることを知った傅さんは、お兄さんのことをもっと知りたいと言った。そこで、関先生との旅行記である『迷惑旅行』を進呈することにした。

「だいたいのアウトライン、わかった」

旅行記を読みおわった傅さんが言った。私は、なんとなく、華僑《かきょう》が成功するのは、こういう好奇心、探究心があるからだと思ったものである。

＊

傅さんは、はじめ、府中市で店を開いたが、いっこうに繁昌しなかった。それ以前のことを私は知らない。子供が多いうえに、いろいろなハンディ・キャップを背負っているのだから、傅夫妻の苦労はなみたいていのものではなかったはずである。府中市では、朝鮮人である全演植さんが、一軒のパチンコ屋から、デパート経営にまで伸しあがっていたので、傅さんとは対照的な感じがする。全さんは、最近では、モランボンとか、サクラの名のつく馬の馬主で全国的に有名になった。

私が傅さんと知りあうようになった頃から、傅さんの店は急速に繁昌するようになった。それは、例の外食産業の時代になったからであり、そういう人たちが傅さんの料理の味と彼の人柄を知るようになったからである。

ビンサンを可愛がるというほどではなかったにせよ、私も彼にヒイキにされるようになった。家の上棟式《じょうとうしき》、デッサン会が展覧会を催したときの打ちあげの会などは『蘭燈園』の二階を利用した。自宅での花見の会、月見の会では、傅さんが料理を運んできてくれた。どのときでも、勘定は信じられないくらいに安価だった。しかし、傅さんには、私を利用しようとするような気配は微塵もなかった。新宿の、うまい台湾料理の店へ家族中で招待されたこともあった。

彼は、健康に留意する人だった。午前五時には起床して、一橋大学のグラウンドへ行って、ジョギングをしていた。

「先生、一緒にやろうよ。気持いいよ。仕事ばっかりしていては、ダメ。七十歳ぐらいのお婆さんだってやってるよ」

よく、そう言っていた。

また、彼は、ふらっとやってきて、台湾の乾肉《ほしにく》や田麩《でんぶ》を置いていった。ヌッとあらわれるその感じが、いかにも中国人ふうだった。

一緒に台湾へ行こうと何度も言われた。私もその気になっていたが、女房の許可がおりなかった。

五年まえに胃を悪くしてから、傅さんは元気がなくなってしまった。いつでも薄暗いレジスターのうしろに立っていたので、顔色はわかりにくかったが、どことなく生気がない。今年になってから、私は、女房に、

「傅さん、ちょっとおかしいぜ」

と言ったことがある。その日も、傅さんは自分の茶碗を持ってきて、私たちの席についてくれた。しかし、さすがに、自動車で送るとは言わなかった。その頃、傅さんは、しきりにビンサンに、華

僑だけの集団墓地を造りたいので相談に乗ってくれと言っていたという。私は、だいぶ風景画が溜ったので、額にいれて差しあげるつもりだと言った。私は、傅さんがジョギングをした一橋大学の兼松講堂の絵を貰ってもらう予定にしていた。

三月二十五日の夜、静瑛さんから連絡があった。電話に出た女房によると、

「ご迷惑でしょうが、先生が大好きで、先生が店にいらっしゃると機嫌がよかったものですからお知らせします。それから、一昨日は、中国から友人が来たなんて嘘を言って申しわけありません。言おうか言うまいか、ずいぶん考えたのですが、心配されるといけないので言いませんでした」

ということだった。胆石の石を取るつもりで開腹したが、手遅れの肝癌《かんがん》であったという。

その翌日の昼、二十人分のノリマキの折詰を届けにいってもらった寿司屋のジュニヤの報告によると、傅少墩の名はなくて日本名になっていたという。私は、それは娘婿の名だろうと言ったが、ビンサンと二人で通夜に行って、傅さんが帰化していることを知った。葬式も仏教で、焼香のとき、

「傅さん有難う。傅さんさよなら」

と呟いたが、不思議に涙が出なかった。祭壇にある傅さんの写真に見覚えがあった。それは、彼が私の家に遊びにきたとき、カメラマンの田沼武能《たけよし》が撮ったものである。スポーツシャツを背広に修正してあった。とても気にいっていた写真だという。だから、ちょっと笑っている。外の天幕のなかでビールを飲んでいる私に、コックの白石さんが近づいてきて、先生のこと、とても好きでした、だから、あのノリマキの折は一折だけ棺に入れましたと言った。この白石さんは、中学時代にちょっとグレていて、傅さんに救われた人であるという。

春になって風が吹くとき、重い雨が降るとき、物の芽が勢いよく伸びるとき、突然の訃報を聞く

ことがある。去年もそうだった。一昨年のことは、もう忘れた。

（「週刊新潮」一九八一年四月十六日号）

苔に降る雨

このところ、法事ばかり続いた。

「もう、仏《ぶつ》はごめんだわ」

と、女房が言った。私の家ではそんな言い方をするのだが、このごろ、家で使っている言葉が一般的なのかどうかについて、疑いを抱くようになった。弟は一時花屋をやっていて、葬式のことをゴトと言っていた。仕事の略だろう。葬式というのは、花屋や寿司屋にとっての書入れなのである。

友人で、きみの家へ行くと淫蕩《いんとう》な感じがすると言う男がいる。三味線があるというだけで、そんなふうに感ずるらしい。これは育ち方の違いであって、父親が銀行員で子供は男の子ばかりという家庭だと、そうなるのだろう。私などは、あまり固い家庭を見ると、かえって危険を感ずるようになっている。柔軟性に乏しいように思う。しかし、言葉には注意しないといけないと思う。平気で使っている言葉が花柳界の言葉だったりすることがあるのだから。

黄金週間に見舞いに行った義姉が、急にいけなくなり、果敢無《はかな》いことになった。五月七日が通夜で、義兄の家へ行くと、もう一人の義姉が玄関に、ころがるようにして出てきて、

「やっぱり、とうとう、駄目だったわね」

と言った。こういうときは、月並みな言葉が胸を刺すのである。義兄一家は、毎年の夏、房総半島の海岸で夏を過ごした。女房のほうも同じだった。昭和十七年の結婚だというから、義姉はずい

ぶん若かったことになる。

「あいつは若かったけれど、俺は兵隊から帰ってきて二十九歳になっていたから、もう待てなかった。初めて会ったとき、あいつは十三歳だったけれど」

義兄はそう言って、私たちの前では涙を見せなかったけれど、悔みにきた近所の夫人連に挨拶して戻ってくるときは目がうるんでいた。

*

五月九日の土曜日には、鎌倉の瑞泉寺《ずいせんじ》で、梶山季之《としゆき》の七回忌の法要が営まれた。住職の御経のなかで、はっきりと七回忌をシチカイキと言ってくれたので、なんだが気持がすっきりとした。私には、七周忌とか、ナナカイキとか言われると、肌寒くなるようなところがある。しかし、どうも、関西方面では言い方が少し違うようだ。

瑞泉寺には、吉野秀雄先生、大宅壮一先生の墓があり、ついでと言っては申しわけないが、お詣りするのに便利なような有難いようなところがある。こんど、立原正秋さんの墓も加わった。

立原さんの墓には、毎日、一人か二人の女性がお詣りにきて掃除をしてゆくという。その墓へ行ってみると、トルコ桔梗《ききよう》がいっぱいにあがっていて、綺麗になっていた。そう言えば、東慶寺での葬式のとき、かなりの雨にもかかわらず、焼香をする人の列のほとんどが女性であったことを思いだす。

このごろ、どこへ行くのにもビニールの袋を持って出て、苔を失敬してくる。この日も、寺の下のほうの道の、迷惑にならないような場所で、少しばかりの苔をはがしてきた。吉野秀雄先生と住職は親友同士だったから、少しぐらいならいいやという考えがあった。

たとえば高速道路の途中などで、美しい苔の生えている箇所がある。苔というのは不思議なもので、カンカン照りの水もないようなところにも生えたりする。いつでも、あれ惜しいなあと思うのだけれど、あ、あ、と思うまに通り過ぎてしまう。

*

その翌々日の五月十一日に、第一ホテル新館宴会場で、「梶さんを思い出す会」が開かれた。こっちのほうが梶山の祥月命日である。三百人ちかい出席者があり、いまさらながら梶山の人気に驚かされた。それだけ、梶山は友人たちには尽くした男なのである。

発起人の一人として挨拶をしたのだけれど、何の用意もなかったので、梶山が、いかに女性にモテたかという話をした。

いまから十年前、梶山と二人で岩手県一関市へ講演旅行に行った。講演の後で宴会があり、宿舎に帰って二人でまた飲んでいると、電話が掛ってきた。それは宴会に出た芸者の一人からであり、梶山に出てきてくれというのだった。梶山は私に遠慮するような男ではなかったが、よほど疲れているのか仕事が詰っているのかしていたようで、色よい返辞をしなかった。およそ十分おきぐらいに電話のベルが鳴り、午前二時まで続いた。芸者は旅館の前まで来ていると言ったそうだ。その芸者は小柄で色白の美しい人であり踊りも上手だった。

翌朝、番頭が門をあけに出てみると、そこに芸者が立っていたという。彼女は外で夜を明かしたのである。私は梶山のモテモテぶりに驚いたのであるけれど、この話には後日談がある。

その芸者は、一関市でも有名な淫乱であり、だから番頭は門を締めてしまったのである。あの万婦これ小町の梶山でも、勘の良いところがあり、多少は女性を選んだようです、と言ったら、聞いている人のなかから「当り前だ」という強い声があがり、絶句してしまった。

そのあと、友人たちと銀座の『東興園』で飲み直しているときに、内儀に、かくかくしかじかと話すと、彼女が、

「今年は私もそうなの。おめでたい席なら断れるけれど、法事は断れませんからね」

と言った。

＊

その翌日の五月十二日が、国立駅前『蘭燈園』の傅さんの四十九日だった。昨夜からの雨が降り続いている。

例によって、法事のあと、ビニール袋に苔を頂戴してくると、改築中の本堂の軒の下に、傘をさした南養寺の住職が立っていたので、バツの悪い思いをした。

傅さんの存命中、彼の細君が呉氏の出と聞いたので、昔、台湾出身の呉明捷という野球の名選手がいたと言うと、傅さんは、それは家内の兄だと言った。このように、傅さんは、決して自分からは身内の自慢話をしない人だった。戒名は大仁良政居士となっていて、いかにも彼にふさわしいと思った。

むろん、その呉明捷さんも来ていて、昔話になった。昭和十二年の『運動年鑑』によると、秋の対東大戦の早稲田のメンバーは次のようになっている。

（捕）佐武　（遊）村瀬　（右）永田　（三）高須　（左）長野　（打）片岡　（一）呉　（中）浅井　（投）若原

これでは二塁手が抜けているが、セカンドは白川か柿島ではなかったろうか。

私は、呉さんは不動の四番打者だと思っていたが、デビューしたときは七番を打っていたという。私は呉明捷は早稲田の野球史上最強の四番打者だと思っている。球足が早かった。後に慶応の名遊撃手であった大館は、呉の打球は球の縫目が見えたと語ったそうだ。バットの芯で球を把《と》えていたからだろう。

小学生であった私は、市電に乗って神宮球場へ行き、外野席で野球を見て、カレーライスを食べて帰ってきた。五十銭でお釣《つり》がきた。五十銭玉一枚のことを、私たちはギザイチと言っていた。ところが、そのカレーライスの味が思いだせない。どこで食べたのかも思いだせない。築地小劇場のカレーライスとアンミツの味は思いだせるのに――。してみると、私は胸が一杯になっていて、味も何もわからずに物凄い勢いで食べていたのだろうか。

柔道出身の浅井の、受身のようなスライディング・キャッチが、ありありと目に浮かぶ。呉明捷は七十歳になった。ようやくにして、今生の別れという重大事が自分の世代に迫ってきたことを知るのである。

（「週刊新潮」一九八一年五月二十八日号）

激昂仮面

樫原雅春（かたぎはら・まさはる）
編集者。一九二三〜八一。享年五十八。文藝春秋新社常務取締役。

　六月七日、文藝春秋の常務だった樫原雅春さんの一周忌の会に出席した。無宗教であるから、献花があって、故人を偲ぶスピーチがあり、あとは酒を飲むだけの会である。

　文藝春秋千葉社長の挨拶のなかに、

「渾名は隠すのがふつうですが、彼は自分で激昂仮面だと言っていた」

という意味の言葉があった。本当にその通りで、私にも、俺は激昂仮面のオジサンだからね、と、何度も言った。彼は自分の渾名が気にいっていたらしい。月光仮面ノオジサンハ、正義ノ味方ヨ、善《ヨ》イ人ヨという歌があった。彼は正義派であり、徹底した論理の人でもあった。筋を通す人だった。その論理と筋とは、しばしば独善的であったけれど。

　その会に出て、いろいろなことを思いだした。たとえば、癖のある男、癖のある会社員が少くなったなあ、ということもそのひとつである。樫原さんは癖のある人だった。また、彼は、出版人として一世を風靡した人だったなあ、とも思った。

*

樫原雅春さんは、私の中学生時代の家庭教師だった。私の友人でも、そのことを知る人は案外に少い。いま、家庭教師というのは効率のいいアルバイトであり、裕福な学生でも家庭教師を勤めることが多いが、戦前はそうではなかった。だから、彼は私の家庭教師だったとは言いにくいという事情があり、彼のほうでもそれを語りたがらなかった。

私は中学の四年生であり、彼は第一高等学校の一年生か二年生だった。彼は日本浪曼派の心酔者であり、私を保田与重郎《よじゅうろう》や芳賀《はが》檀《まゆみ》の家へ連れてゆくこともあった。私も、たちまちにいかれてしまって、『コギト』のバックナンバーをそろえたり、保田さんの『日本の橋』や『戴冠詩人の御一人者』を愛読したりしたものである。その関係で太宰治を知るようになった。戦争末期に、魅力のある若い作家は太宰治一人しかいなかった。私は、授業中にも机の下で太宰治の小説を読んでいた。同級生で後に太宰治研究の権威になった奥野健男は、そのことで太宰を読むようになったという。

私は、あきらかに樫原さんの強い影響を受けた。私も激昂仮面になってしまったようだ。激昂仮面とは怒りっぽい人である。妥協しない人である。

私は樫原さんのような秀才ではなく、劣等生であったから、学校へ行くのが厭で厭でたまらなかった。また、樫原さんの来る日は、家へ帰るのが厭で厭で、怖くて仕方がなかった。学校と家との中間にある仙台坂の脇の原っぱで途方に暮れて寝そべってしまうようなこともあった。

四年終了で松本高校を受験するとき、私は遊び半分という気持だった。合格する可能性は万に一つもなかった。私の気持を知った樫原さんは激昂した。

「受験するからには必ず合格してみせるという気持で勉強しろ」

それが彼の人生観だった。私はとうていそんな気持にはなれなかったが、彼のその言葉には感動した。つまり、彼は、家庭教師としても極めて優秀な男だった。

私の家の生活は、樫原さんからすれば自堕落なものだったろう。物珍しく見えたに違いない。面白いことに、樫原さんのほうも、その影響を受けた。私は彼に麻雀を教えた。後年、彼は、麻雀では「文壇で一番強い男」と言われるようになった。その意味では私も優秀な教師だった。私は彼と麻雀を打って負けたことがなかった。彼の麻雀は、筋は悪いけれど勝負に強いというタイプで、なかなかマイナスにはならないが、こちらが下位になったという記憶はない。彼のような几帳面で細心かつ小心な男の手の内は、すぐに見えてしまうのである。私の絶好調の時でもあった。

私は将棋も教えたが、このほうは、どうにもならなかった。彼は名誉名人の小菅剣之助《けんのすけ》の縁につながる人（ペンネームは小菅雅《みやび》だった）で、私なんかに負けるわけがないと思っていたようだが、常に大駒二枚の差があった。

このように、樫原さんと私との関係は、極めて濃密な時期があった。

＊

ところが、私が物を書くようになってから、彼との関係が険悪になってしまった。激昂仮面だから、とうぜん敵も多いのであるが、私は、彼が敵だと思っている人たちと親しくなっていた。そっちのほうがウマがあう。実際、どうして嫌われるのかわけがわからないが、これは志の違いなのだろう。そうして、男女関係のように、あの濃密な時期があったのがいけなかったのだ、と、いまでは考えている。

あるとき、樫原さんから呼びだしを喰らった。私たちは赤坂の料亭で会った。

「きみはねえ、書けません書けませんって言うそうじゃないか」

「……」

「小説家っていうのはねえ、特に大衆小説を書く人はねえ、頼まれたら、なんでも、ハイ、ハイ、って引き受けるものなんだよ。締切ギリギリまで頑張るんだよ。わかったかね」

「……（わかりません）」

「もっと勉強して良いものを書きたいなんて言うそうじゃないか」

「あなたは私の先生でしょう。生徒が勉強したいって言ったら喜んでくれると思ったんですが」

「違うんだよ。小説家っていうのは、そういうもんじゃない。なんでも言われた通りに引き受けて書く。それが勉強なんだ。書けなかったら出張校正室まで行くんだ。そこで、泣きながら書くんだ。それでも書けなかったら許してやる」

「ちょっと待ってくださいよ、頭が悪いから。すぐに忘れるから……。メモをしておきます。なんでもハイハイと引き受ける。頑張る。出張校正室へ行って泣きながら書く。これでいいですか」

「……おいおい」

彼も辟易したようだ。鼻白むという気配があった。

「それから、ねえ、きみ。きみは会った人に名刺をバラ撒くそうじゃないか。××さんがそう言っていたよ」

私は、まだサントリーの宣伝部員であって、気持の上で小説家になりきれないでいた。人に紹介されれば名刺を渡す。その際に、発売されたばかりのサントリービールをよろしくぐらいのことは言ったかもしれない。会社では、自分自身、スタッフにそういう教育をしていたのである。

「小説家っていうのはねえ、人に紹介されたら軽く頭をさげるだけでいいんだ。名刺なんか必要ないんだ」

そんなことはできませんと言いたかったが、言える状況ではなかった。彼は凄い見幕で怒っていた。しかし、これは、彼の私に対する愛情だったと思っている。当時『オール讀物』の編集長で多忙であった彼が、私のために時間を割き、自費でもって料亭に呼んでくれたのである。

また、彼は、筆が荒れるから雑文を書くのはやめろと忠告してくれたこともあった。

*

樫原雅春さんの一周忌の会は、出席者の顔ぶれといい、会場の設営といい、それぞれの挨拶といい、しっとりと落ちついた過不足のない良い会になった。こうなると、あらためて故人の業績や人柄が偲ばれてくる。

私にも愛憎相半ばする思いがあるが、受けた恩義だけが、くっきりと浮かびあがってくるように思われた。

（「週刊新潮」一九八二年六月二十四日号）

戦友

向田邦子（むこうだ・くにこ）
脚本家、小説家。一九二九〜八一。享年五十一。
著書に『父の詫び状』『思い出トランプ』など。

「直木賞をとらなければ、写真集を出そうなんて物好きな出版社もなかったろうに……」というテレビのほうの人の談話があった。その人は、こうも言っている。「バカな死に方をして！」

私もそう思う。その通りだと思う。そう思うのだけれど「直木賞をとらなければ」という言葉には辛い思いをした。

昭和五十五年の七月十七日の午後八時ちかく、意外にも向田邦子は劣勢だった。私は築地の『新喜楽』で開かれていた直木賞銓衡《せんこう》委員会に出席していた。私にとって最初の銓衡委員会だった。

その少し前、芥川賞の銓衡委員である丸谷才一に、こんなことを言われていた。

「銓衡委員になって、いちばん辛いことは、候補者に自分より小説がうまい人がいるときね」

向田邦子は、あきらかに、私より上手だった。その向田が落ちそうになっている。私に衝撃をあたえた数少い作品のひとつである「かわうそ」が落選しそうになっている。

委員会は最終段階に入っていて、志茂田景樹の『黄色い牙』と向田邦子の『思い出トランプ』のうちの三作が残っていて、志茂田を七点とすれば向田は四・五から五点という状況だった。○△×

で票を集めるので、そんな点数になるのである。

文学賞の銓衡では、一作受賞というのが望ましい形である。二作では、どうしても印象が弱くなるし、スッキリしない。志茂田の七点というのは満票に近い成績である。その場の情勢は一作受賞に傾いていた。みんな疲れていて、ヤレヤレ終ったというムードが漾《ただよ》っていた。私は、しかし、体から血の気が引くような思いをしていた。

私は銓衡委員としては新参者だから、出しゃばってはいけない。しかし、たとえば、色川武大は『怪しい来客簿』で落選して二度目の『離婚』で受賞したのであるが、そんなことはさせないぞという気負いもあった。その、そんなことが実現しそうになっていた。そのとき、水上勉が、そっぽをむいて、ぼそっと、

「おい、文学はコンピューターか」

と呟いた。いかにも水上勉らしい言い方だった。

「そうなのかなあ」

そう言って、豊かな髪を手で掻いた。水上勉は、向田邦子の三作のなかでは「犬小屋」を評価していた。文学はコンピューターか、というのは作品の価値を票数だけで、点数だけで決めていいのかという意味である。まことに月並みな言い方だけれど、私は地獄で仏に逢ったような思いをした。

直木賞銓衡委員会は『オール讀物』編集長が司会をするのであるが、その編集長の豊田健次が、

「それでは、水上さんのご発言もありますし、志茂田景樹さんと向田邦子さんのお二人の作品で、もう一度ご検討いただきたいと思いますが……」

と言った。良いタイミングだった。水上勉は誰にともなく呟いたのであって、挙手をして抗議を

申しこむという形ではなかった。豊田健次、なかなかうまいなあ、と思った。

しかし、向田邦子に反対する委員の考え方も、妥当なものであった。直木賞は、五回も六回も候補になってから受賞する人が多い。それでも受賞しない人もいる。あるいは相当な高齢での受賞者もいる。色川武大が二度目なら、五木寛之も野坂昭如も二度目で受賞した。まして、向田邦子の候補作は、まだ『小説新潮』に連載中の読切短篇の一部だった。候補になることが異例中の異例であって、受賞すれば空前絶後ということになる。だから、今回は見送って、単行本になってから再検討しようという考え方のほうが、すくなくとも無難であり穏当だということができる。

私は、委員に任命されたとき、こんな決意をしていた。

「私情をまじえてはいけない。候補作を熟読して公平に評価しよう」

誰でも考える当然のことであるが——。

では、ここで向田邦子が落選することは公平であろうか。いや、絶対にそれは不公平である。最初であろうが異例であろうが、良いものは良い。

候補作を読むときに、すでに雑誌で読んでいる向田作品を最後に読むことにした。再読して、また圧倒された。

「こいつは凄《すげ》えや」

本田靖春《やすはる》が、「ぶつかって抜き合えば、肉の厚い剛刀でこちらが斬《や》られる」(『別冊文藝春秋』157特別号)と書いているが、私にも初めからそんな感じがあった。

水上勉と豊田健次の言葉に勢いを得た。

「水上さんは向田邦子を強力に推していますね。そういう一点と他の一点とは重さが違うんじゃないですか。それから、阿川さん……」

私は隣に坐っている阿川弘之の膝を突っついた。

「あなたは、たしか、向田邦子一作受賞と言いましたね」

「うん、そうだよ」

「私を含めて、水上さん、阿川さんの三点は、比重が重いんじゃないでしょうか」

出しゃばり過ぎかと思ったが、引きさがるべき場合ではない。私は、すでに、向田支持の長広舌《ちょうこうぜつ》を揮《ふ》ったあとなので、そんな言い方しかできなかった。

それで決まったというのではなかった。その後のことをそんなに細かく記憶してはいない。言うだけのことは言ったのだから、あとは成り行きにまかせるより仕方がない。

「私の耳に間違いがなければ、山口委員の稀に見る大型新人という発言もあり……」

水上勉が盛んに支持してくれている。私は酒を飲むだけだ。

「小味なんだよねえ」

「そうそう。うますぎるんだよ。うまいことは認めるが」

「一回は見送っていいんじゃないか」

「そうかもしれない。そのほうがいいか」

キレギレにそんな声が聞こえる。収拾がつかないという感じの時が過ぎた。

どんなキッカケだったか、それは忘れた。

「向田邦子は、もう、五十一歳なんですよ。そんなに長くは生きられないんですよ」

と、私が言ってしまった。

「えっ？　向田邦子は五十一歳か？　本当に」

「そうですよ」

大衆作家として一本立ちするには、三十代の半ばまでに直木賞を受賞するのが理想とされている。私の発言は、カウンター・パンチのような効果があったらしい。向田邦子は非常に若く見えるのである。とくに写真の場合——。

大山康晴と中原誠の名将戦決勝の観戦記を書いたことがある。その将棋は中原が勝った。感想戦のとき、いまの優勝回数を伸ばすことがひとつの目的になっている大山康晴は、さすがに険しい顔になっていた。私が、この将棋、大山名人の飛車は横にしか動きませんでしたねえ、と言った。大山名人が、そうか、気がつかなかった、おかしな将棋だねえ、アッハッハアと笑って緊張が解けたことがある。

それに似ていると思った。

「じゃあ、二作受賞にしようか」

と、誰かが言い、豊田健次が、すかさず、一座を見廻して目で確認し、有難うございますと言って頭をさげた。

そういう経過だったので、別室の発表記者会見の席へは新参者の私が行った。

「向田邦子さんという人は、私より小説が上手です」

記者たちの笑い声が起った。

「それから、随筆も私より上手です。いやんなっちゃうねえ」

ドッという笑声が湧いた。

＊

その夜、銀座の『まり花』という小さな文壇酒場で飲んでいた。野次馬根性のある私は、芥川賞のほうの経過も知りたかったのである。

受賞者の記者会見の席上から、文藝春秋の人たちが戻ってきた。豊田健次もいた。

「どうだった、向田さん」

「いやあ、戦争中の女学生というか、女子挺身隊《ていしんたい》みたいな恰好でした」

「黒のスポーツシャツにパンタロンか。構わない人だからね」

「挨拶も確《しっか》りしてましたよ」

私は向田邦子に会いたかった。彼女もそう思っているに違いない。しかし、そういうわけにはいかない。彼女には、週刊誌のカメラマンが朝からピッタリとマークしているという話を聞いていた。銓衡委員と受賞者とが、当日の夜、酒を飲んでいるような写真が週刊誌にでも発表されたら、地方都市に住む文学青年に申しわけないことになる。色川武大のときは記者会見にも駈《か》けつけることができたのに――。

丸谷才一は、自分の推した芥川賞の候補者が落選したために、やや荒れ気味だった。

「つきあってあげようよ」

豊田健次に言って、丸谷才一の馴染みの小さなバーへ行った。

「向田さんのところへ行きましょうよ」

豊田が、しきりに誘う。

「自宅じゃないですよ。『ままや』にいるそうですよ」

『ままや』というのは、向田邦子の妹の和子が経営している赤坂の一杯呑屋である。

「厭だ、厭だ」

「厭だよ」

その豊田が盛んに何度も電話を掛けている。『ままや』の電話が、なかなか通じないのである。十二時を過ぎた。豊田の自宅は、私の家から歩いて五分のところにある。一緒にタクシーで帰ることになるのである。豊田とすれば、向田邦子と仕事の打ち合わせがあるに違いない。

「カメラマンは、もう帰ったそうですよ。新潮の川野さんとか横山さんとか初見さんとか、講談社の福ちゃんとか、(残っているのは)それぐらいだそうですよ」

「じゃ挨拶だけで、すぐに帰ろう」

文藝春秋出版部の鈴木琢二と豊田に拉致される恰好になった。

冷夏で寒いくらいの夜だった。『ままや』に着くと、向田邦子は電話に出ていた。白い顔で、ちょっとだけ頭をさげた。喜んでいるのか、そうでないのか、よくわからない。落ちついた声(やや甲高い)で話をしている。昂奮と緊張と疲労とが体にあらわれている。その瞬間に、どういうわけか、この女《ひと》は戦友だなと思った。

「お姉ちゃん、とても喜んでます。先生のおかげだって」

妹の和子が飛びつくように近づいてきて言った。私が強力に推したということが伝わっていたらしい。

「そんなことはない。水上さんが頑張ってくれたんです」

実際に、水上勉は、長老格の委員に噛みつくようなことも言ったのである。私には、まだそれはやれない。

向田邦子が電話口から離れ、まだ立ったままでいるときに、私は彼女の耳もとで囁いた。

「すぐに逃げなさい。どっかへ行っちまいなさい」

「………」

「都内のホテルでいいんです。川野さんと豊田さんぐらいに居場所を教えて、消えちまいなさいよ」

「イヤだわ、私、そんなこと」

特別扱いされることが厭なのだろう。どうやら、向田邦子は、直木賞を受賞したらどういうことになるかがわかっていないようだった。

私もそうだった。サントリーを退社するつもりはなかった。中間雑誌では、直木賞作家の特集号を組むことがある。そのときには書かせて貰えるだろう。だから、一年に一篇か二篇の短篇小説を書けばいい。こいつはいい。あとは高みの見物だ。ぐらいに考えていたのである。ところが、サラリーマン論、宣伝の話、酒の話、将棋、野球、相撲、競馬、麻雀……などが、どっと押し寄せてきた。断りきれるものではない。

あるとき、川端康成に言われた。

「ヒトミさんは駄目ですよ。短い文章が面白すぎる。もっと下手にならなくちゃ」

その結果、受賞後二カ月ぐらいのときに、某社の社長に、きみの顔には死相があらわれていると言われる状態にまで追いこまれた。午前三時まで外で飲んで、帰宅して二時間ばかり眠り、朝、医者を呼んでビタミン注射を射ち、原稿を書いて午前十時までに新聞社に届けるというようなこともあった。

その私が言うのである。

「私、だいじょうぶなの。断るのがうまいのよ」

怒りに似た感情がこみあげてきた。

「何を言っているんだ。婦人雑誌だけで何誌あると思っているんだ」

女は、もっと大変かもしれない。そのうえ、向田邦子は、私と同じように雑誌編集者出身である。昔一緒に働いていた連中が、いま、働き盛りでヤリテの編集者になって残っているはずである。その仕事を断れるか。マスコミの誰もが小説家を育てようと思ってくれているわけではない。あんなものを書いてしまった作家を、マスコミが放っておくわけがない。時には承知で潰しにかかってくるのである。この女、何もわかっていない。

向田邦子は平然としていた。平気の平左で客の相手をしている。その気風《きっぷ》がこわい。その度胸がこわい。あぶない、あぶない。

少し後のことになるが、私は彼女にこんなことも言った。

「僻《ひが》み、猜《そね》み、妬《ねた》み、これが怖いよ」

「ああ、そうなの？　脅迫電話が掛ってくるのよ。苦節十年、二十年という文学老年らしいの。お前みたいな駈けだしに掻《か》っ攫《さら》われてたまるかって調子なの」

「そうじゃないんだ。それは恨みだ。もっとね、自分に近しい人間で、僻み猜み妬みがあるんだ。思いがけない人が陥穽《おとしあな》を造ってくる。これが怖い」

「そうかしら」

「インテリ美人が特に狙われる」

「私、インテリでも美人でもないわ」

また、こうも言った。

「あなたは、半年辛抱すればいいと思っているんじゃないですか。次の直木賞作家が出てくれば御用済みだって。そんなもんじゃないんですよ。ますますひどくなる」

彼女が、

「山口さんに言われたこと、みんなその通りだったわ」

と言ったのは、ごく最近のことである。そのときは疲れはてていた。ある人は、最後まで元気一杯に飛び廻っていたと言うかもしれないが、私はそうは思わない。

とにかく傷々《いたいた》しくって見ていられない。

「こういうとき、連れあいがいないっていうのは困るでしょう」

「そうなのよ。後妻のクチないかしら」

「とりあえず、秘書を雇うんですね」

「秘書を？」

バカバカシイという顔で吹きだした。

「私が秘書を？　何様でもあるまいし」

「だけどね、今夜か明日の昼、マンションの隣の奥さんが、お祝いにお鮨の大きな桶を持ってきたらどうします？　お向いの奥さんだって持ってくるかもしれない。ありがとうだけではすまないんだよ。そこで立ち話になる。そこへ電話が鳴る。電報がくる。花束が届く。電話だって、新聞で名前を見たっていう鹿児島時代の小学校の同級生からも掛ってくる」

「どうしたらいいの」

「原稿を断るのがうまいって言ったってね、引き受けるのは、ハイ、ハイで済むのよ。断るときは、どうしたって十分か十五分はかかるんですよ」

「………」

「だから逃げるんですよ。ねえ、川野さん、それがいいでしょう。あなた匿《かく》まってあげてください」

誰かが、山口さんが頑張ったんで受賞したんだという意味のことを叫んだ。

「そうじゃないんですよ。それは間違いなんだ。だけど、こういうことはあったな。向田邦子は、もう五十一歳だって。これは効いたようだね。そのことは本当だ」

「あら、私、まだ五十よ。イヤだわ」

そのとき、実践女子専門学校で同級生だった川野黎子が言った。

「私も迷惑してるのよ。同級生だから五十歳だろうって言われるの。私は四十九歳なのよ」

「ごめんなさい」

＊

発表記者会見のとき、向田邦子については、小説も随筆も私よりウマイと言った。私は電話取材には一切応じないし、インターヴュウもめったには受けないことにしているので、翌日の新聞には私のその談話がそのまま掲載された。新聞によっては翌々日や三日後にそれが載った。来る日も来る日もそれだった。それが終ると週刊誌だった。

小説も随筆も私よりウマイ。これは、かなり鬱陶しいことだった。自分の発言なのだから仕方がない。また、実際に、いまでもそう思っているのである。誰かが作風が違うとでも言ってくれればいいのだが、誰も言わない。

十月十三日に、東京プリンスホテルで、向田邦子の直木賞受賞を祝う会が開かれた。文壇には一人も知人がいないということで、小説家の祝辞は私がやらされた。その日は東京会館で谷崎潤一郎賞の授賞式が行われていた（受賞者は河野多恵子）。そこで、新聞の談話の話をした。

「まったく、向田さんには酷《ひど》い目にあわされました。今日は東京会館のほうに良い小説家が集まってしまいましたので、私のようなヘッポコが祝辞を申しあげることになったのです。しかし、本心を言うならば、向田さんの『思い出トランプ』という作品は、東京会館のほうで賞を貰っても少しも不思議はないと思っています」

また、こうも言った。

「あるとき、二人の編集者をまじえて向田さんとお酒を飲んでいるときに同時に受賞した志茂田景樹さんの話になったんです。彼は国立《くにたち》高校の出身でありまして、ご承知のように国高《くにこう》は西東京大会で優勝して甲子園へ行きました。今年は悪い年で多くの作家が亡くなりました（新田次郎、五味《ごみ》康祐《やすすけ》、立原正秋が死去している）が、どうも運が特定の人に集中するらしい。そんな話になりまして、国立高校のことをクニコーと言うんですが、さかんにクニコーがクニコーがと言っておりますと、向田さん、ぱっと顔をあげまして、私だってクニコよ……」

ＴＶ関係の客が多いせいもあり、洒落がすぐに通じて皆が笑ってくれた。

「その意味は、彼女自身にも今年中に、もうひとつ幸運があるはずだ。すなわち、後妻のクチです。

彼女、結婚するつもりです。それも年内に……。今日のお客様は向田さんのファンであるわけですが、後妻のクチに該当する方は、どうか積極的にお申しこみになってください」

そう言うつもりが、該当する方は、どうか充分に警戒を怠りませんように、と言ってしまった。私のなかにも、いくらかの嫉妬心が生じていたのかもしれない。

向田邦子という存在は、私にとって少し鬱陶しいものになってきていた。

私は、『週刊新潮』に、十八年にわたって、見開き頁《ページ》の随筆を連載している。向田邦子もライヴァル誌である『週刊文春』に、同じものを連載していた。『無名仮名人名簿』、『霊長類ヒト科動物図鑑』がそれである。

正直に書こう。

私自身の原稿の出来の悪い週は、まことに憂鬱だった。これは向田邦子出現以後のことである。それまでは、そんなことはなかった。そうして、子供みたいに、向田邦子より面白いものを書かなくては駄目だと決意したり悩んだりしたものである。むろん、それは私の励みにもなった。まことに有難い存在だった。彼女を戦友だと言うのは、このためでもある。

私のやり方は、七枚余という短い原稿を五つか六つの話に割って書くという式のものである。この書き方を、私は扇谷《おうぎや》正造から学んだ。昔、朝日新聞に「季節風」という匿名の囲み記事を書いているときに、一枚半の原稿を三つに区切って書くようにと言われた。ずいぶん無茶なことを言うと思ったが、やってみると、すこぶる具合が良いのである。締まるのである。

向田邦子は、あきらかに私の書き方を踏襲していた。それだけに余計に始末が悪い。私は、ぶっとばされたと思った。いま、週刊誌には、見開きの随筆がツキモノのようになっているが、私だけでなく、すべての随筆欄がぶっとばされ、色褪せたと思った。その面白さにおいて——。そう言い切っては野坂昭如、井上ひさしに対して失礼になるので、軟派の随筆という制約をつけよう。

向田邦子の随筆は面白いのだけれど、あまりに張りつめていて、何もかも叩きこんでしまうので、息苦しい感じがするときもあった。律義にオチをつけようとするので、アザトイ感じになるときもあった。

あるとき、私は彼女に手紙を書いた。

週刊誌の見開きの随筆を長続きさせる方法をお教えします。三打数一安打をこころがけることです。毎回が面白いと、読者はそれに馴れてしまって、もっと高度なもの、もっと密度の高いものを要求します。これは決してツマラナイものを書けと言うのではありません。いや、ときにはツマラナイものを書いてもいいのです。そのかわり、これは面白いと思ったら、その材料を蔵《しま》っておくのです。面白い材料をある回に集中して発表します。三打数一安打のヒットというのがその意味です。それが二塁打、二塁打になれば、五打数一安打でも、読者は許してくれるものです。

彼女を戦友だと思っていなければ、どうしてこんな手紙を書くものか。張りつめている彼女が傷《いた》ましくもあり、危険なものを感じていた。

あるときは、彼女の小説や随筆集のタイトルについて文句を言った。

「題名というのは、一度で覚えられるようなものでなくては駄目ですよ。『無名仮名人名簿』、『霊長類ヒト科動物図鑑』なんて覚えられますか。本屋へ行って言えないでしょう。第一、長ったらしい。『思い出トランプ』、『眠る盃《さかずき》』、なんのことかわからない。『あ・うん』も駄目。女の子が本屋へ行って、あ・うんコレくださいなんて言えますか」

彼女がそれをどう受け取ったかわからない。いつのときも笑って聞き流していたように思われる。私の危惧にもかかわらず、彼女の本はよく売れたのである。従って、売行きに関しては、私は慰められ役だった。

向田邦子は何でも知っていた。特に昭和初期から十年代にかけての東京の下町、山の手の家庭内での独特の言い廻しについてよく記憶していることは驚くべきものがあった。それが彼女のＴＶドラマ、小説、随筆における武器になり魅力になっていた。戦中派の男性が、たちまちにしてイカレテしまうのはそのためだった。

しかし、向田邦子にはわかっていないこともたくさんあった。彼女は、家庭内の機微、夫婦生活のそれについて、わかっているようで、まるでわかっていない。特に夫婦生活については、皆目駄目だった。

たとえば、「夏服、冬服の始末も自分で出来ない鈍感な夫」というような描写があった。家庭内では、通常、夏服、冬服の出し入れは妻の役目である。

「宅次は勤めが終わると真直ぐうちへ帰り、縁側に坐って一服やりながら庭を眺めるのが毎日のきまりになっていた。」(「かわうそ」)というのもおかしい。

会社から家まで一時間半。田舎の町役場に勤めているならいざしらず、ふつう、小心者の文書課長である夫は暗くなってから帰宅するはずである。

「あら、そう……」

どのときでも彼女は笑って聞き流していた。

向田邦子は、都心部の高層マンションに、ずっと長く一人で暮していた。未婚である。夫婦のことに暗いのは無理もない。

私は、向田邦子にいろいろ教えてもらいたいことがあった。私もまた、向田邦子に、たくさんのことを教えてあげられると思っていた。

*

八月二十九日、初めて南青山のマンションの向田邦子の部屋に足をいれた。彼女は、

芳章院釈清邦大姉

になってしまっていた。「かわうそ」のラストシーンがそうであるように、彼女は自分自身にも残酷な幕切れを用意した。

マンションの住人に迷惑を掛けるということで、通夜の酒肴《しゅこう》は『ままや』で供されることになっていた。

私が『ままや』へ行くのは、開店の日と、直木賞銓衡委員会の夜と、これで三度目だった。そこにも菊の花に縁どられた向田邦子の写真があった。

私は、その写真のある奥の席に坐った。酒を飲めるような状態ではなかったが、飲まずにはいら

れない。

十一時が閉店であるという。十時半になっていた。妹の和子を早く寝かせなければならない。

「何か歌いましょうよ」

と大山勝美（東京放送・ＴＶプロデューサー）に言った。

梶山季之《としゆき》の通夜の席で、私は『戦友』を歌った。隣に坐っていた野坂昭如の助けを借りた。野坂は歌手であり、かつての軍国少年であり、抜群の記憶力の持主である。

「『戦友』を歌いましょう、みんなで」

こんどは豊田健次が頼りだった。

〽ああ戦いの最中に
　隣に居った此《こ》の友の
　俄《にわ》かにはたと倒れしを
　我はおもわず駈け寄って

「お姉ちゃんは私の戦友でした」

私は遺影を指さして和子に言った。

〽戦いすんで日が暮れて
　探しにもどる心では

どうぞ生きて居てくれよ
ものなといえと願《ねご》うたに

威勢のよかった歌声が、だんだんに心細くなっていった。私は、声を張りあげて歌っている自分一人が薄情な男に思われてきた。

〽肩を抱いては口ぐせに
どうせ命はないものよ
死んだら骨《こつ》を頼むぞと
言いかわしたる二人仲

なんだかおかしい。歌っているのが私一人になっている。私はＴＶ関係者の席を見た。吉村実子《じっこ》もいしだあゆみも目を赤く泣き脹《は》らしている。これはいけない。豊田だけが頼りだ。その豊田を見た。彼は、ぶわっと頬をいっぱいにふくらませた幼児の顔になっていた。怒っているのかと思ったが、そうではなくて、絶句しているのだった。何かに耐えている顔つきだった。

「直木賞をとらなければ……」

豊田もまた、そう思っているのかもしれない。

「直木賞をとらなければ死なずにすんだかもしれない」

そのとき、遺影が私に話しかけてきた。

「あなたがいけないのよ。私のことを五十一歳なんて言うから」

その写真も笑っていた。

「おい、豊田さん、頼むよ、俺、このあと知らないんだから」

歌詞は諳《そら》んじているのだけれど、豊田は声が出ないらしい。

「おい、頑張ってくれよ」

私は、辛《かろ》うじて、次の歌詞を思いだした。

〽思いもよらず我一人
　不思議に命ながらえて

「豊田さん、それから何だっけ。……おおい、神山、助けてくれよ」

神山繁も中学の後輩である。

「ああ、そうか、わかった」

〽赤い夕日の満州に
　友の塚穴《つかあな》掘ろうとは

その夜の軍歌『戦友』は、だから、そこまでで終った。

（「オール讀物」一九八一年十一月号）

木槿の花　一

私ぐらい花の好きな人間はいないだろう（と、自分ではそう思っている）。草花もいい。木の花もいい。雑草もいい。ただし、洋花は好まない。また、蘭のような派手派手しくて高価なものは怖しくて駄目だ。

そうして、私ぐらい花の名を知らない男も珍しいのではないか。教えられてもすぐに忘れてしまう。つまり、天分がない。

私は一日のうちの大半を半地下の食事室で過ごしているのであるが、そこに壺がひとつ、ガラスの花瓶がひとつ、懸け花がみっつ（一筒は修理中）あって、そのどれもに花が入っていないと落ちつかないし機嫌が悪くなる。花でなくてもいい。エノコログサ（猫じゃらし）でもカヤツリグサでもミズヒキソウでもアカマンマでもいい。

だから、秋になって、買物袋を提げて一橋大学の構内を散歩するのが楽しみになる。そこに武蔵野が残っている。赤や黄や紫の実が生《な》っていて、帰ってきて買物袋が染まっているのに気づくことがある。

旅館に泊って、廊下の懸け花に草花が活けてあり、便所にもそれがあり、いまなら桔梗《ききょう》だろうか野菊だろうか、そんなふうであると嬉しくなってしまう。

これは齢のせいだろうか。年々にその思いは強くなるばかりである。

＊

八月二十二日は暑い日だった。朝から夜中まで、ずっと暑かった。台風十五号の影響だろう。おそらく不快指数は最高に達していたはずである。坐っているだけでシャツの頸筋《くびすじ》のところが濡れている。

前夜は、文藝春秋の豊田健次と銀座で遅くまで飲んでいた。その前夜は『旅』編集部の石井昂と、またその前日は大阪のキタで新潮社の池田雅延と、という具合であったから、朝からぐったりとしていた。私は梶山季之の遺品であるところの皮椅子に坐ってテレビを見ていた。

どうにも暑い。

それで、坐っている背後の、物置に通ずるところの扉を開くことにした。蚊が入る怖れがあるが、そんなことを言っていられない。

そのとき、私は、地面に落ちている純白の脱脂綿を丸めたようなものを見たのである。花だ。木槿《むくげ》の花だ。それが散り敷かれている。見あげると物置の上に覆いかぶさるようにして、木槿がいっぱいに咲いている。私は狂気するというのに近い状態で、雨のなか、長靴をはいて庭へ出ていった。それが午前十時と十一時の間であったことは確かである。

去年の夏、植木屋の『植繁』の野外パーティーで、葦簀《よしず》張りのその葦に木槿の花が挿してあった。蹲《つくば》いにもそれが浮かべてあった。『植繁』の末の弟は茶道と華道の心得があった。

「いいねえ。きみがやったんだろう」

「俺がやったんだけど……」

弟が照れて笑った。

「木槿だろう。紫やピンクでなくて白がいい」

「でもねえ。これ、一日で花が落っこっちまうんだ」

私は特にアオイ系統の花が好きだ。果敢《はか》ないところがいい。連想されるのは農家の庭先きである。庭には、もう植木をいれる余地はないのだけれど、なんとかして、一本の白の木槿を植えたいと思っていた。

今年の梅雨時分、物置の裏にあって物置の屋根に覆いかぶさっている雑木を切ってくれと女房に頼まれた。雑木も雑木だが、それに搦《から》んでいる梅モドキがうるさい。隣のアパートのほうに張りだしてしまっている。

その雑木が木槿だったのである。根もとから切らないでよかった。そんなところに木槿を植えた覚えはないのである。以前、その場所は鯉の水槽になっていて、隅にライラックを植えてあって、ライラックは北側の庭に移植したが、そっちの庭は駐車場になってしまっている。

いったい、どういうことなのだろう。鳥が運んできたものだろうか。こういうことに関して、私はまったくの無智《むち》である。ただし、木槿の花を発見したのが八月二十二日の午前十時から十一時の間であることは間違いがない。

物置の屋根に登るのに苦労した。その木槿を女房が壺に活けた。

翌日の午後、打ちのめされたようになっている私を見舞いにきた関保寿先生に鑑定を頼むと、

「間違いなく木槿です。このへんではハチスと言っています。ほら、咲いたあと、うなだれてきて

蜂の巣のような形になるでしょう」

ということだった。

その夜は、これは、むこうのほうがメロメロになっている矢口純にも花を見てもらった。彼は、とても一人で家にいることができなくて、葡萄酒を一本持って前触れなしにやってきたのである。

「これは木槿やないの。これは庭と庭の境に咲くんだ」

「そうだよ。隣のアパートとの境にあったんだ」

「道端にも咲く。ほら、有名な俳句があるやんか。道ばたの木槿は馬に喰はれけり、だったかな」

さすがによく知っている。

「純白なのがいい。これは一日で散るんだ。はかないねえ」

そう言っただけで、矢口純はテーブルに突っ伏して泣いた。

一日で散ると思われていた木槿が、そのとき、まだ、咲き残っていたのである。

*

八月二十二日の昼過ぎになっても、私は、まだ、ぐったりとしてテレビを見ていた。

その番組（なんだか忘れた）がコマーシャルになったので、他局にチャンネルをきりかえた。すると、「……死者十六名。ニュース速報・終」という文字が見えた。

たぶん台風関係の事件だと思われたが、ＮＨＫにきりかえることにした。

「台湾で旅客機が墜落。台北から高雄に向う遠東航空。全員死亡。日本人乗客十七名」

正確に記憶しているわけではないが、日本人の乗客名のなかに、K・むこうだ、があった。体が震えた。瞬間、私は駄目だと思った。なぜなら、私は、前夜、豊田健次から向田邦子が台湾旅行中であることを聞いていたからである。

「おい、大変なことになったぞ」

どうやって女房に知らせるかがむずかしい。心臓神経症の患者である女房が、いきなり向田邦子の顔写真を見せつけられたら卒倒するおそれがある。

「なんかの間違いでしょう。運の強い人だから、死ぬわけないわ」

「でも、めったにある名前じゃないから」

そう言ったのは息子である。向田は、コウダ、もしくは、ムカイダと訓《よ》む場合がある。K・むこうだとあるからには、本人の署名であるにちがいない。それに、Kというローマ字でもって、何か烙印が押されているようにも見えた。

それからのことは、なんだかウヤムヤみたいになっている。私は缶ビールを飲みだして、それがすぐにウイスキイに変った。テレビにむかって、しきりにバカヤローと叫んでいる。

木槿忌というのはどうだろうか。むの音が共通しているではないか。物事を先きへ先きへと考える癖のある私は、そんなことも頭に浮かべる。木槿忌なんて厭だわ。天上の向田邦子が笑って言った。

木槿の花　二

はたせるかな、女房は、顔を歪めて、音楽祭で受賞した岩崎宏美みたいな顔（あんな美人ではないが）で泣いた。

「あの人、死ぬわけがないわ。何かの間違いよ」

と、泣きながら言った。

私は、そうかもしれないなと思った。なんだか、向田邦子一人だけ落下傘で飛びおりてくるような気がしていた。

「なにしろ、粗々《そそ》っかしいからな」

ホテルに荷物を忘れて、取りに戻って、一人だけ乗り遅れるという光景がチラチラと目に浮かんできたりもするのである。

関保寿先生と私とがタヒチへ行くとき、彼女は箱崎まで見送りにきた。彼女は、豊川稲荷と、虎ノ門の金毘羅《こんぴら》様の交通安全のお守りを私たちに手渡した。

「変った人ですね。金毘羅様というのは水難の守護神ですよ。もっとも、水の上を飛ぶには違いないが」

関先生が笑いながら言った。その後、どうしても、粗々っかしい女性という印象が消えなくなった。そうして、しかし、一方で、向田邦子が、いま、この時期に、外国で突然死するということが、あまり不自然でないような感じもしてくるのである。辻褄が合っているような気がする。

私が、木槿忌なんていう忌日名を咄嗟《とっさ》に思い浮かべたのは、一夜にして散る美しい白い花ということもあったけれど、ひとつには、梶山季之のそれがまだ決まっていないからでもあった。梶葉《びよう》忌が有力だったのだけれど、病気に通ずると言って反対する人がいた。その他に積乱忌、残影忌などが候補にあがっていた。

「木槿忌なんて厭だわ。ムク犬じゃあるまいし」

天上の向田邦子が言った。

「じゃあ、木槿《もっきん》忌は？」

「厭よ。キンキンみたいじゃないの」

「槿花一日栄《きんかいちじつのえい》（人の栄華のハカナイこと）なんていいじゃないの。あなたらしくて」

「あら、槿花一朝夢《きんかいっちょうのゆめ》じゃなかったかしら」

「まだ確認されたんじゃないんだから、変なことを考えるのはよそう」

「そうよ、そうよ」

*

前夜遅く『オール讀物』編集長の豊田健次（彼の家は私の家のすぐ近くにある）と銀座の酒場から自動車を奮発して帰るとき、向田邦子の話になった。

「京都の大文字焼きに一緒に行ったんですよ。『落城記』のラッシュを見るという仕事もあったんですが」

「えっ？　その前に、十二日か、阿波踊りへ行ってるんだろう。ちょっと動きすぎるなあ」

「いま、台湾に行っていますよ」

「それはいけない。いけないよ。こんど会ったら言ってやろう」

言ってやろうというのは叱ってやろうという意味である。そのとき、私の胸に不吉な予感ではなくて、一種言い難い不快感のようなものがこみあげてきた。

「怪《け》しからぬ！」

そうも言った。

向田邦子に最後に会ったのは、昭和五十六年七月十六日の夜、芥川賞直木賞の銓衡委員会が開かれた日だった。その発表記者会見は東京会館で行われたのであるが、たまたま、彼女は東京会館の別の部屋で矢口純とPR雑誌の対談を行っていた。直木賞の受賞者は青島幸男で、同じテレビ界の人間でもあり、

「面白いから見に行ったの。だって、今日は私の一周忌なんですもの」

記者会見には行かずにMという酒場で飲んでいた私にそう言った。彼女が受賞したのは去年の同月同日であるという（彼女の場合は実際は七月十七日だった）。

私もそう思ったのだけれど、矢口純がそれを口にだして言った。

「一周忌だなんて、そんなこと言うもんじゃない」

それから別の酒場へ行った。矢口純、豊田健次が一緒だった。四階でエレベーターを降りて席に着くまでの間に、向田邦子が私の耳に口を寄せて、

「山口さん、私、遊んでばかりいるの」

と囁いた。ゾッとするような暗い暗い声だった。いつもの彼女には考えられない陰鬱な顔つきをしていた。

「『思い出トランプ』で印税が入ったんでしょう。小説家が読者から戴くお金っていうのはね、そのお金でもってうんと遊んでね、それで仕入れた材料でもって、また小説を書いて、そういう形で

読者にお返しをするという性質のものなんですよ。だから、もっと遊びなさいよ。いくら贅沢をしたってかまわない」

ずいぶんキザなことを言ったものだけれど、それより、私は彼女の本心に気づいていなかったのである。このことは一生忘れることができないだろう。

「そうだよ。作家は充電しなくちゃ。うんと遊んで充電しなくちゃ駄目だ」

と、矢口純が言った。

「大いによろしい。一番いけないのはツマラナイものを書くことだ」

ああ、冷や汗が出る。私は彼女の本意に反して逆のことを言っていたのだ。

疲れていた私は軽いマルガリータを飲んでいた。

「それ、私にも飲ませて」

向田邦子は、私のカクテル・グラスを横取りして唇をつけた。

「おいしいわ。同じものを私にもちょうだい」

そんな蓮《はす》っ葉《ぱ》なことをする女だとは思っていなかったのに――。ヤケクソになっている。なぜだろう。人気絶頂の彼女であるというのに。

暗い酒場の照明で、いっそう暗く見える彼女の白い顔を見ていた。いや、傷々しくって、とても見ていられないというほうが実感に近い。

「豊田さんと矢口さんと私とは、向田邦子を守る会の会員だ。私が会長になる。ねえ、矢口さん」

「おいおい、いったい、向田さんの何を守るんだい」

＊

私が向田邦子の本心に気づいたのは、八月二十一日の深夜、自動車のなかで、豊田健次に、いま台湾に行っていると聞かされた瞬間だった。怪シカラヌと叫んだのはそのためだった。

遊んでばっかりいる、というのを、私は、阿波踊りに行って、あんまり楽しかったので、お遍路さんになって高知まで行っちゃった、あるいは、大文字の送り火を見に行ったのだけれど、ついでに山陰まで足を伸ばして、温泉で一週間もノンビリしてきちゃった、贅沢して皇太子の泊った部屋に泊っちゃった、というぐらいに解釈していた。作家の遊びとは、そういうものだろう。

彼女の「遊んでばっかり」は、そういうものではなかった。徳島から帰って仕事をする、夜は友人と酒を飲み、ディスコで踊る。二、三時間しか眠らずに、また仕事。雑誌の対談、グラビア撮影、TV出演、酒場廻り、そのあと明け方までボウリング。翌日は台湾へ飛ぶ。帰れば奈良へ行く予定がある。TVプロデュースの仕事、ドラマの執筆打ちあわせも待っている。こんなことは、私からすれば遊びですらもない。第一に楽しくない。そのことを彼女はよく承知していた。

だから、彼女は、誰かに叱ってもらいたかったのである。今日は私の一周忌だと言ったのは、女としての精一杯のツッカカリ、その本心は喧嘩を売っていたのである。喧嘩を売って、寺内貫太郎じゃないけれど、誰かに横っ面を張り倒してもらいたかったのである。そうでもしなければおさまらない、というぐらいに彼女の遊びは異常になっていた。

まだ、「K・むこうだ」としか発表されていないが、女房に、豊田健次の家に電話をかけさせた。しかし、豊田は、土曜日であるのにもかかわらず、作家訪問に出かけていて留守だという。矢口純にも電話を掛けさせた。矢口は、えっ！　と言ったまま絶句してしまったという。

「おい、豊田さんにもう一度電話してくれ。それで、奥さんにね、構わないからM先生の家に連絡するように言ってくれないか」

私は、ずっと、頭がカッとなったままでいた。

あれは、NHKの三時のニュースではなかったかと思う。

「なお、日本人乗客は、すべて男性であることが判明しました」

これは実に奇怪なニュースである。K・むこうだの他にも何人かの女性乗客がいて、それが急に男性に変ってしまうなんて、ありうべからざることである。

「ほらごらんなさい。向田さんじゃないじゃないの。あの人、死にっこないのよ」

心臓神経症の患者としては、信じられないような勢いで、女房は椅子から飛びはねて言った。

「いや、駄目だ。まだわからない」

私は観念していた。

「だって、全員が男性だって言ったわよ。NHKが言ったのよ」

「あの人、パンタロンに上っ張りっていう人だから男と間違えられたんだ」

「違うわよ。みんな男なのよ。向田さんは乗ってない、乗ってない。助かった、助かった」

私は自分の女房が雀踊《こおど》りして喜ぶ姿を初めて見た。それを眺めていた。馬鹿な奴だ。向田邦子が乗っていなかったとしても、百人以上の人間が死んだのである。

電話が鳴った。共同通信からだった。

「向田邦子さんの遭難について、何か一言……」

「日本人乗客は全部男性だって、いま、NHKのニュースで言いましたよ」

「ええ、でも、確認されたんです」

「確認されたって、あなたが遺体を見たわけじゃあるまいし……」

すぐに電話を切った。それでも、私は、まだ、向田邦子が無事に帰ってきて、あたし、あやうく大辻司郎になるところだったという冗談を言う場面が目にちらついたりもするのである。混乱していた。

「おい、福沢晴夫（『小説現代』編集部。向田邦子の担当者）の自宅の電話番号わからないか。ああ、そうだ、大村彦次郎（福沢の上司で『眠る盃』を出版している）に電話すればわかるだろう」

その大村は、沈痛な声で、福沢は会社に出ていると言った。

しきりに電話が鳴る。福沢晴夫からの電話もあった。彼は上ずっていた。福沢は、後に、こう言った。

「あの時、どうして、すぐにこっちへ飛んで来い、一緒に飲もうって言ってくれなかったんですか。山口さんでも私でも、飲み明かすことになるのがわかっていたんですから」

私はすでにウイスキイになっていた。体の震えがとまらない。

NHKTVの画面がニュースに変った。日本人乗客のすべてが男性であると報道したのは間違いであったという。

「作家の向田邦子さんが、『ミスターむこうだ』と署名したために、問違いが生じました」という意味のことを言った。私は、画面に向ってバカヤローと叫んだ。グラスを投げつけたい衝動に耐えていた。Mr.の欄に記入したのか、Mr. K. Mukōdaと書いてしまったのか。他の女性客はどうだったのか。まったく好い加減な報道である。

「粗々っかしいからなあ、まったく」

そう言ったとき、ウイスキイに噎《む》せ、テレビが霞んで見えなくなった。

結局、豊田健次には連絡がつかなかった。彼は、作家訪問を終え、国立駅に着き、駅に近い寿司屋に入った。彼は、そこで、いきなり、テレビに映じた向田邦子の大きな顔写真に直面したのである。後に、寿司屋の若旦那が、こう言った。

「豊田さん、真蒼《まつさお》になって、注文したビールも飲まずに飛びだしていったんです。何かあったんですか?」

＊

向田邦子が初めて私の家に来たのは、去年の十二月二十五日、クリスマスの日である。

その日、豊田健次と私とが彼女に招待されていた。豊田の義弟が支配人をしているということもあって、代官山町の『小川軒』を私が指定した。

「私に初めて小説を書けと言ってくれた二人に感謝して」というのが彼女の名目だった。彼女は、常々、豊田さんは活字のほうの恩人ですと語っていた。

去年の七月十七日に受賞して以来、向田邦子が、担当者を労《ねぎら》う小宴を何度も開いているという噂を私も耳にしていた。担当者だけではない。少しでも関係のあった人は、すべて、彼女の御馳走する会に招《よ》ばれていた。私に対しては遠慮があったのだろう。それで、押せ押せになって、暮の二十五日になった。

六時というところを二十分前に到着すると、豊田はすでに来ていた。二人で並んで坐って雑談していると、彼女が五分前ぐらいに勢いよく入ってきた。

「あら、困るわ」

と言いながら、しかし、彼女は、私たち二人に向いあう椅子に坐った。その個室に上座も下座もないのだろうが、とにかく奥のほうの椅子だった。ちょっとした三島由紀夫だなと私は思った。少しも悪びれず、屈託するところがない。

「今日は、私に、ぜんぶまかせてね。ここが終ったら六本木のNと××（ライヴハウスであったようだ）に行くのよ。Nと××とどっちを先きにしようかな。もう決めてあるんだから、ねえ、お願いよ」

向田邦子は浮き浮きしていた。何日も前から、その日を楽しみにしていたという様子がうかがわれた。いや、そのことは、ホステスのマナーであったのかもしれない。その夜の白葡萄酒は素敵に美味くて、すぐに同じ瓶《ボトル》のお代りを頼んだ。

ぜんぶ奢《おご》ってもらうというわけにはいかないので、東銀座のボルドーへ行った。案内役の私が道に迷い、店を探すために駈け廻る向田邦子の姿は、とても五十歳の女には見えなかった。

六本木のNで篠山紀信に会った。篠山と向田とが、シルクロードについて熱心に語りあっている。

思えば、こういうことで、ハウス・オブ・ハウス・ジャパンのS氏（台湾旅行の案内役）との関係が生じたのかもしれない。

隣の席に矢口純がいた。向田邦子は、その矢口に、今夜はどんなに遅くなっても山口さんを送ってゆくと言ったという。

向田邦子と豊田健次とで私を送ってくれた。午前三時を過ぎていた。従って、その日は十二月二十六日になっていた。

彼女は物珍しそうに家のなかを見廻していた。食事室でブランデーを飲んだ。窓のステンドグラスは私の作品であるが、良いとも悪いとも言わなかった。

帰りがけに、彼女は私の仕事部屋をのぞいた。

「おい、やめてくれよ。悪趣味だぜ」

「だって面白いんですもん。小説を書く人の部屋って……」

困ったことになったと思った。私の家に一度だけ遊びに来た人は変死もしくは急死するという奇妙なジンクスがあるのである。この向田邦子を殺すわけにはいかない。この才能を……。

木槿の花　四

私の家には、一度だけ訪ねてきた人は変死もしくは急死するという奇妙なジンクスがある。文芸評論家の服部達《たつ》（自殺）、社会学者の城戸浩太郎（山で遭難死）、映画監督の川島雄三（心臓発作による急死）、小説家の山川方夫《まさお》（交通事故死）、小説家の野呂邦暢《くにのぶ》（心臓発作による急死）がそうだった。

むろん、一度だけ来たけれど元気にしている人の数のほうが圧倒的に多い。しかし、私も女房も、そのことを大変に気に病んでいることに変りはない。私が主に家の近くに住む人と交際したがるのはそのせいかもしれない。また、私は、たとえば、新人作家に、めったには遊びにいらっしゃいとは言わない。そのかわり、一度訪ねてくると、なるべく近々のうちにもう一度来てくださいと言うようになるのである。

こんな迷信を、百パーセント信じているのではない。しかし、去年の十二月二十五日の深夜に、向田邦子が思いがけず私を送ってきたのは、私にとっては困ることだった。

私は、向田邦子に、

「近いうちにもう一度来てください」

と言った。野呂邦暢にも、こんど上京するときは必ず寄ってくださいと言ったのであるが、遠い諫早《いさはや》に住んでいる人に、あまり無理なことは頼めない。どのときも、気にするといけないので、理由は言わなかった。

「お願いだから、必ず来てくださいよ、近いうちに」

しまいには懇願する形になった。講談社での担当者である福沢晴夫にも、向田邦子を連れてきてくれよと頼んだことがある。

私のところでは、四月の第二日曜日に花見の会を開く。今年は四月十二日になった。午後の四時頃、玄関のほうで、

「あ、向田さんがいらっしゃった」

という声がしたときは本当に嬉しかった。やや甲高い向田邦子の声も聞こえる。福沢晴夫と一緒だった。福沢が引っ張ってきたのだと思ったが、そうではなく一人で来たという。このときも、ニューヨークから帰ってきたばかりだということで、その元気と活力に驚いた。私なら四、五日は寝こんでしまうところである。

彼女の席を二階につくり、もう一度来てくれと言ったわけを話した。

「そういうわけなんだ。どうもありがとう」

「えっ？　本当？　もう大丈夫？」

向田邦子は、座布団から飛びあがるような感じで言った。私は、彼女なら、バカなことを言うもんじゃありませんよと否定して、笑いとばしてくれると思いこんでいたのである。

彼女は、あきらかに、何かに怯えていた。そのことに驚かされた。だから、私は、自分を励ますような大きな声で、

「もう大丈夫だ。絶対に大丈夫だ。あなたは長生きするよ」

と言った。

「本当？　よかったわ」

彼女は安心したようで、土地の人の作った草ダンゴを食べ、例によって、おいしい、おいしいを連発するのである。

書画骨董の鑑定でも第一人者であるところの関保寿先生と骨董の話をする。書の研究家である井上猛博と中国の書家である金冬心について語りあう。息子の友人で、国文学研究家のアンドリュー・アーマーと『源氏物語』について論じあう。私は、ただただ、あきれてそれを見ていた。

夜の九時頃に、帰ると言って、階下へ降りていった。その向田邦子の声がまだ聞こえているので、そっちへ行ってみると、こんどは、大工、植木屋、畳屋などの職人衆と話しこんでいる。ああ、見事な女だなあ、とそのとき思った。

＊

私は、一度だけ、向田邦子の嬌声《きょうせい》を聞いた。

ある文壇関係のパーティーがあり、早目に抜けだして、銀座の『東興園』というラーメン屋に行った。後からそこを訪ねてくる人もあり、七、八人の一座になった。

常盤新平が、ちかごろ洒落たものを着るようになったという話がキッカケで、それぞれが自分の着ているものを自慢することになった。まことに他愛がない。向田邦子はビールを飲んでいて、帳場にいる内儀に、

「ハイネッケン、プリーズ！」

と叫んだりしている。

「このスポーツシャツは、絹のように見えるけれど木綿なんだ」

私は、自分のシャツの胸のあたりを揉むようにして言った。

「向田さんのは、どんな感じ？」

私は向田邦子の胸のほうに手を伸ばした。私の指が、かすかに彼女の胸に触れたか触れないかというときに、

「キャア」

と叫んで彼女は飛び退《すさ》った。小娘じゃあるまいしと思ったが、いま考えると、あれは嬌声ではなかったのかもしれない。

＊

直木賞授賞式のあった夜、私は、銀座裏の小料理屋で酒を飲んでいた。私の体の調子が悪くて、たちまちに泥酔してしまった。いつもよりピッチが早くなるのが自分でもわかっていて、仲居の持ってくる冷酒が待てない。もどかしい。

私は、小料理屋の小間で仲居を呼ぶための小さなベル（ブザー）のことを、その形状からオッパイと称している。

「向田さん、オッパイ、オッパイ」

「えっ？」

「そのへんにオッパイありませんか」

「オッパイって何？」

彼女は自分の胸を両手で抱くようにして言った。

「ああ、そうか。私は、つい、オッパイって言ってしまうんですけれどね。仲居さんを呼ぶベルのことですよ」

「ああ、びっくりした」

「ごめんなさい。それ、押してください」

＊

ある総合雑誌に、乳ガンに罹《かか》った中年女性の手記が掲載されたことがある。どういうわけか向田邦子は大変に立腹したそうである。

「もう、私、あの雑誌には書かないわ」

と、向田邦子ラシカラヌことを言った。私は、その手記を読んでいないので、どうして怒ったのか、わけがわからない。

＊

向田邦子は六年前に乳ガンの手術をした。そのへんで開き直った、性根がすわったと見る人が多い。某放送局の社員で、彼女のガンは転移していたと言う人がいる。そういうことは私にはわからない。大手術だから、その後も月に一回ぐらいの通院を続けていたのではあるまいか。

私は、漠然と、彼女は自分の死期を知っていたのではないかという気もしているのである。いまになって思えば、ということであるが。

すくなくとも、彼女は、こんな健康状態でいられるのは、あと一年ぐらいだと思い定めていたのではあるまいか。傍《はた》から見て失意の時代と思われるときが実は作家としての幸福の時代であったということがある。この二年間、いや大手術以後の六年間の彼女の仕事ぶりはメザマシイの一語に尽きる。六十ワットの電球が、いきなり百ワットに変ったように輝きだした。彼女のＴＶドラマの題名を借りれば『阿修羅のごとく』である。追悼番組として『眠り人形』という四年前の一時間ドラマが再放映されたが、一点の非の打ちどころもない名作であって、すでにして古典的な風格をそなえていることに驚倒せざるをえなかった。

彼女の「遊びいそぎ」「食べいそぎ」と言われる無軌道な行動の芯なるものも、ここにあったのではあるまいか。

木槿の花　五

いまから十年ぐらい前、私は、好んでＴＶドラマを見た。それは気休めになった。原稿料とか印税を貰うとき何か疚《やま》しい感じになるのであるが、ＴＶドラマを見ていると、これでお金を貰っている人がいるのだから、俺が貰ってもそんなに恥ずかしがることはねえやという気分にさせてくれたものである。

そのうちに、

「おや、これは違うぞ」

という作品にぶつかるようになった。最初は、女房に言われた。

「『六羽のかもめ』っていうのは、とっても面白いわよ」

倉本聰《そう》の『六羽のかもめ』は、昭和四十九年秋から五十年の秋にかけて放映されている。女房は、息子にそれを教えられたと言った。息子は、倉本聰っていうのは、パパが言うのと少し違う人だよと言ったそうである。

私は『六羽のかもめ』は半分ぐらいしか見ていない。『うちのホンカン』以後は、全部見たはずである。

倉本聰、向田邦子、山田太一の作品の印象は強烈であり、私にとって刺戟《しげき》的だった。特に、山田太一の『さくらの唄』が好きだった。こんなものをテレビでやられたら小説を書くのが厭になると思った。

向田邦子の作品は、森光子が、どんなドラマでも一箇所だけは必ず光る場面があると言っているが、まったくその通りである。ただし、喜劇的な設定である『時間ですよ』でも『だいこんの花』でも、話が暗いのである。ゾッとするくらいに暗い。あるいは辛《から》いのである。妥協を許さない人だなと思い、この人に会ってみたいと思った。友人の沼田陽一が遊びにきたとき、一緒に『だいこんの花』を見て、私は、向田邦子というのは天才だと叫んだそうである。

私が名をあげた三人は、いまで言えば、きわめて常識的なことになるが、当時は、それほど知名度が高かったわけではない。また、私がすべてのTVドラマを見たというのでもない。

この三人に小説を書かせてみたいと思った。しかし、山田太一には、なぜか、短篇小説には向いていないという感じがあり、東京新聞に連載小説を書く予定になっているという噂も伝わってきた。それが『岸辺のアルバム』である。

私は、訪ねてくる雑誌編集者の誰かれなしに、倉本聰と向田邦子に小説を書かせてみないかという誘いをかけた。『オール讀物』編集部の豊田健次には、

「とにかく向田邦子さんに会ってみなさいよ。ちょっとしたもんだから」

と言ったのを記憶している。しかし、文芸出版社の編集者には、苦節十年、同人雑誌で頑張っている小説家を大事にしたいという気持が強いようで、私の願いは、なかなか実現しなかった。新人探しに血眼《ちまなこ》になっているのに、テレビ界の既成花形作家に注目しないというふうがあった。TVドラマを放映している時間には会社で仕事をしているか、新宿あたりで酒を飲んでいるということもあり、また、脚本家のほうも活字媒体には気遅れがあるようでもあった。

＊

倉本聰に最初に会ったのは昭和五十二年のことで、遅くまで飲み、その夜のうちに講談社の大村彦次郎を呼びだして紹介している。

向田邦子に初めて会ったのは五十年の九月であり、沼田陽一の第一創作集の出版記念会の開かれた高田馬場の『大都会』という店だった。沼田陽一は、犬の小説を書く男で、向田邦子は、

「私は、猫が好きですけれど犬も好きです」

と言ったのを記憶している。パンタロンに上っ張りだったかロングドレスだったか忘れたが、緑色系統の洋服を着ていて、ライトを浴びると学芸会の女王様のようにも幼稚園の保母のようにも見えた。

＊

豊田健次は、最初から向田邦子には小説を書かせることだけを狙っていたが、なかなか書かない。豊田は五十一年四月に『文學界』編集長に就任するが、当時は『別冊文藝春秋』という小説雑誌の編集長も兼任していた。

その『別冊』のほうの随筆欄を充実させたいということで相談にきた。私は文章の上手な人の名を何人かあげ、「随筆名人戦」というタイトルもその場で二人で決めた。そのとき向田邦子の名は出さなかったのであるが、雑誌が出来あがったら、ちゃんと向田邦子の名前があった。私は、豊田のなかに向田がそのように定着していることを知って喜んだ。その少し前に向田邦子が乳ガンの手術をしていることを豊田は知らなかったという。豊田が向田邦子に書かせた小説は「あ・うん」(長篇)、「幸福」、「下駄」、「胡桃《くるみ》の部屋」、「春が来た」の五篇である。あの遊び好きの女性が、短い間によくこれだけ書いたものだと思うが、書かせてしまった豊田にも驚嘆する。駄作は一篇もない。

＊

去年の正月、私は糖尿病の検査のために、三田の済生会中央病院に入院していた。暮に出た『小説新潮』二月号を売店で買った。向田邦子が小説を書いている。それが『思い出トランプ』という短篇連作の第一回の「りんごの皮」だった。

読んでみて、まず、細かく鋭い観察眼に驚いた。たとえば、大人になりかけた弟の体臭について「インク消しのような匂いもまじっていた」と書いているが、私は唸った。ナミの女じゃないと思った。

「絶好調、向田邦子か中畑か」

　とハガキに書いたが、結局、そのハガキは投函しないで破って捨ててしまった。中畑というのは巨人軍の中畑清であって、紅白試合やオープン戦でよく打っていた。

　見舞いにきた豊田健次が、

「向田さん、どうですか？」

　と言うので、ハガキの話をした。

「中畑は自分で言いふらしてるだけで、向田さんのは本当の絶好調です」

　と、豊田が言った。

　私は、この連作短篇が完結すれば直木賞の大本命になるなと思った。

　向田邦子は、豊田には、あれは随筆だと思って書いたのに、小説欄に組まれてしまったと語ったという。そうだとすれば『小説新潮』編集部の大手柄であるが、向田邦子の照れ臭さがそう言わせたのだと解釈する。

『小説新潮』編集長の川野黎子にも、何度も向田邦子に小説を書かせなさいと言っていた。川野と向田は大学の同級生である。

「ええ、私だって何度も言っているんですよ」

　と川野は答えていた。そうして、現実に小説の連載が始ったのであれば、もう私の出る幕はないと思った。

なんだか向田邦子という才能を発掘した手柄話のようになってしまったが、決してそうではなく、功績があったのは、実際に『銀座百点』というPR誌に『父の詫び状』を書かせた故・車谷弘である。あの一作で、向田邦子は、すでに多くの愛読者を獲得していた。玄人筋の評判もよかった。

「直木賞をとらなければ……（死ななくてすんだ）」

という声がある。テレビのほうの人が、その才能を惜しんで言うのである。銓衡委員会で強力に推した一人である私は胸が痛む。

私の場合は、それだけではない。あんなに各社の編集者に、小説を書かせろ、書かせろと言わなければという思いが残ってしまう。沼田陽一に、彼女は天才だと叫んだ言葉は、その翌日、「猫好き犬好き」という婦人雑誌での対談があって、そのまま彼女に伝わっていたという。

それが縁というものだろうけれど、いまになっても、深夜になると、私の胸はキリキリと痛むのである。

＊

木槿の花　六

向田邦子のように、会うたびにどんどん綺麗になる女性というのも、めったにいるものではない。これは私だけが感じたことではない。多くの人から同様の感想を聞いた。その意味でも、彼女は「奇跡の人」である。

去年の五月に私が初めての海外旅行に出かけるとき、向田邦子が箱崎まで見送りにきたことを前に書いた。なにしろ勝手がわからないので、私は、ずっと食堂で関係書類を読み続けていた。顔をあげると向田邦子がいた。あんまり美しいので驚いた。

「あなたは、どんどん綺麗になる人ですね」

と言った。五十年の九月に初めて会ったときは、鼻の大きい人だなぐらいにしか思っていなかった。

「お相撲さんにもいますよね。齢を取るに従って、だんだんに強くなる人が……。高見山がそうでしょう。昔の出羽《でわ》錦《にしき》なんかもそうだった」

「あら、私、高見山と比較されるのは厭だわ」

その箱崎には、指定された時刻の三時間前に着いてしまっていたが、いよいよ出発の時が来た。バスに乗りこむための通路を歩いていると、柵をへだてて見送りにきた人たちの姿が見えた。私は扇子をひらいて振った。向田邦子は、人を小馬鹿にするような、同時に、心配で心配でたまらないというような顔で笑った。案外に艶《なま》めかしいところもあるなと思った。

向田邦子の追悼文で、飛行機を怖がっていたと書いている人が何人かいたが、私は断じてそうは思わない。彼女は、大胆で思いきりがよく、飛行機なんか平気の平左衛門だった。彼女は何かに怯えている様子があったが、それは飛行機とは別のことだった。

＊

これは、いつのときだったか忘れた。話の内容からして、彼女と二人きりでいたときのことである。

「あなたは文壇の原節子ですね」

と、私が言った。

「………?」

「永遠の処女……」

いくらか、ヒッカケてやろうとする気味があったのかもしれない。誘導訊問である。そのとき、向田邦子は、思いつめたような顔になった。そうして、思いきって言ってしまおうというようにして、

「あら、私、(男が)いるのよ」

と、現在形で言った。それから、急に早口になって、

「『父の詫び状』のなかに出てくるでしょう。あの男よ」

彼女は『父の詫び状』のなかの、ある章の名を言った。その夜、帰宅してから、その章を読みかえしてみた。なるほど、彼女は、実に巧妙に告白しているのである。

向田邦子は、そのとき会っている人に、もっとも信頼されていると思いこませてしまう名人だったと言う人がいる。彼女が男だったら大変なプレイボーイになっているはずだと言う人もいる。彼女に会えば誰でも良い気持にさせられてしまう。それが彼女のサービス精神なのだろうけれど、その点でも彼女は天才だった。

だから、私に言ったのは、その類のことだったのかもしれない。あるいは、名人の手から水が洩れたのかもしれない。

「私、仕事を断るのがとてもうまいのよ」

と言っていたのを思いだす。相手を傷つけないで、良い気持にさせて、原稿だけは断るのが上手

だという意味だろう。

＊

「直木賞受賞を祝う会」で、最初に森繁久彌が祝辞を述べたのであるが、長い交際ということと彼女が独身女性であるということで、彼女の男性関係について、かなり露骨なことを言った。ショックを受けた客がいるかもしれない。

その次が私の出番だったのだけれど、直接に告白されている以上、嘘を言うわけにはいかない。

「向田邦子は新品同様であります」

と言ってしまった。

一週間後に、彼女からお礼の意味で、松茸一籠《ひとかご》と地酒三本が届けられた。手紙がそえられていた。

ご迷惑のかけ通し、という気がしております。会場で、文春の豊田（健次）さんから「山口さんのスピーチは時間がかかってますよ」とおどかされました。新潮社の人たちからも「あれは大変なことです」と言われました。ほかに文壇関係の方を存じ上げない、ということもありますが、一番ご迷惑をかけたくないと思っている方に、どんどん迷惑をかけてしまうというのは、なんたることかと辛い気持になります。（中略）お礼があとさきになりましたが、スピーチのおかげで、私めは近頃「新品同様」と呼ばれております。

この「私めは近頃『新品同様』と呼ばれています」というのを、どう解釈したらいいのだろうか。いまでも解決していない。

*

たしかに、向田邦子は、どんどん綺麗になっていった。

葬儀のとき、控室で、風間完が、

「相撲でもいるんだよねえ。強くなると、どんどん顔が良くなっていくんだ。なぜだろうねえ」

と、私と似たようなことを言った。

「それは、向田さんの場合は、内面的なものじゃないでしょうか。それと自信ですね」

小説家という一種の水商売の水に馴れたせいであるかもしれない。それと、だんだんに気持が澄んできたということをつけくわえたい。吉野秀雄先生が、晩年になって、

何がどうならうがかまはないといふ半分は悟つたみたいな、半分はヤケクソみたいなそれでゐて実に屈託のない心境になつてきました。これがも少し澄んでくるとこの世の終りですから、なるべくジタバタしたみたいな恰好をこしらへたりしてをりますよ。

という手紙をくださったのを思いだす。これは向田邦子の晩年の心境をも言い当てているような気がしてならない。

私が最後に会ったのは今年の七月十六日であるが、そのときの彼女は妖艶《ようえん》でさえあった。妖艶なんていう言葉を使ったら、天上の彼女は吹きだすだろうけれど……。その日は矢口純との対談が行われたのだけれど、後に、矢口は、雑誌掲載のための写真が出来あがったら、向田邦子があまりに美しいのでびっくりしたと語ることになった。そのことを彼女に電話で言うと、その写真ちょうだい、ちょうだいと叫んだという。彼女は、その写真を見ていない。

向田邦子に会ったことのない読者でも、彼女の写真がどんどん美しくなっているのに気づいているはずである。不思議だとしか言いようがない。

主にテレビのほうの人たちなのであるが、向田邦子処女説を主張する人がいる。

「俺は絶対に処女だと信じているよ」

十七、八年の交際のある人がムキになって言う。たとえば、放送作家の安倍徹郎もその一人だ。

これに反して、雑誌の編集者たちは、

「そんなことありませんよ。かなりキワドイ話をしますからね」

とか、

「男を知らないで、(男女のことを)あんなにうまく書けるはずがありませんよ」

と、こっちのほうも真顔で言う。この点でも彼女は神秘的な存在である。

そうして、私は、彼女に直接に現在形で告白されているのにもかかわらず、処女説を支持したい気持になっている。

あるとき、向田邦子と二人でタクシーに乗っていると、私の目の下に彼女の太股《ふともも》がきていた。タクシーの後部座席はシャフトによって仕切られているが、彼女はそのシャフトの上に足をのせていたのである。こういう女性に会ったのは初めてのことである。男でも、こんなことをする人はいない。彼女は私に気があったのではない。気があれば上体を寄せてくるはずだ（と思う）。

そのうちに、彼女は、シャフトによって仕切られたこちら側に自分の足をいれてしまった。おいおい、こっちは俺の領分だぜ、と言いたいところだった。こんなことをするのは、私の経験では、中学生時代の、悪巫山戯《わるふざけ》の好きな、ごく親しい友人だけである。無邪気なのか天真爛漫なのか。私が向田邦子処女説を支持するのは、こういうことがあったからである。

*

向田邦子について残念に思うことのひとつは、彼女の批評家としての才能が世に知られていないことである。まことに辛辣な批評家だった。

まだ知りあって間のない頃。新橋の小さな酒場で飲んでいるときに、小説の話になった。

彼女は、

「私、阿部昭と竹西寛子と野呂邦暢の小説は必ず読むの」

と言った。私にはまだ放送作家という頭があり、多忙な放送作家は文芸雑誌なんかを読む暇がないだろうと思っていたので驚いた。

「私、竹西寛子の大ファンよ」

驚いている私に重ねて言った。彼女の言葉がツケヤキバでもアリキタリのものでもないことは、野呂邦暢の死後も続いた彼に対する打ちこみようの激しさでわかると思う。彼女は、野呂邦暢の『諫早菖蒲日記』を脚色してTVドラマ化したいという希望を持っていた。私には、原作が立派すぎて困ると言っていたが、野呂の『落城記』のプロデューサーを買ってでたのは、それによって実績をつくっておきたいという考えがあったためであったようだ。

向田邦子は山本周五郎を認めなかった。そのことについて話しあったことはないけれど、山本周五郎におけるある種の甘さとか妥協を嫌ったのではないかという気がしている。

チャップリンとか山田洋次という映画作家も認めようとしなかった。その痛烈な批評について、それはあまりに酷だと思ったことが一再ではなかった。

＊

三年前に私が水彩画の個展を開いたとき、彼女も見にきてくれた。

彼女が評価したのは、将棋の森雞二《けいじ》八段の似顔であって、これを売ってくださいと言った。それは森八段に進呈するつもりにしていたので、売るわけにはいかない。

例の仙台での名人戦第一局、森八段が頭をツルツルに剃ってあらわれて、剃髪《ていはつ》事件と呼ばれたとき盤側にいた私がこれを写しとったもので、彼女は、こういう気魄《きはく》とか鋭さとかを評価したのである。彼女は森雞二と面識があるのではなく剃髪事件も知らなかった。単に森は坊主頭の棋士だと思っていたようだ。このときも私は、これは普通の女ではないなと思った。私の風景画や裸婦には見向きもしなかった。

彼女は、私の書いたものでは『世相講談』しか認めないと言っていた。会うたびに実にハッキリとそのことを言うので、小気味がいいくらいだった。

＊

ある文壇のパーティーで向田邦子と並んで坐って話をしていると、新潮社の『波』の編集長の吉武力生が近づいてきたので、この人に見聞き二頁《ページ》の文芸時評を書かせないかと言った。

「批評家になると小説が書けなくなるから厭だわ」

「文芸時評と言ったって、普通のアレではなくて、何か一冊読んで、それについて書いてみませんか」

「そういうヨリドコロのある随筆ならいいわね。やりましょう、やりましょう」

この企画は実現しなかった。まことに余計なことであり、私自身、二年か三年先きのことでいいと思っていたのであるが、彼女の批評眼が世に知られることなくして終ったのが心残りになっている。

もうひとつ。向田邦子に新聞小説を書かせたいと思っていた。サンケイ新聞から依頼がきていると言っていたが、それを読むことができなくなったのは実に残念である。

＊

今年になってからのことであるが、向田邦子に一緒に競馬へ行きませんかと言ったことがある。例によって、彼女は、即座に、

「行きましょう、行きましょう」

と言った。彼女は、妹の和子の店にままやという名をつけた。由来を訊くと、私、ゾロ目が好きなのよ、と言った。ままはゾロ目だと言う。そういうことがあったので、ギャンブルに無関心であるはずがないと思い、競馬に誘ったのである。ちなみに彼女の死んだ日は8月22日である。

「あなたにどのくらいのツキがあるのか、見てみたいんだよ」

「あら、私、駄目よ。あれでオシマイよ」

このときは『思い出トランプ』が売れに売れている最中だったので奇異な感じがした。

また、あるとき、こんなことを言った。

「文庫本が十冊になるまで頑張りなさいよ。そうすれば……」

「どうなるの？」

「少し眺めが変ってくるよ」

ＴＶ関係の花形作家が活字媒体の仕事をすると、必ず、原稿料について苦情を言う。向田邦子も例外ではなかった。単行本を二万部売るということがどんなに大変なことかわかっていない。なにしろ、テレビでは一千万人単位の仕事をしているのだから——。

私は向田邦子が金のために焦っていると考えたことは一度もなかったが、印税収入による余裕ができれば、仕事ぶり暮しぶりが少しは変ってくるはずだと思っていたのである。

「あら、文庫って言ったたって、私、『思い出トランプ』だけでしょう。十冊なんて、そんな……」

とんでもないという顔をした。どうやら、彼女は、自分の五年先き、十年先きなどは考えていなくて、今日のイマを生きることだけしか考えていないようだった。

また、こんなことも言った。

「私、田中角栄より先きに死にたくないわ」

そのときも私は良い感じがしなかった。どんなに、その人個人を憎んでいても、人の生死のことを言ってはいけない、と私は思っている。

若い編集者たちと酒を飲んでいるとき、私が、

「いま、私が考えているのは、老後を安楽に暮したいということだけだな」

と言った。

「私もそうなの。余生を安楽に暮したいわ。ゆっくりと、なんにもしないで」

向田邦子も同じことを言った。

「えっ？　向田さんも、これは驚いた」

若い編集者は、とても信じられないという顔をした。

「本当よ。もう、こんな生活、厭なの」

野呂邦暢が急死したとき、向田邦子は、

「四十二歳なんかで死んじゃ駄目よ。絶対に駄目よ」

と、叩きつけるような調子で言った。彼女は何物かに怒りをぶちまけるような顔つきで、体を震わせてそれを言った。そんなことを言ったたって仕方がないのに——。

向田邦子の遭難死を知ったとき、何か辻褄が合っているような、まるで計算ずくででもあるような気がしたのは、そんなことがあったからである。晩年の彼女には、自分の運命が見えていたというような気がしてならないのである。向田邦子は『向田邦子の生涯』という脚本に自分の遭難死まで書き込んでしまったと思っている。

木槿の花　八

向田邦子は、極めて短い期間に、頂上まで天辺《てっぺん》まで登りつめてしまった。濃《こく》のある短篇小説を発表し続けた。相当な手足《てだ》れでも、いまの中間小説雑誌に読切短篇の連載を書ける作家は稀だろう。それが良い作品であるばかりではなく、大いに売れたのである。『思い出トランプ』は四十万部に迫ったと聞いているが、短篇小説集の発行部数としては空前絶後ではあるまいか。

随筆集の評判も良かった。山本夏彦が『諸君!』連載の一回分を費して絶讃したのは記憶に新しい。彼の「突然あらわれてほとんど名人」という批評そのものが有名になった。現代の清少納言だと言ったのは、渡部昇一だったか小田島雄志《ゆうし》だったか。あの鬼の谷沢永一でさえ彼女を評価した。斎藤信也も褒めた。女流作家を育てることで実績のあった矢口純は、彼女は樋口一葉だと言っていた。沢木耕太郎（『父の詫び状』の文庫の解説はとてもいい）まで含めて、悪口屋、もしくはヘソマガリとして知られている点の辛い人たちばかりである。

短期間に名作を発表する作家は稀ではない。しかし彼女は、同じ時期にＴＶドラマにおいても視聴者を唸らせた。多くの中年男がＮＨＫの『あ・うん』を見て泣いたのである。

第一創作集の『思い出トランプ』の装幀は風間完だった。それがまた実に良い出来だった。

「この題字は新聞活字で平体の一番が掛っているのよ」

そんな専門用語を使って誇らしげに言ったが、そのときの嬉しそうな顔を忘れることができない。『あ・うん』のほうは中川一政先生であるが、およそ新人作家としては考えられないような超豪華版と言わねばなるまい。行きつくところまで行ってしまっている感じで、これはちょっと後生が悪いぜ、と言いたいくらいだった。

作品だけのことではない。テレビの番組に出演しても、どれもが面白くて、よくあんなに淀みなく話ができるものだなあと感心した。何か憑き物がついているのではないかと感じたこともあった。授賞式のスピーチも完璧であって、直木賞受賞者の挨拶では最高と言う人もいる。ついには、ベストドレッサー賞まで受賞した。

仕事以外でも、誰に対しても実に細かく気を配っていたが、その話は、いつか書こう。

＊

二時間か三時間しか寝ない。昼間、仕事机に向っているとウツラウツラとしてしまう。そのうちに本格的に眠ってしまう、と言っていた。この、本格的に眠るというのを、私は、布団を敷いて寝ることだと思っていたが、そうではなくて、机の上に顔を伏せてグッスリと寝こんでしまうようだった。こういうことは私には気にいらなかった。

外国のホテルに泊って、バスを使い、眠ってしまって、気がついたら水風呂になっていたという話を読んだことがあるが、これも私は気にいらない。

私には美的でないものは悪だという牢固《ろうこ》とした考えがあって、ほかならぬ向田邦子が、こういう生活をしているのは腹立たしく悲しいことだった。

新聞を十四紙講読していた。長い旅行から帰ってきたら、部屋が新聞と郵便物で一杯になってしまうだろう。私には、留守番電話でさえ気にいらない。彼女自身はそうではなかったけれど、これでは、小説家のひとつのタイプである破滅型を実践しているようなものだった。

*

八月二十二日の午後、テレビで、K・むこうだというテロップを最初に見たとき、瞬間的に、もう駄目だと思った。火焔山上空とか苗栗郡《びょうりつ》なんてのもいけない。苗ハ猫ナリ、猫ハ向田邦子ナリという思いに覆われてしまう。不思議に悲しい気持はすぐには湧いてこなくて、ただオロオロするばかりだった。

翌日の夜、すでに酔ってしまっている矢口純が葡萄酒を持って訪ねてきた。そのとき、壺に活けた木槿の花はまだ咲き残っていて、その花が一日で散ること、ちょうど遠東航空機が墜落した時刻に花を切ったことを話すと、矢口純は卓に突っ伏して泣いた。

それから一時間ばかり経った。ずっと飲み続けていた矢口純が言った。

「おい、何か書け。紙と筆を持ってこい。いいから持ってこい」

私は仕事部屋から、色紙と筆と硯《すずり》を持ってきた。

「そこへ、矢口純、と書け」

「ハイ」

「その隣に、山口瞳、と書け」

「ハイ。書きました」

「我等両名は、と書け」

「我等両名は……」

「向田邦子の大ファンだった」

「矢口純、山口瞳、我等両名は向田邦子の大ファンだった。ハイ、書きました」

「書いたら、署名してハンコを押せ」

「うるせえなあ。ハイハイ、押したよ」

矢口純は、その色紙を自分の顔の近くへ持っていって、舐めるようにして見た。突然、彼は、声をあげて泣きだした。

私は、向田邦子の件に関して、このように泣くことはなかった。むこうのほうが、人間として純粋で上等なんじゃないかと思った。

倉本聰から電話が掛ってきた。

「クラモトです」

「こんばんは」

「……（む）……」

向田邦子を躁《そう》とすれば、倉本は鬱だ。

「いま、新聞の追悼文を書いちゃってねえ。厭だ、厭だ」

「飲んでるの」

「そうです」

それだけで終った。

＊

あるとき、銀座の並木通りを歩いていると、むこうからチカチカと私の目に飛びこんでくるものがあった。近づいてみると、それは弥生画廊のウインドウであって、中川一政先生の書が掲げられていた。それが「僧叩月下門」であったかどうか、確かな記憶はない。私は圧倒された。

「それ、私、持ってるわ。だけど、弥生画廊じゃなくて吉井画廊よ」

と、向田邦子が言った。彼女には何度も驚かされたが、これもそのひとつである。金と度胸があればと思って、中川先生の書の前で五分ぐらい立ち竦んでいたという話をしたのである。

「弥生画廊でも個展をなさったことがあったんです」

「あら、そうだったかしら。私も、圧倒されたわぁ……。それで聞いてみたら、もう売れているんですって。社長の吉井さんが買ったんですって。ですからね、吉井さんに名刺を渡して、もしお気が変ったら電話をしてくださいって言ったのよ」

「商売人みたいなことをするんだなあ」

「だって、そうしなきゃ手に入らないんですもの」

「だけど、私はね、あんな圧倒的というか働きかけの強いものを居間に掛ける気はしないなあ」

口惜《くや》しまぎれにそう言った。通夜の席で見たのは「僧叩月下門」ではなくて「僧敲月下門」になっていた。

＊

夢を見た。

夥《おびただ》しい月の光だった。白いワンピースを着た少女が、山門に通ずる不揃いな狭い石段を登ってゆく。その少女は岸本加世子だった。

少女が扉を力一杯叩いた。

「偉い方たちにお伺いします。山口さんは、あんなことを言いますが、私の生き方は間違っていたでしょうか」

声は、凛とした、やや甲高い向田邦子の声だった。答は返ってこなかった。

白いワンピースを着た少女は、見えない糸で引っぱられるようにして垂直に天に上っていった。

少女は木槿の花になった。

木槿の花が、うなだれて蜂の巣の形になった。どんどん上っていって、まるめた純白の脱脂綿の形になり、月の光のなかに消えた。


（「週刊新潮」一九八一年九月十日号〜十月二十九日号）

向田邦子三回忌

向田邦子さんの三回忌が近づいている。

七月の半ばを過ぎて、近所の家の木槿の花が咲きだした。ところが、私の家の木槿は、場所が悪いせいか、いっこうに咲かない。それが八月の上旬になって、やっと咲きだした。私のところのものは純白である。

木槿を見ると向田さんを思いだす。以前に書いたことがあるのであるが、私は、白分の家に木槿があることを知らないでいた。

以前、家の近くの友人の家で野外パーティーがあったとき、竹の塀のところどころに純白の木槿の花がさしこまれていて、とても洒落ていると思ったことがあった。筧《かけひ》に浮かべてもいい。

それで、植木屋に頼んで持ってきてもらおうと思っていた。ある日の朝、暑いので勝手口の扉をあけたら、地面にいっぱいに白いものが散り敷かれていた。見あげると、物置の裏に木槿があったのである。

その日が向田さんが亡くなった日だった。こう書いていて、私は、向田さんが亡くなって何年になるのか、よくわからないでいた。三回忌の通知を貰って、やっと二年前だったと気づくのである。長いのか短いのか、この二年間の実感が、まるで摑めていない。何かに化《ばか》されているような日が続いている。

およそ、亡くなった小説家が、その死後に、いよいよ声価が高くなるという例を向田さん以外には知らない。文学的声価だけでなく、死後に出版された書物がこんなに売れるということでも空前絶後だと言っていいだろう。

こんど『向田邦子ふたたび』（文藝春秋臨時増刊・六百八十円）という追悼文集が発売された。このテの、ムックと言うのだろうか、そういう書物も二冊目である。

とてもよく編集された書物である。欲を言えば、これは私個人の希望であるが、NHKの連続インターヴュウ番組があって、三回か四回続いたはずであるが、あれを再録してもらいたかった。

そのなかに、

「文章というものは、その人の思いが深ければ、誰にでも良い文章が書けるはずです」

という意味の、新人にしては大胆かつ的確な発言があって、私は、これを拳々服膺《けんけんふくよう》している。思いが深いのでなければ、随筆でも小説でも書くべきではない、といったように……。そのほか黒柳徹子さんのインターヴュウ番組もあったはずである。

＊

『向田邦子ふたたび』というムックのなかに、吉行淳之介さんがこんなことを書いている（「向田邦子に御馳走になった経緯」）。

「私はそのテレビ（『隣りの女』）を見ていた。面白かったが、いくつか不満があった。いまでもその一つははっきり覚えていて、それは甘栗の場面である。（中略）向田邦子は、男女の機微にやや疎いな、とおもった。（中略）食事をしているうちに、酔ってきた。それとともに、その意見を口にしたくて仕方がなくなった。しかし、いかに八面玲瓏《れいろう》の向田邦子でも、せっかくの会食のとき貶《けな》されては厭な気分になるだろう。たとえ私の意見を理解したとしても、知と情とはべつのものだ。しかし言ってみたい。

こういうとき結局口に出してしまうのが私の悪い性癖なのだが、このときは最後まで我慢した。もちろん、事故のことなど、予想もしていなかったが、今しみじみ、あのとき口にしなくてよかった、とおもっている」

実は、私も、まったく同じことを思っていて、つまり、向田邦子は男女の機微にやや疎いと思っていたのである。特に夫婦生活のことがわかっていないと思っていた。また、反面、『あ・うん』における門倉のおじさんが水田の細君に寄せる恋情なんかには鋭いところがあったのであるが。

そこで、吉行さんと私との決定的な違いになるが、私は、そのことを口に出して言ってしまったのである。

私には優しさが足りない。女あしらいが上手ではない。余裕がない。

私は「夏服、冬服の始末も自分で出来ない鈍感な夫」というのはおかしいと言ってしまった。夫の衣服の始末は、通常、妻の役目である。鈍感な妻というのなら話はわかる。そのほかにも、いろいろ、思っていたことを言ってしまった。吉行さんと同じように代官山の小川軒で御馳走になっていた席でのことである。

そのとき、向田さんは、笑って聞き流すという感じで終始した。私は、しまった、やっぱり向田さんほどの人でも、女流作家にこういう種類のことを言ってはいけなかったと後悔した。

これだけならよかった。そんなに思い悩むことはない。私は、夫婦間のことなら、いくらかコーチする資格があると思っていた。なにしろ、相手は未婚であり、子供を生んだことがないからである。

＊

ここからがいけない。

誰と誰とが似ているという話になった。まったく、くだらない話である。

「向田さんに似ている人がいるのだけれど……」

「え？　だれ？」

そのとき、私は口にだして言わないつもりにしていた。なぜなら、私自身、似ているということに確信がなかったのである。その場の思いつきである。

ここで、また吉行さんの文章を借りると、こういうとき結局口に出してしまうのが私の悪い性癖なのだが、白葡萄酒を勢いよく飲んでしまっているということもあって、ついに言ってしまった。

「春風亭小朝です」

「あら……」

向田さんは、珍しく、あきらかに不快そうな顔になった。（ここで、春風亭小朝にも詫びなければならない。彼は落語家のなかでは美男子に属する）

私の指摘は、まことに観念的なものだ。向田さんは目と目が離れている。これは彼女自身、野球の選手なら強打者よと自慢していた。それから、女性としては鼻がやや大きい。小朝にもそういう気味があって、それを単純に結びつけてしまったのである。変な話だけれど、私は、向田さんと小朝が似ていると思ったことはないのである。目と目が離れている、鼻が大きい。それを頭のなかで結びつけてしまったのである。

これは万死に価することである。

その後、向田さんの写真をたくさん見る機会があったが、どう見ても小朝には似ていない。向田さんは建蔽率《けんぺい》違反と自分で言うくらいに、目、鼻、口の造作が大きいだけである。造作が大きいというのは女優に適している。原節子がそうだ。それに向田さんは、私が知っているだけでも、年々に美しくなった。

ああああ、いくら言っても、もう遅いのだ。いくら詫びようと思っても、詫びる相手がいない。ああ、そうだ。こんなことも言ってしまった。

「あなたは、どんどん綺麗になりますね。齢を取ると強くなるお相撲さんているでしょう。出羽錦とか高見山とか……」

「高見山と一緒は厭よ」

そのときも怒らせてしまった。

私と同じことを風間完さんが向田さんの葬儀の控室で上手に表現した。

「向田さんは、どんどん綺麗になった。ほら、お相撲さんにもいるじゃないか。強くなってくると、どんどん顔が良くなってくるのが」

向田さんの三回忌は、別の意味でも、とても辛いのである。

（「週刊新潮」一九八二年九月一一日号）

冬の夜に

田辺茂一（たなべ・もいち）
書店経営者、随筆家。一九〇五〜八一。享年七十六。紀伊國屋書店代表取締役会長。

「このごろ、ちっとも文蔵へ行っていないんです」

ドストエフスキイが悲しそうな顔で言った。『文蔵』というのは、南武線谷保《やほ》駅ちかくの赤提灯である。

暮になると、とかく都心部での、それも主に銀座になるが、会合が多くなる。銀座で遊ぶ夜が続くと、以前のように近くに住んでいたときは別にして、なんだかウシロメタイような気分になってしまう。

これに反して、地もとで飲むのは気持がいい。第一、財布の中身がほとんど減らないで帰ってくることがある。それは、誰か知った人のキープしたボトルで飲んでしまうからである。そんなことは別にして、こまごまとした仕事を昼のうちに片づけてしまって、早目に家を出て近所の居酒屋や赤提灯で飲むのは実に気持がいい。

家の近くの赤提灯で沁《し》み沁《じ》みと飲むというのは、一種の浄化作用があるように思われる。

＊

冬の日の暮れるのは早い。四時に家を出て、まだ明るいなと思っていると、たちまちに暗くなる。よく晴れた日は、冬でも積乱雲を見ることがある。それは、夏の巨大な峰状の入道雲とは違って、形は積乱雲であるが、全体に淡い感じになっている。その淡い雲がピンク色になる。バックが浅葱《あさぎ》色の空でピンク色の雲というのをパステルで描いてみたいと思うことがある。しかし、それは束の間のことであって、すぐに暗くなる。

月が鋭い光を放つ夜がある。ちいさな星に気づく夜がある。子供の頃は「一番星みつけた」と歌うように叫んだものである。そう思って見あげると、満天の星というわけにはいかないが、七つ八つの星が見られることがある。

空気が澄んでいるから寒いのか。銀座で飲んでいるときは、およそ空を見あげるようなことはない、ということに気づくのである。

＊

谷保駅のそばの居酒屋で飲んでいると、小座敷（小上《こあが》りと言うべきか）に四人の男たちがいた。この近所では立派な紳士と言っていいような風体をしていた。話の様子で、駅の近くの新築のビルにある事務所に勤めていて、それが大手商社の出張所であることが知れた。

そのなかの一人が私の顔を知っているようで、ちらっちらっと私のことを話題にする。

「いや、野球の話なら、あっちの先生のほうが精《くわ》しい。ねえ、先生」

といったようなことを言う。その男は所長と呼ばれていた。四人とも、いい加減、酔っぱらっている。早く帰らないかな、私は心中でそう思い、彼等が帰ったら、東北出身の内儀と差しむかいでユックリと飲もうなどと考えている。

所長が内儀にハイヤーを呼んでくれと言った。この町にハイヤーはない。内儀は、隣町の日交だか帝都だかに電話を掛けた。やれやれ。

「二台。二台だよ」

一台は中野近辺。もう一台は、歩いても行かれるような近いところへ行くように指示した。やがて、二台のハイヤーが店の前にとまった。それから小一時間ばかり経ったが、男たちは動こうとしない。話声も笑声も一段と高くなっている。

「もう、お帰りになったほうがいいんじゃないですか」

いらいらしてきて、そう言った。

「なに？」

小座敷の所長が正面から私を見た。ずいぶんと赤い顔になっている。

「ああそうか。おい、お内儀さん、運転手にお茶を持っていってあげてください。それから、ノリ巻キかなんかできないか」

運転手に持ってゆく茶碗と急須《きゆうす》を乗せたお盆の上に、所長が千円札を二枚置いた。これで文句はなかろうという顔をした。

「むかしはいけなかったんだけど、いまはいいんだ。いまはね、ちゃんと待ち料を取るからね。運転手だって、そのほうが楽なんだ」

「そういうもんじゃないよ」

客を乗せて運転して貰う料金と待ち料の料金とでは性質が違う、と、また、私は心中で思っていた。これが二十代だったらタダではすまなかったなと思う。新宿のハモニカ横丁では、こういう種類のことで、よく喧嘩したものだ。

危険なものを感じたので、とうとう、私のほうが先きに店を出てしまった。帽子をかぶったハイヤーの運転手が、じっと正面を見ている。近所で飲めば必ず良いことがあるとはかぎらない。それでも、居酒屋というのは小説のタネの宝庫だなと思う。また、同時に、社用族がこの町にも及んできた、油断がならない、あの男はハイヤー馴れしていたな、とも思った。

＊

今年も、ずいぶん大勢の人が亡くなった。去年もそうだった。ごく親しい人もいたし、自分で目標にしているような人もいた。私より若い人もいた。

知人が亡くなるというときに、そのショックの受け方、感じ方が、年々に少しずつ変ってきている。その変りようを説明するのはむずかしい。

ひところ、七十歳を過ぎた人が亡くなると、この時代で七十歳まで生きた人は幸運だったのではないかと思うことがあった。

また、男は、五十歳までに、自分のやりたい仕事のほとんどをやってしまっていると考えることもあった。

「それは芸術家の場合でしょう」

と言う人がいる。そうかもしれない。

田辺茂一さんの具合が悪いということは、半年ほど前から知っていた。だから、梶山季之《としゆき》を偲ぶ会に出てこられたときは驚いた。思ったより元気そうだった。

田辺さんの場合、書物の小売店主としては頂上を極めたと思われるぐらいに成功していたし、ということは社員に恵まれたということでもあるし、粋人《すいじん》としてのやりたいことはやりつくしたし、晩年でも毎夜ボトル一本をあけるぐらいの体力があったのだし、変な言い方になるけれど、万一のことがあっても、あまり悲しむようなことにはなるまいと思っていた。

夜の酒場で会えば冗談ばかり言っていたが、この人は甘いだけの人ではないと、いつでも思っていた。私は、怖い人だと思っていた。あえて言えば、ショッパイところのある人だと思っていたのである。

田辺さんは賑やかで愉快な人だったけれど、身辺にはペーソスと言っていいような感じが漾《ただよ》っていた。チャールス・ロートンが落魄《らくはく》芸人を演じたら、こんなふうになるのではないかと思っていた。それと昼間の辣腕の事業家とが結びつかない。そのへんが田辺さんの最大の芸であり魅力だったと思う。

退院す門前で待つ犬と猫

という句をご長男が披露したが、不謹慎にも、ウマイ！　と叫んでしまった。

　ずっと以前のある夜、銀座の酒場で田辺さんに会うと、珍しく不機嫌になっている。一通りの不機嫌ではなく、悪態を吐《つ》き、当りちらしている。

　例によって、酒場巡りをやっていたが、どの店へ行ってもママさんがいない。その夜、ビートルズの公演があり、みんなそこへ行ってしまっているという。

「おけさへ行ったらね、おけさも留守でやがんの。あの娘《こ》もビートルズだって」

　そこで私が言った。

「ビートルズ憎けりゃおけさまで憎い」

　そのときの田辺さんの口惜《くや》しそうな顔を思いだす。あんなこと言わなければよかったと後悔している。


（「週刊新潮」一九八二年一月七日号）

春の雨

関邦子（せき・くにこ）
彫刻家、画家の関保寿の姪。一九四三～八二。享年三十九。

雨が降りさえすれば喜んでいる。機嫌がよくなる。天気予報で明日は雨だと言うと、バンザイと叫びそうになる。

そのわけは、庭に水を撒かなくてすむからである。なにしろ苔の庭には水だと信じこんでいるから朝に晩に水を撒く。屋上のほうの庭に水をやるのはちょっと大変だ。寒いし、冷いし……。

もうひとつは、雨が降れば春になる、風邪っぴきもいなくなると思っているからである。

春になって重い雨が降ることがある。糸のような細い雨が降ることがある。春雨じゃ濡れていこう、は、後者だろう。

雨が降らなければ、朝、私が庭へ出て水を撒く。女房がリンゴかミカンを持ってきて、枯枝に刺す。私たちが部屋へ戻るか戻らないかというときに、もう、小鳥が来ている。多くはシジュウカラ、メジロ、ウグイス。どこかで見張っているらしい。私一人のときは、しきりに鳴いて催促する（ように思われる）。

その小鳥たちをヒヨドリが追い払う。ヒヨドリをムクドリが追っ払う。ムクドリというやつは可愛げがない。メジロやウグイスはどこへ行ったのかと枯枝の間を探すとき、なんだか隠し絵の問題を提出されたような気がする。

土がやわらかくなっていて、ものの芽が出はじめる。およそ草花の名を憶えようとしない質《たち》なので、ほとんど何だかわからない。カタクリはわかる。今朝数えたら十八本。その他の鋭いもの勢いのいいものの名はわからない。百合なら、やたらに埋めこんであるのだけれど。

草花の芽は私を勇気づけてくれる。良い小説を読んだときと同じような感じになる。来年もまた、この喜びを味わいたい、そのためには、仕事を控え酒を控え、体を大事にしよう、といったような気持になってくる。

半ばあきらめていた紅梅が咲いた。二月の初め頃に蕾《つぼみ》を持ち、いい具合だと思っていたのに、いっこうに咲かなかった。一枝を切って部屋の瓶《かめ》に挿したのに、それも咲かなかった。白い梅は咲いたのだけれど。

去年、植木屋に頼んで、その紅梅を持ってきてもらった。

「うんと赤いやつ。ピンクは駄目だよ」

そう言ってあったので、とても赤い蕾だった。二月の庭は淋しい。だから赤いものがほしいと思っていたのである。先輩の小説家が紅梅のことを乾菓子のようなと形容したことがある。本当にその乾菓子のように咲いた。

いまごろになって福寿草が咲いた。寒い日は花がしぼんでしまう。梅の木の下に福寿草を植える農家がある。福寿草は日当りが良いほうがいいと思っているのであるが、あれには何かのわけがあるのだろうか。ただし、白い梅でも紅梅でも、その下に黄色い福寿草が咲くと、色どりとしては、とてもいい。

＊

二月二十八日に、ドストエフスキイの姪が急性肺炎で亡くなった。ドストエフスキイの兄の長女で、まだ若い人である。

その関邦子さんは、安達瞳子《とうこ》さんのほうの生花の先生で、幹部クラスになっている人である。自分の教室も持っていた。多摩の野草の研究に情熱を捧げていて、家の庭も、雑木林と野草の庭に改造してしまった。

この町に何かの催しものがあるとき、友人の芸術家たちが展覧会を開くとき、邦子さんは、いつでも、無料で花の飾りつけを買ってでて精力的に活動した。野草が主体だから、決して厭味になることがない。絵や陶器より邦子さんの花が見たいと思うこともあった。

毎年、大晦日になると、私の好きな黄梅を持ってきてくれる。元日にも花見にも来てくれるのだけれど、口数が少くて、ひっそりとしていた。先生ぶるということの全くない人だった。

「今日邦ちゃん来ていたっけ」

私が女房に訊くようなこともあった。

＊

三月二日が通夜で、三月三日が葬式ということだったが、女房は、とても御両親のお顔が見られないわ、三日にお焼香だけに行きますと言い、

「邦ちゃん、もう、この春の野が見られなくなったのね」

と言って少し泣いた。

三月二日は朝から重い雨が降った。それが午後になって、いっときは牡丹雪にもなった。勇気をだして通夜に出かけることにした。六時からということなので、五時に家を出て、他の弔問客に会わずに帰ろうと思った。邦子さんの家は歩いて三分のところにある。

支度をしていると、女房が、

「これ……」

と言ってメモ用紙を渡した。二首の挽歌が書いてある。

「ああ、それなら色紙に書いて、お棺にいれてもらおう。すぐ書くよ」

実は、私も俳句をつくろうと思っていたのである。

春の野は雨となりたる別れかな

そんなのが頭に浮かぶ。しかし、これは、徳川夢声の、山茶花《さざんか》の雨となりたる別れかな、の盗作になる。その句は、津和野《つわの》に句碑となって残っている。

惜しみなく雨降りそそげ春の野に

これも漱石の、あるだけの菊投げいれよ棺の中、に似ている。そう思ってあきらめていた。

二枚の色紙をドストエフスキイに見せた。

「もし、さしつかえがなかったら、お棺の中にいれてください」

彼がそれを読んだ。

「グスッ」

と鼻が鳴ったようだ。彼は何も言わない。見ると、目に涙が溢れそうになっている。

すぐに帰ったのだけれど、邦子さんの家の前で不思議なものを見た。私が家を出るとき、雨は細かいほうの雨に変って、空は一面の黒い雨雲に覆われていたのだけれど、西の方、大菩薩峠のほうの山と空とが金色に光っていた。それは夕焼けではなかった。その一箇所だけが金色に燃えていた。

＊

八時頃、矢口純さん夫妻がお見えになった。通夜の帰りである。

「おい、向田邦子のとき、俺は、あんな乱暴な口をきいたか。色紙を持ってこい、何か書け、なんて」

「言いましたよ。あなたは酔っぱらうと命令口調になる」

「そんなこと言うわけないいじゃないか」

「言ったよ」

「おい、見たよ」

「何を」

「治子夫人の歌だよ。あれを書けよ。色紙と筆と硯《すずり》を持ってこい」

「厭です。その気になれない」

「それじゃあ、そこへ書け。その紙でいい。サインペンでいい」

「はいはい。野の草に生命《いのち》をかけし君にして雛《ひな》の今宵を桃と化しませ。もうひとつは、雛の宵魂《たま》やすらかに天翔《あまが》けよ桃の林を菜の花畑を、ってんです。明日の葬式は雛祭りの日だからね。どうも下手糞だけれど、ある種の感じはある」

「きみは余計なことを言わなくていいんだ。その紙の裏に、後日色紙に書いて差しあげます、と書け。自分の名前を書いて印を押せ」

「念書だな」

「向田邦子といい関邦子といい、どうもいかんな。俺怒るぞ」

矢口さんも野草が好きで、ずっと邦子さんに肩入れしていた。

「おい、いよいよ、スプリング・ハズ・カムだな。野草の時だ。ウインター・イズ・オーバー。さあ、失礼しよう」


（「週刊新潮」一九八二年三月十八日号）

山口瞳さん追悼

宮田昭宏（編集者）

ぼくは講談社で文芸編集者を四十年近くやって、その間、多くの作家を担当した。山口瞳もそのひとりだ。

担当することによって、編集者の人生そのものに影響を与えるほど密度の濃い関係を結ぶことになる作家がいる。

山口さんはぼくにとって、そういう作家である。「小説現代」という雑誌で、『血涙十番勝負　飛車落ち編』と『血涙十番勝負　角落ち編』さらに『湖沼学入門』と、取材のために泊まりがけの旅行をする企画を担当した。一九七一年から、ぼくがよその部署に異動する一九七五年まで、足かけ六年ほぼ二月おきに、取材旅行にご一緒したことになる。

いま、足かけ六年と書いて、その期間があまりに短かったことに驚いている。計算間違いではないかと、何度も年譜を見直した。その何倍もの年数のように感じていた……つまりはそれくらい濃密なおつき合いだったのだ。

この時期、ぼくはひとりの女性と出会い、デートは重ねるものの、結婚を申し込む段になると、はかばかしい返事をもらえないということがあった。『血涙十番勝負』で書かれたように、山口さんが将棋を戦っているときに、ぼくは、「別なる大一番に賭けていた」のである。

こういう状況のとき、山口さんは、神戸で取材中、その女性のためにと、フランス製のスカーフを買ってくれた。いまと違って外国のブランドものを、ぼくなどが気安く手にすることなど考えられない時代だった。

帰京してそれを彼女に手渡すと、ことは好転して、間もなく、ぼくたちは結婚することになる。もうそういう時期にきていたのだろうが、あの山口瞳さんが気を揉んで、こんなに素晴らしい贈り物を下さるということに、家内の心は動かされたのかもしれない。

山口さんには、披露宴で挨拶をしていただいた。「宮田さんは私ども夫婦を身近に見てきて、結婚というのがどんなに大変なものかよく知っているはずなのに結婚する……何度も引き留めたけれど、もう引き返せないという。それじゃあ仕方ない」というようなユーモアに溢れた内容で、会場に笑いが満ちたが、家内の親戚の一部には、顰蹙を買った。

この『追悼』は、山口瞳の戦後文学論であり、作家論でもあり、マスコミ論でもあり、世相巷談でもあり、そして実録文士盛衰記にもなっている。

これから小説家になろうと思っている若い人たち、編集者を目指そうとしている若い人たち、新聞やテレビなどのマスコミの世界に身を投じようと思っている人たちには必読の入門書だ。いや、いまの日本の閉塞感に息も絶え絶え生きているすべての日本人に読んでほしいと思う。ここに書かれている数々の死の姿と、それを悼む山口さんの血を吐くような覚悟を読み取ってほしいと思う。

ぼくは文芸編集者を長くやってきたので、ここに収録されている多くの作家と顔見知りだったり、担当していたりしたし、その葬儀を手伝っていて、式場で山口さんの姿を見たこともあるし、弔辞を伺ったこともある。

だから、いまこの追悼集のゲラを読みながら、懐かしいというより、それぞれの方が亡くなったときの喪失感を鮮明に掘り起こされ、辛い気持ちをどう扱っていいのか分からないままだというのが正直な気持ちだ。

川上宗薫、色川武大、開高健、池波正太郎、村島健一、中上健次、井伏鱒二、神吉拓郎、吉行淳之介……。


山口さんは、追悼文を書く覚悟として、追悼文を書くときの「死んだ人の悪口を言うな」という世間の常識に異を唱える。つまり、「人間には長所と短所があり、その短所を書かなければ、故人の全体としての人間像が浮かび上がってこない。すなわち、本当の追悼文にならない」というのだ。この覚悟のほどを知ると、だれかが指摘されていたと思うが、山口瞳の本質は、破滅的な無頼だというのは、そんなに的外れではないように思う。

話が逸れそうになっている。元にもどそう。この追悼集の中で、山口さんが一番多くのページを費やしているのが、梶山季之についてである。梶山さんはぼくにとっても因縁浅からぬ作家だ。

――その時、ぼくは著者校正のゲラをいただくために、山口さんのお宅にいた。山口家の電話が鳴ってしばらくすると、治子夫人が、「宮田さんに編集部からですよ」と声をかけてくれた。携帯電話がない時代の話だ。こういうときの編集部からの電話はなにか異常事態が発生したことを知らせるためのことが多い。夫人から手渡された受話器は、梶山さんが香港で倒れたらしいということと、その号に予定していた、梶山さんの原稿がなくなったので、その手当をするように告げた。

受話器をおいたぼくの顔色の変化に、山口さんは心配そうな表情をした。

「梶山さんが香港で倒れたと言うんですが……」

ぼくは詳しい事情も飲み込めないまま、呟くように言った。

山口さんは、眉をひそめ、唇をゆがめるようにして、

「梶山は死ぬ気だな」

と、言った。

ぼくは、詳しいことが分かったらお伝えしますと言って、慌ただしく暇《いとま》を告げた。

それからのことは、山口さんが書いている通りだ……。


この追悼集の担当者の今井佑《たすく》さんは、二十九歳の編集者だ。山口さんは、熱心で、努力する若い人が好きだった。

作家でも、編集でも、将棋でも、相撲でも、陶芸でも、野球でも、つまりどの分野でも努力する若い人を応援した。

山口さんがご健在なら、今井さんを可愛がっただろうし、ラグビーの経験者だというから、野坂昭如さんが自分のチームに引き抜こうとして、今井さんを巡って鞘当てがはじまったに違いない。

そんなことを考えると、頰が緩んでくる。

その今井さんが、ぼくがこの一文を書くにあたって、一人の作家が亡くなったときに文芸編集者はどんな動きをしたのか、具体的に書いてほしいと言う。山口さんだったら、若い編集者の希望に添ってやってよと言われるはずだ。

たしかに、文芸編集者が一番悲しいのは、担当している作家が亡くなることだ。敬愛していればしているほど悲しみは深い。

だけれど、文芸、とくに雑誌の編集者は悲しんでばかりはいられない。亡くなったことで生じた穴を埋めないといけないし、通夜や葬儀の段取りのこともある、それに追悼号をどうするかも決める必要がある。

因果な商売だなと思うのは、通夜の席が、追悼文を依頼する作家の争奪戦になるときだ。追悼文を依頼できる作家や文芸評論家の数は限られているのだ。

「ちょちょちょっ」と袖を引っ張って、襖の影で、目当ての作家に声を潜めて執筆を依頼する。

「いやあ、さっき、もうだれだれさんに頼まれて、引き受けちゃった」

「でも、こういう視点からなら、別に書けるでしょう？」などと押し問答をしているときの文芸編集者の顔はあまり品のいいものではないかもしれない。

さて、ぼくは編集者を辞めてから、なにか作家について物を書くことはするまいと思って、資料になるようなものは、手帳からなにからすべて捨ててしまった。

山口さんの葬儀のことなら、いくらか憶えているかと安請け合いしたけれど、生来物覚えが悪いぼくがとてもじゃないが、資料のなにもなくて、記憶だけで書けるものではないと知れた。

なので、山口さんが亡くなったときに諸先輩が書かれた、追悼する文章をつなぎ合わせて、一文に仕立てようと思う。集めた物を編む、つまり、これを編集といって、編集者の本来の仕事かもしれないということにしたい。

山口さんが息を引き取られた日のことからはじめよう。

闘病最後の日々を付きっきりで看病する治子夫人を支えた友人である作家の岩橋邦枝さんは、「最後の日々」と題した文をこう書き出している。

「山口瞳氏死去を報じる夜のテレビニュースを、小金井のホスピスの食堂兼ホールで、治子夫人と一緒に観た。食堂を出た先の一室には、その日の午前中に息をひきとった山口さんの遺体が安置されている。テレビの画面には、お元気な山口さんが現れて喋っている。架空の出来事の中にいる心地だった」

現実には、もうこの頃までには、この報は出版各社、新聞各社の文芸部には情報網を通して伝えられている。ぼくたち文芸編集者にもそれぞれの形で知らされてくるので、ぼくをふくめて、山口さんを担当している部員たちはそれぞれの部署でそれぞれの対応の用意をはじめていたはずだ。

講談社の大村彦次郎さんは、

「山口さんが亡くなった朝、知らせをきいて小金井のホスピスに馳けつけた。ベッドの山口さんはすでに瞑目していたが、山口さんの鼻梁がシッカリ通っているのに、はじめて気がついた」

と書かれている。

山口さんが、このホスピスに転院されたのはその前日である。その移動については、新潮社の石井昂さんの追悼文に詳しい。

「やっと準備が整ったその日、既に先生の意識は朦朧としていた。虚空をつかむように、苦しげに手を上下されたまま、ストレッチャーごと寝台車に乗りこまれた」

そして、岩橋さんは、山口さんが息を引き取られたあとの表情を、

「あれほど苦しい闘病の日々が続いたのに不思議なほど病みやつれの見えないお顔が、病苦から癒えて一と眠りなさっているように安らかだった」

と書いておられる。

さて、山口さんが亡くなられた八月三十日、大村さんのように知らせを受けて小金井のホスピスの方に駆けつけた編集者もいるが、ぼくは行った記憶がない。それはたぶん、山口さんの息子の正介さんが弔問客の応対や葬儀の打ち合わせなど一人で奮戦しているだろうから、応援旁々《かたがた》、打ち合わせをするために国立のご自宅に伺ったからだと思う。

文芸評論家の山本容朗さんの記すところによると、

「その訃報を聞いた日、日が暮れる前に山口邸へ駆けつけたが、遺体は病院（小金井の聖ヨハネ会総合病院桜町病院）にあって、翌日十一時ごろ帰宅すると云う。その夜は、『文蔵』へ行った」ということになる。

当時、小説現代の編集者だった玉川総一郎さんの追悼の記で、三十日、三十一と九月一日の編集者たちの動きがよく分かる。三十日は、次のようなことになる。

「ご自宅の二階では各出版社やサントリーの人たちが葬儀の打合せ中で、庭では地元の人たちが大勢待機中でした」

そして、

「打合せが終り、お通夜は九月一日、告別式は翌九月二日、会葬者は庭を一巡してご焼香していただく、と決まりました」

ということになる。

この打ち合わせの会にはぼくも出ていた。こうした場合、式場をどこにするか、香典と供花をどうするか、弔辞をだれにお願いするか、各社何人ずつ要員を用意するか、会計係、受付係、駐車場係などの担当をどの社が担当するか割り振り、地元の警察署への挨拶はだれが行くかなどなど、大きな問題から細々とした問題まで、悲嘆にくれている遺族を他所《よそ》に、と言ったら語弊《ごへい》があるが、そう言いたいくらいテキパキと決めていく。ここで、各出版社の、冠婚葬祭に長《た》けた経験豊かな編集者が頼りになる。

葬儀はお宅でやることに決まった。会場のことは、打ち合わせ会でもっとも揉めたことだ。

山口さんが生前、ご自分の葬儀は自宅でと言われていたから、そのご遺志を尊重したいのは当然だが、これまでのぼくたちの経験からすると、山口さんの交流の広さ、熱心なファンのことを考えると、ご自宅は会場には狭すぎるという危惧があったからだ。

丸谷才一さんの追悼文に、

「山口瞳さんのお通夜で国立へゆく車中、同行の某氏に、

『どうして東京でしないの？　国立ぢや、来られない人が多いでせう』

と訊ねると、

『遺言らしいですよ。うちでやつて、庭を見てもらひたいつて』

といふ返事だつた」

という行《くだり》がある。

山口さんが自宅での葬儀にこだわった理由は庭を見てもらいたいからということではなく、別の理由があったような気がするが、それはともかく、玉川さんの追悼文によると、

「祭壇は中二階、庭を通り、池の上に回廊を作り、ご焼香台を置くという大工事は、地元のみなさんの奮闘ぶりで問題なさそうです」

ということになる。

実際、翌日、山口家出入りの植木屋さんや大工さんたちがこともなげに、塀を退けたり植木を移動したりして、式場を作り上げてしまったのである。

こうして、打ち合わせ会は終わった。ぼくは講談社に割り振られた員数を確保するために、会社に電話を入れて、当日来られる人の手配を頼んだ。こうしたことは、一般の会社とほとんど変わりないことだと思う。

さて、先に引用したように山本容朗さんは、三十日の夜、山口さん行きつけの焼鳥屋で、『居酒屋兆治』の舞台でもある「文蔵」に行ったのだが、ぼくと玉川さんも打ち合わせが終わっての帰り道、「文蔵」に行って、山本さんに会い、ひとしきり思い出話をすることになる。

ぼくが通夜や告別式での山口邸でのことを憶えていないのは、講談社は国立市内と駐車場の案内係を引き受けたので、ぼくもご自宅の会場にはいなかったからだ。

通夜の日は、山口家から国立駅への途中にある喫茶店に、普通で言うお清めの席が用意してあって、ここで、通夜の客がグラスを片手ににぎやかに話をしていたことは憶えている。

もう一日明けて九月二日、玉川さんの記述はこうだ。

「告別式の日は講談社グループは道案内の係ということで町角で案内をしていましたが、この日も暑い日でしたので、交替で喫茶店で休憩しようと勝手に決め、体力温存をはかりました。(先生、申し訳ありません)」

たしかにこの日も、ひどく暑い日だった。昼近く、真上から照りつける太陽に、案内係の人たちの影が足下に小さくできていたのを憶えている。

ぼくが、案内係の人たちに、無理をしないよう、交替で休憩を取ってくれと指示したはずで、玉川さんが山口さんに詫びる必要はない。

出棺の時が近づいて、ぼくは道案内をしている同僚たちに、ご自宅の方に引き上げてくれるように伝えた。この指示はリレー式に伝わったはずだ。玉川さんにも、それが伝わって、ご自宅に引き返したらしく、

「それからご出棺をお見送りし、駅前の『ロージナ茶房』で冷たいビールを飲んで帰宅しました」

とある。

この日、山口さんが火葬場に向かわれたあと、さっそく庭を元に戻す作業が行われた。この木はここ、それはここと指示する声が飛び交って、しかしテキパキと復元されていく。ほんの数時間で元通りの姿になった。山口さんは、出入りの職人たちの腕をここまで、信じていたのだろう。

ぼくたち案内係や受付係など動員された人たちの任務は、ここで終わり、それぞれ、解散する。ひとり会計係になった人は、火葬場から戻ってくるご家族に会計報告をしなくてはならない。

こうして、慌ただしい葬儀の日々が終わりを告げた。しかし、ぼくはそれを終えて、当夜どこでなにをしたのか記憶がない。たしか、山口さんが毎年、この時期になると楽しみにしていた、『繁すし』のシンコの握りが大きな寿司桶に盛られて出されたことが頭のどこかに残っている。丁寧な仕事がしてあるシンコの握りを摘んで、このようなときでも旨いものだなと思いながら、もう片一方では、山口さんはもうこれを食べることはないのだなとも思った記憶だけはあるのだ。

ぼくは、その後、山口瞳ゆかりの山の上ホテルで、三回忌、七回忌、十三回忌それぞれを機に催された、三度の『山口瞳さんを偲ぶ会』のお手伝いをしたり、司会をさせていただいたりした。しかし、そのことはまた別のこととして、ここでは書かない。

興味をお持ちの方は、丸谷才一さんの『挨拶はたいへんだ』（朝日新聞社刊）と『あいさつは一仕事』（朝日新聞出版刊）に、三つの会の冒頭に丸谷さんがなさった挨拶が収録されているので、お読みいただきたい。山口さんを追悼する会の雰囲気を伝えるのにこれ以上のものを、ぼくは思いつかない。

山口瞳（やまぐち・ひとみ）
一九二六年、東京生まれ。麻布中学を卒業、第一早稲田高等学院に入学するも自然退学。終戦後は複数の出版社に勤務し、その間に國學院大學を卒業する。五八年、寿屋（現サントリー）に「洋酒天国」の編集者として中途入社。六二年に『江分利満氏の優雅な生活』で直木賞を受賞、七九年には『血族』で菊池寛賞を受賞する。その他『結婚します』『世相講談』『山口瞳血涙十番勝負』『酒呑みの自己弁護』『礼儀作法入門』『居酒屋兆治』など多数の著書がある。九五年八月、肺がんのため逝去。享年六十八歳。六三年から「週刊新潮」で開始した連載〈男性自身〉は、三十一年間一度も休載することなく一六一四回に及んだ。

中野朗（なかの・あきら）
一九五一年、小田原生まれ。札幌東高校、明治大学政経学部を卒業。二〇〇一年、「山口瞳の会」主宰「山口瞳通信」（年刊）を七号まで、「山口瞳の会通信」を年数回発信するも、現在休会中。著書に『変奇館の主人—山口瞳評伝・書誌』（響文社）、編書に常盤新平著『国立の先生山口瞳を読もう』（柏艪舎）がある。

追悼《ついとう》 上

二〇一〇年十一月二十日　初版第一刷印刷
二〇一〇年十一月三十日　初版第一刷発行

著　者　山口瞳
編　者　中野朗
発行人　森下紀夫
発行所　論創社
東京都千代田区神田神保町 2—23　北井ビル２Ｆ
電　話（〇三）三二六四—五二五四
振替口座　〇〇一六〇—一—一五五二六六
ＵＲＬ　http://www.ronso.co.jp/

印刷／製本　中央精版印刷

ISBN978-4-8460-1023-2